너의
용기만큼
큰 산

Ein Berg, so groß wie dein Mut
by Gunter Preuß

Copyright ⓒ1992 Gunter Preuß
All rights reserved.
Korean Translation Copyrightⓒ1993 Sakyejul Publishing Co.
Korean edition published by agreement with Erika Klopp Verlag Inc., Berlin;München.

이 책의 한국어판 저작권은 저작권자와 독점 계약한 (주)사계절출판사에 있습니다.
저작권법에 따라 한국 내에서 보호를 받는 저작물이므로 무단 전재와 무단 복제를 금합니다.

너의
용기만큼
큰 산

군터 프로이스 지음 | 박종대 옮김

사계절

우리의 배들은 저 멀리 항해하고,
우리의 별들도 우주 속을 아득히 떠다닌다.
요즘은 체스에서도 룩이 거침없이
앞으로 쭉쭉 내달린다.

오, 동트는 새벽이여!
오, 새로운 해안에서 불어오는
바람의 입김이여!

-베르톨트 브레히트의 『갈릴레이의 생애』 중에서

1

 찢어질 듯한 날카로운 전기톱 소리가 에르츠게비르게 산맥의 자그마한 마을 위로 울려 퍼졌다. 마치 공중으로 날아가려다가 무언가에 발목이 잡힌 새의 비명처럼 들렸다.
 그전까지 페터 루프레히트는 이 소리가 싫었다. 신경이 거슬릴 때가 많았고, 밤중에는 이 소리 때문에 잠을 설치기도 했다. 하지만 지금은 아니다. 페터는 낮고 흥분된 목소리로 반 친구들 앞에서 발표를 하고 있었다. 중학교 2학년 교실이었다. 여학생 남학생 할 것 없이 모두 놀란 표정으로 페터의 말에 조용히 귀를 기울이고 있었다.
 활짝 열린 창문으로 봄이 따뜻한 입김을 불어넣고 있었다. 톱에 썰려 나간 나무 냄새, 속살이 드러난 흙 냄새, 막 망울을 터뜨린 꽃 냄새가 골고루 섞여 있었다.

"초모룽마*는 세상에서 가장 큰 산입니다. 높이가 무려 8,848미터에 이릅니다. 초모룽마라는 이름은 '산들의 여신'이라는 뜻입니다. 이 산을 처음 정복한 사람은 네팔인 텐징 노르가이와 뉴질랜드인 힐러리입니다. 초모룽마는 마치 희고 파랗게 타오르는 커다란 불꽃과 같습니다. 높이 올라갈수록 더 맑고 차갑게 불타오릅니다."

페터는 칠판에다 초모룽마를 그렸다. 파란 분필을 든 손이 파르르 떨렸다. 이따금 고개를 돌려 창문 너머로 형형색색의 지붕과 푸른 물결이 춤추는 들판, 그리고 바위와 산을 바라보았다. 고양이 등같이 불룩한 작은 언덕도 눈에 띄었다. 언덕 위에는 탑처럼 생긴 낡은 망루가 있었다. 시커먼 기둥들이 망루를 받치고 있었다. 페터만 빼고 또래 남자애들은 모두 한 번 이상 그 곳에 올라간 적이 있었다.

페터는 다시 칠판으로 고개를 돌려 기어들어가는 소리로 말을 이었다. 친구들은 목을 빼고 페터의 말을 들었다.

"초모룽마는 진정한 남자만 올라갈 수 있습니다. 초모룽마는 사나운 동물과 같아요. 화를 내기도 하고, 사람을 죽일 수도 있습니다. 하지만 물론 친구가 될 수도 있죠. 초모룽마는 사람들에게 힘과 위대함을 나누어 주기도 합니다."

쉬는 시간을 알리는 종소리가 절규처럼 귓속으로 울려 퍼졌

---

* 티베트 인들이 에베레스트 산을 가리켜 부르는 말.

다. 페터의 눈앞에 있는 초모룽마가 낡은 망루로 바뀌고 있었다. 페터는 황급히 칠판에 그린 산의 모습을 지우개로 지웠다.

종이 울리자 아이들이 자리를 박차고 일어났다. 바인홀트 선생님도 끙 하는 신음 소리와 함께 의자에서 일어났다. 선생님의 작고 선한 얼굴은 늙고 지쳐 보였다. 축구공 하나가 교실로 날아들었다. 휘파람 소리와 웃음소리, 노랫소리가 뒤엉켜 교실은 난장판이었다. 바인홀트 선생님은 애원하다시피 두 손을 들어 귀를 틀어막아 보았지만, 어쩔 수 없다는 듯 다시 손을 내렸다.

"좋은 발표였다."

선생님이 페터를 보고 말했다.

"다만 너무 진지하게 생각하지는 말았으면 좋겠구나. 모든 사람이 정상을 밟을 수는 없고, 또 정상을 밟지 못하더라도 다른 사람들보다 못한 건 아니거든."

바인홀트 선생님이 가방을 챙겨서 교실 밖으로 나갔다.

"무슨 말씀이세요, 선생님?"

페터가 선생님의 등 뒤에 대고 소리쳐 물었지만 대답은 돌아오지 않았다. 창문이 쉴새없이 열리고 닫혔다. 페터는 순간적으로 유리창에 비친 자기 모습을 보았다. 껑충한 키, 뻣뻣한 팔다리, 긴 갈색 머리에 가려진 창백한 얼굴, 도전하듯 불안스레 주위를 살피는 검은 눈, 모든 게 미숙해 보였다.

축구공이 페터에게 날아왔다.

"받아!"

공이 페터의 이마에 세게 부딪쳤다. 왁자지껄한 웃음소리가 들렸다. 페터는 공에 맞은 것보다 친구들의 웃음소리가 더 쓰라렸다.

불리가 페터 앞에 당당하게 버티고 섰다. 불그스레한 얼굴에는 상대를 깔보는 기색이 역력했고, 눈에는 호전적인 웃음이 담겨 있었다. 짧게 깎은 은빛 머리에는 삶에 대한 자신감이 드러나 있었다. 불리의 큼직한 손이 실룩거렸다. 페터의 멱살이라도 붙잡고 힘을 증명하고 싶은 모양이다.

"야, 개구리, 그게 또 무슨 헛소리야! 망루에도 못 올라가는 주제에. 거긴 질케도 올라갔어. 그런데 뭐, 초모룽마? 파란 불꽃? 웃기지도 않아서."

불리가 페터의 이마를 뚫어지게 노려보았다. 페터의 눈빛이 사납게 이글거렸다. 그러자 불리가 한 걸음 뒤로 물러서며 미안하다는 듯이 말했다.

"그래 그래, 알았어. 이마는 괜찮아. 정말이야. 상처 하나 없다고."

불리의 말은 다른 아이들의 웃음소리에 묻혀 버렸다. 아이들이 신이 나서 소리쳤다.

"개구리! 사이코! 몽상가!"

페터는 당장이라도 도망치고 싶었다. 하지만 두 다리가 묶인 것처럼 움직일 수가 없었다. 아이들의 목소리를 듣는 것이 너무 괴로웠다. 창피하고 수치스러웠다. 그런데도 자신을 방어할 힘이 없어서 굴욕을 고스란히 받아들일 수밖에 없었다. 페터는 허리를 굽혀 공을 주워서 가슴에 꼭 끌어안았다.

"공 이리 내!"

바히가 날카로운 목소리로 말했다. 안전거리를 확보한 상태에서 고양이처럼 잽싸게 페터가 안고 있는 공을 발로 툭 찼다. 슬픈 광대 같은 얼굴의 바히는 반에서 키가 가장 작았지만, 시험만 쳤다 하면 A^+를 받았다. 그래서 반 아이들은 바히를 늘 감싸 주었다. 바히는 페터가 평소에는 조용하고 눈에 잘 띄지 않지만, 가끔은 예측하지 못한 행동으로 사람들을 깜짝깜짝 놀라게 하는 아이라는 걸 잘 알고 있었다.

"공 이리 달라니까!"

페터는 반 아이들의 얼굴을 차례로 둘러보았다. 모두 낯익은 얼굴이었지만, 언제부턴가 타인보다 더 낯선 얼굴로 변해 있었다. 어쩌다 이렇게 되었을까? 친구들은 왜 나를 놀리는 걸까? 왜 나를 존중하지 않고 매정하게 몰아붙이고 따돌리는 걸까? 이제 내가 더는 친구들의 무리에 속하지 않는 걸까?

얼마 전까지만 해도 숲 속의 흙집을 발견해서 공동의 비밀로 간직하고, 함께 상대방 골문을 향해 돌진하고, 함께 떠들썩하게 웃던 사이가 아니던가?

페터는 지나간 날들을 더듬어 보았다. 갖가지 장난감과 많은 친구들이 북적대는 밝고 친숙한 놀이터로 기억되는 나날이었다. 그런데 이제 그 방으로 들어가는 문이 닫혀 있었다. 극심한 두려움으로 온몸이 오싹했고, 낯선 비웃음 소리만 들려왔다. 들어가게 해 달라고 애원도 하고 협박도 해 보지만, 문은 굳게 닫힌 채 열릴 생각을 하지 않았다.

옥수수 빛의 머리를 두툼하게 땋고, 눈이 옆으로 찢어진 질케가 불리 옆에 서서 비꼬듯이 말했다.

"너 같은 애가 텐징 노르가이니 진정한 남자니 하니까 웃긴다! 지리에서 백점 받았다는 것도 거짓말인가 봐. 계속 혼자서 몽상이나 해, 이 개구리야!"

"개구리!"

"사이코!"

"몽상가!"

"공 이리 내!"

페터는 화가 나서 질케를 향해 고개를 홱 돌렸다.

질케가 불리에게 바짝 몸을 붙이며 보호를 청했다.

불리의 힘과 질케의 주둥이는 도저히 당해 낼 수 없었다. 둘 사이는 이미 소문나 있었다. 어른이 되면 결혼해서 볕 잘 드는 산골짜기에 집을 장만할 거라고 했다. 아이는 셋을 낳을 거고, 이름도 프랑크, 엘리제, 막스로 벌써 정해 놓았다. 주말이면 함께 손잡고 등산을 하고, 산꼭대기에서 월귤나무 열매를 넣은 빵을 먹을 것이다. 불리는 목재소에서 일하고, 질케는 학교 선생님이 될 거라고 했다.

질케가 감탄스러운 눈길로 불리를 보며 말했다.

"불리는 지난 주말에 자기 아빠랑 사냥꾼바위에 올라갔어. 페터 네가 입으로만 지껄이는 것하고는 차원이 달라. 진정한 남자는 바로 불리야!"

가뜩이나 붉은 불리의 얼굴이 더 발갛게 달아올랐다. 반 아이들이 모두 불리에게로 고개를 돌렸다.

페터는 반 친구들의 관심이 다른 곳으로 옮겨가자 안도의 한숨을 내쉬었다. 바히가 마침내 페터와 몸싸움을 벌여 공을 빼앗더니 교실 밖으로 툭 차고 나갔다. 힘으로 공을 빼앗은 것이 기쁘다는 듯 의기양양하게 휘파람까지 불었다. 공이 다른 아이들을 자석처럼 끌어당기는지, 남자애 여자애 할 것 없이 모두 바히와 공을 따라 밖으로 뛰어나갔다.

운동장에서 아이들 떠드는 소리가 들려왔다. 이제 페터는 쉬는 시간인데도 할 일이 없었다. 아이들이 놀리는 것보다 이렇게 혼자 있어야 하는 것이 더 괴로웠다.

그 때 헛기침 소리가 들렸다. 마지막 줄에 앉아 있는 루처였다. 루처는 꿈을 꾸듯 몽롱한 표정으로 책상 위에 놓인 우표 수집책에 머리를 박고 있었다. 두꺼운 안경알 너머로 근시가 심한 두 눈이 우표를 더듬고 있었다.

페터는 자신의 말을 들을 사람이 있다는 게 기뻤다.

"나쁜 새끼들. 치사한 자식들!"

루처가 핀셋으로 조심스럽게 수집책에서 우표 한 장을 집어

눈앞에 바짝 갖다 대고는 햇빛에 비추어 보았다.
"진정해, 애늙은이. 걔들은 그런 뜻으로 말한 게 아냐. 항상 흥분하는 건 너야. 네가 걔들을 그렇게 몰아가는 거라고."
루처의 목소리는 여느 때와 마찬가지로 조용하고 신중했다. 얼굴만 안 보면 마치 산전수전 다 겪은 노인네 목소리처럼 들렸다.
페터는 진정할 수가 없었다. 가슴속에서 뜨거운 것이 치밀어올라 마음을 가라앉힐 수가 없었다. 친구들에게 무시를 당했다! 더 나쁜 것은 따돌림을 당하고 있다는 사실이었다. 페터는 다시 분필을 들고 빠른 손놀림으로 칠판에 초모룽마를 그리기 시작했다. 거대한 푸른 불꽃이었다. 산자락에는 자신의 모습을 그려 넣었다. 아주 자그마한 점이어서 산의 덩치에 비하면 알아볼 수 없을 정도였다.
페터가 엄숙한 목소리로 말했다.
"루처, 넌 내 친구야. 이것만큼은 꼭 기억해 줬으면 좋겠어. 난 언젠가 초모룽마 꼭대기에 꼭 올라가고 말 거야, 알겠어? 망루와 사냥꾼바위가 있는 고양이등 언덕하고는 비교도 안 되는 높은 산이야."
루처는 우표를 다시 수집책에 챙겨 넣었다. 우표를 다루는 손길이 그렇게 부드러울 수가 없었다. 우표 속에는 루처의 꿈과 그리움이 담겨 있었다. 녀석에게는 우표 수집책이 온 세상이기도 했다. 새로운 우표가 하나 둘 추가될 때마다 그 세상은 더욱 아름다워지고 또렷해졌다.

"야, 개구리, 너 정말 못 말리는 애다. 아직도 그런 소리가 나와?"

루처가 걱정스러운 표정으로 덧붙였다.

"계속 그런 식으로 굴다가는 불리가 널 개 패듯이 팰 거야."

페터는 산꼭대기로 연결되는 남쪽 루트를 집게손가락으로 천천히 짚으면서 따라 올라갔다. 마침내 정상에 닿자 나지막이 말했다.

"여기에 올라가면 온 세상이 내려다보일 거야. 뭔가를 해낸 느낌이 들겠지. 그러면 아무도 나보고 개구리라고 놀리지 못할 거야. 알겠어? 친구도 다시 생기고, 예전처럼 잘 지내게 될 거야."

페터가 결연한 얼굴로 덧붙였다.

"오늘 망루에 올라갈 거야. 꼭 해낸다고!"

운동장 쪽에서 비웃는 듯한 웃음소리가 울려 퍼졌다. 누군가 페터의 말을 엿들은 것일까? 갑자기 페터는 친구들의 책상으로 달려가 책상 위에 놓여 있던 책과 공책과 필통을 창문 밖으로 던져 버렸다.

루처가 불안스레 우표 수집책을 가슴에 꼭 끌어안았다.

"너, 너 돌았어?"

순간 페터가 손을 멈추었다. 자신의 행동에 스스로도 놀란 듯했다. 복도에서 몇몇 아이들이 달려오는 소리가 들렸다. 화가 나서 질러 대는 아우성도 점점 커지고 있었다.

불리와 질케, 바히 그리고 다른 애들이 씩씩거리며 교실로 뛰어 들어왔다. 책과 공책과 필통이 엉망으로 흩어져 있었다.

페터의 손가락 사이에서 분필이 뚝 부러졌다. 불리가 주먹을 치켜들고 천천히 다가왔다. 아이들의 성난 목소리 역시 매섭게 휘몰아치는 소용돌이처럼 사나워지고 있었다. 페터는 친구들을 홱 밀치고 교실 밖으로 뛰어나갔다. 발소리가 복도에 쿵쿵 울려 퍼졌다. 페터는 계단을 내려가 교문 밖으로 달렸다.

2

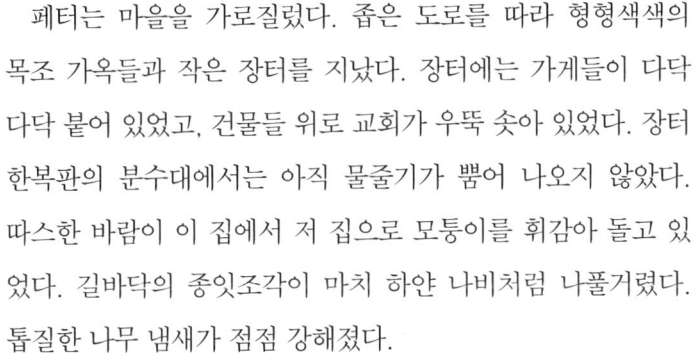

페터는 마을을 가로질렀다. 좁은 도로를 따라 형형색색의 목조 가옥들과 작은 장터를 지났다. 장터에는 가게들이 다닥다닥 붙어 있었고, 건물들 위로 교회가 우뚝 솟아 있었다. 장터 한복판의 분수대에서는 아직 물줄기가 뿜어 나오지 않았다. 따스한 바람이 이 집에서 저 집으로 모퉁이를 휘감아 돌고 있었다. 길바닥의 종잇조각이 마치 하얀 나비처럼 나풀거렸다. 톱질한 나무 냄새가 점점 강해졌다.

페터의 발걸음이 빨라졌다. 목재소를 지났다. 목재소 마당에는 육중한 트랙터가 덜덜거리고 있었다. 그 바람에 트랙터의 트레일러에 실려 있는 목재들이 덜커덩거렸다. 페터의 부모님은 목재소에서 일한다. 페터는 부모님을 보고 싶지 않았다. 어쨌든 지금은 부모님의 눈에 띄지 말아야 했다.

이윽고 마을에서부터 바위와 산 쪽으로 비탈진 들판에 이르렀다. 들판에는 연한 초록빛 물결이 넘실대고 있었다. 그걸 보자 페터의 마음도 차분하게 가라앉았다. 혹독한 겨울을 이겨 낸 풀잎들의 즐거운 속삭임이 들리는 듯했다.

페터는 바짓가랑이를 걷어올리고 신발과 양말을 벗었다. 맨살에 와 닿는 들풀의 감촉이 간지러웠다. 흙은 아직 축축하고 차가웠다.

페터는 걸음을 멈추고 심호흡을 했다. 이제야 집들이 다닥다닥 붙어 있는 마을에서 벗어난 기분이 들었다. 최근엔 이런 집들이 점점 갑갑하게 느껴졌다.

고개를 들어 하늘을 보았다. 끝없이 펼쳐진 창공은 맑디맑은 푸른색을 띠고 있었다. 그 하늘 한가운데에 어떤 때는 누런 황금빛으로, 어떤 때는 눈부신 구릿빛으로 빛나는 커다란 꽃이 너울거리고 있었다. 편하게 누워 마음대로 꿈을 꿀 수 있는 따스하고 안전한 섬 같았다. 심지어 초모룽마의 꼭대기까지 분명하게 보일 것 같았다. 모든 것이 예전처럼 간단명료하고 정상적이었다. 창공의 푸르름이 햇무리에 닿는 순간 부드러운 음악이 울려 퍼지는 듯했다.

이런 한 폭의 그림 속으로 그림자 하나가 드리워졌다. 비탈진 들판에 폐허로 남은 성곽이 보였다. 성곽 한가운데에 망루가 시커멓고 우람한 모습으로 우뚝 솟아 있었다. 마치 누군가를 위협하는 주먹처럼 느껴졌다.

페터는 고개를 숙인 채 성곽을 향해 달렸다. 낡은 망루가 줄곧 페터를 잡아끄는 듯했다. 길이 점점 가팔라졌다. 페터는 마치 마법에 걸린 영혼처럼, 성곽을 에워싸고 있는 키 큰 전나무 숲으로 들어섰다. 나무 우듬지들이 슬프게 고개를 젓고 있었다. 땅에서 냉기가 솟구쳤다. 새들이 소리 없이 나뭇가지 사이로 날아갔다.

예전에는 넓은 고리처럼 성을 둘러싸고 있었을 성벽이 군데군데 무너져 있었다. 성의 안뜰에는 섬뜩한 정적이 감돌았다. 페터는 발을 내디딜 엄두가 나지 않았다. 여기에 이렇게 혼자 있을 때면 늘 이 곳의 모든 것이 다시 살아나는 느낌이 들곤 했다.

넓은 홀로 들어가는 육중한 문이 열리고 갑옷을 입은 기사들과 화려한 옷으로 치장한 부인들이 걸어 나온다. 경쾌한 나팔 소리가 새벽 공기를 가른다. 사람들의 목소리와 웃음소리가 생기를 더하고, 말발굽 소리가 요란하게 울려 퍼진다. 아이들은 점박이 개를 데리고 논다. 이 성의 공주가 나타난다. 막 천년의 잠에서 깨어난 아리따운 소녀다. 공주가 다가와 페터의 손을 잡는다. 자그마한 손이 따뜻하게 느껴진다. 공주가 망루를 향해 가볍게 고개를 끄덕이며 명랑하게 말한다.

"우리 저기 올라가, 페터. 저긴 얼마나 환하고 따뜻한지 몰라. 아주 멀리까지 볼 수도 있어."

페터는 고개를 들어 낡은 망루의 칙칙한 벽을 쳐다보았다.

꼭대기 주위에는 시커먼 새들이 빙빙 돌고 있었다. 성의 안뜰에는 황량함과 냉기가 흘렀다.

마을 할머니들이 손자들에게 들려주는 이 성의 전설이 있었다. 어느 날 한 소년이 저주에 걸린 망루를 정복해서 이 성과 성에 사는 사람들을 구해 줄 거라는 전설이었다.

아득한 옛날, 숲 속에서 나무를 하던 한 노파가 이 성에 저주를 걸었다. 한겨울이었다. 노파는 묽은 죽이라도 끓여 먹으려고 잔가지를 구하러 눈 덮인 숲 속으로 들어갔다. 그런데 지치고 굶주린 몸으로 숲 속을 헤매고 돌아다니는 사이에 어둠이 내렸다. 노파는 성문을 두드리며 빵 한 쪽만 달라고 부탁했다. 그게 힘들면 곱은 손이라도 녹일 수 있도록 잠시 불을 쬐고 가게 해 달라고 애원했다. 그러나 성주는 개를 풀어 노파를 쫓아 버렸다. 결국 노파는 그 날 밤 성 가까운 숲 속에서 얼어 죽고 말았으며, 죽기 전에 성과 성주에게 저주를 퍼부었다.

페터는 그 전설을 더는 믿지 않았다. 하지만 이 성에만 오면 무언가를 찾을 것 같은 느낌에 사로잡혀 자신도 모르게 낡은 망루로 발길이 끌리곤 했다. 마음을 차분하게 가라앉혀 주고, 힘과 자신감을 불어넣어 주고, 다른 사람들과 자신을 다시 가깝게 만드는 무언가가 여기에 있었다. 하지만 그게 뭔지는 알 수 없었다. 다만 망루가 줄곧 자신에게 도전 의식을 일깨우고 있다고 느꼈다.

페터는 서둘러 망루로 걸어갔다. 문도 없는 시커먼 입구 앞에서 순간적으로 멈칫했지만, 이내 안으로 들어가 첫 계단 위에 올라섰다.

올라갈수록 점점 사방이 좁고 어두워졌다. 푸석푸석한 계단도 갈수록 듬성듬성 비어 있는 곳이 많아졌다. 벽은 사람들의 손때가 묻어 반질거렸다. 벽에 새긴 이름들도 점점 줄어들었다. 하지만 아직도 망루의 옥상까지는 한참 남았다.

페터는 멈추어 섰다. 다음 계단은 용기를 내어 풀쩍 뛰어야만 올라설 수 있었다.

'뛰어, 어서 뛰어오르라고!'

망루가 호통을 치며 비웃는 듯했다. 갑자기 망루가 빛 한 점 들지 않는, 흔들흔들 움직이는 동굴처럼 보였다. 알 수 없는 곳으로 페터를 힘껏 잡아끄는 사나운 소용돌이처럼 느껴졌다.

'뛰라니까! 어서, 이 개구리야!'

공포가 페터의 몸을 휘감았다. 뿌리치려고 안간힘을 써 보지만, 그럴수록 공포는 페터를 더욱 옥죄면서 아래쪽으로 내몰아 내동댕이쳤다.

페터는 비틀거리면서 안뜰에 쓰러졌다. 이내 벌떡 일어나 성을 벗어났다.

풀밭에 벌렁 드러누워 눈을 감았다. 몸이 덜덜 떨렸다. 실망감이 페터를 무겁게 짓눌렀다. 그렇게 한참을 누워 있었다. 마침내 몸을 일으켜 보니 망루가 햇빛에 환하게 빛나고 있었다. 위협적인 느낌은 온데간데없고 그렇게 다정해 보일 수가 없었다. 이제는 하얀 비둘기들이 망루 꼭대기 둘레를 빙빙 돌고 있었다.

페터가 스스로에게 말했다.

"넌 겁쟁이야. 사이코에 개구리 소리를 들어도 싸. 초모룽마를 정복하겠다는 녀석이 저깟 망루도 못 올라가?"

페터는 풀이 죽은 채 들판을 가로질러 마을로 들어갔다. 점심시간인지 마을이 조용했다. 전기톱 소리도 들리지 않았다. 학교 수업이 끝난 모양이었다. 아이들이 가방을 들고 집으로 달려가고 있었다. 저 멀리 불리와 질케, 바히가 보였다. 페터는 얼른 아무 집으로 달려가 대문 뒤로 몸을 숨겼다. 그러고는 혹시 들킬세라 뒤도 안 돌아보고 뛰었다.

페터는 마을 반대편 끝까지 달렸다. 그 곳엔 예전 목재소 사장의 화려한 저택이 있었다. 키 큰 덤불 뒤로 아이들이 신나게 뛰놀고 있었다. 아이들의 웃음소리에 페터도 저절로 미소가 지어졌다. 알록달록한 공 하나가 공중으로 날아올랐다. 어린애 하나가 울자 유치원 보모가 얼른 아이를 달랬다.

페터는 이 곳을 지날 때마다 아이들이 아무 근심 없이 즐겁게 뛰노는 것을 보며 질투심 비슷한 것을 느꼈다. 자신도 이런 놀이에 스스럼없이 끼고 싶었다. 함께 뛰놀고, 공을 뺏으려고 다투고, 질질 짜도 부끄럽지 않고, 온종일 옆에서 돌봐 주는 사람이 있었으면 하고 바랐다.

페터는 무언가를 잃어버린 느낌이었다. 저 아이들에게는 있지만 지금 자신에게는 없는, 그 무엇이었다. 물론 자신도 한때는 그걸 갖고 있었다. 모든 것이 정상적으로 돌아가던 시절이 있었다. 그 때는 학교에서든 집에서든 늘 인정받는 아이였다. 그러나 이제는 혼자라는 느낌이 들었다. 그 때문에 불안하고 괴로웠다. 다른 사람들, 아니 자기 자신까지 모두 낯설게 느껴졌다.

공이 울타리를 넘어 날아왔다. 페터는 공을 받아 양손에 쥐었다. 아이들이 공을 달라고 사방에서 소리를 질러 댔다. 페터는 공을 쥔 손에 힘을 꽉 주었다.

어쩌려는 것일까? 기다리는 것이라도 있는 걸까? 갑자기 페터는 가슴이 터질 것 같았다.

일년 전 그 날이 떠올랐다. 잊을 수 없는 날이었다. 5월 초 페터의 열세 번째 생일이었다. 하늘에는 아침 해가 밝게 빛나고 있었고 페터는 한껏 들뜬 마음으로 학교로 향했다. 전날 밤에는 처음으로 아빠와 함께 밤낚시를 갔다. 오토바이를 타고 70킬로미터나 달려 호수에서 창꼬치를 낚았다. 달빛이 밝은 서늘한 밤이었다. 페터는 아빠 옆에서 낚시찌가 움직일까 마음을 졸이며 앉아 있었다. 둘은 뜨거운 차를 마셨고, 모닥불의 남은 불씨에 감자를 구워 버터와 소금에 찍어 먹었다. 이야기는 거의 나누지 않았지만 예전보다 훨씬 가까워진 느낌이었다.

그 날 아침 페터는 학교 앞에서 로제를 만났다. 둘은 거의 매일 아침 비슷한 시각에 이렇게 만났다. 그런데 그 날따라 페터는 왠지 로제를 오랜만에 만나는 느낌이 들었다. 로제가 페터에게 미소를 지으며 예전보다 더 상냥하게 인사를 했다. 페터는 가슴이 두근거렸다. 말까지 더듬거리며 방과 후에 만날 수 있는지 물었다. 언제부턴가 로제를 따로 만나고 싶었다. 그런데 항상 쾌활하고 발랄한 로제가 대답은 하지 않고 깔깔깔 웃으면서 계단을 올라갔다. 교실 안에서도 웃기만 했다. 페터는 마음이 상했다. 무시당한 기분이었다.

나를 비웃어? 이 페터 루프레히트를? 페터는 초등학교 1학년 때부터 반에서 일등을 도맡아 했고, 모든 선생님들의 사랑을 독차지했으며, 성적이 A^+에서 떨어진 적이 없는 최고의 우등생이었다. 학교 축제 때에는 스크리아빈과 슈만의 피아노곡을 연주해서 음악 실력을 뽐냈고, 학교 진열창에는 수학 올림피아드에서 우승한 페터의 상장이 걸려 있기도 했다. 다른 부모들은 자식들에게 이렇게 말했다.

"페터 좀 본받아라! 얼마나 똑똑하고 성실하니? 분명히 크게 될 녀석이야. 그런 아들을 뒀으니 페터 부모님은 얼마나 좋겠어!"

이처럼 페터는 모든 학생과 선생님들이 자랑하는 최고의 모범생이었다. 그런 페터를 로제가 비웃어?

페터는 마지막 수업 시간에 갑자기 교실을 뛰쳐나갔다. 무작정 마을을 가로질러 달렸다. 마침내 집 차고에 닿았다. 오토바이가 있었다. 페터는 가끔 오토바이를 타고 신나게 달리는 상상을 하곤 했다. 오토바이에 열쇠가 꽂혀 있었다. 페터는 시동을 걸고 학교 앞으로 오토바이를 몰았다. 로제와 다른 친구들이 막 교실에서 나오고 있었다. 친구들이 곧장 페터를 둘러쌌지만, 페터는 로제의 얼굴만 빤히 바라보며 말했다.

"타!"

그러나 로제는 웃기만 했다. 돌았느냐는 듯이 손가락으로 제 이마를 톡톡 치며 소리쳤다.

"난 죽고 싶지 않아. 네가 지금 오토바이에 쪼그리고 앉아 있는 모습이 어떤지 알기는 하니? 꼭 개구리 같아!"

다른 아이들도 로제를 따라 깔깔대며 웃었다.

페터는 가슴이 찢어졌다. 가속 페달을 밟아 몰려 있는 아이들 주위를 빠른 속도로 빙빙 돌았다. 아슬아슬한 곡예였다. 속에서 나쁜 생각이 울컥 치밀었다. 지금까지 한 번도 느껴 보지 못한 낯선 생각이었다. 로제에게 자신의 그런 생각을 행동으로 보여 주고 싶었다. 개구리라고? 좋아, 내가 누군지, 뭘 할 수 있는지 보여 주겠어!

그러나 페터는 오토바이와 함께 나뒹굴고 말았다. 재빨리 다시 일어나 시동을 걸어 보았지만 허사였다. 결국 다리를 절뚝거리면서 오토바이를 조금씩 밀고 갈 수밖에 없었다.

그 날 오후 아빠의 불호령이 떨어졌다.

"네가 망가뜨린 건 네가 고쳐 놔! 주말에 오토바이를 타야 하니까 그 때까진 무슨 일이 있어도 고쳐 놔! 알았어?"

페터는 오토바이 수리비가 굉장히 비싸다는 걸 정비소에 가서야 알았다. 그 때까지 저금한 돈으로는 턱도 없었다. 아빠는 엄마에게 페터를 도와주지 말라고 단단히 일렀다.

자신의 생일이기도 한 그 날 페터는 몰래 술을 한 잔 마셨다. 갑자기 닥친 모든 문제를 단번에 해결해 줄 기적을 기대하며 두 잔, 세 잔 연거푸 들이켰다. 기분이 약간 좋아졌다. 다시 예전의 페터 루프레히트로 돌아간 느낌이었다. 그래, 나는 여전히 우리 반에서 최고야! 모든 사람이 우러러보는 모범생이야! 오토바이 수리비쯤이야 얼마든지 혼자 해결할 수 있어. 선생님이 맡긴 학급비가 있잖아!

저녁에 학교에서 디스코 파티가 열렸다. 페터는 체육관으로 가는 길에 로제에게 줄 꽃과 담배를 샀다. 하지만 꽃다발은 체육관으로 들어가기 전에 쓰레기통에 던져 버렸다. 난생 처음으로 담배를 피웠다. 춤을 추었다. 모든 게 유쾌했다. 마음까지 홀가분했다. 페터는 로제와도 춤을 추었다. 로제의 따스한 체온이 가깝게 느껴졌다. 갑자기 온몸이 흥분되면서 알 수 없는 욕망이 솟구쳤다. 자신의 몸이 아닌 것 같았다. 로제의 손을 잡고 돌다가 살짝 중심을 잃고 서로의 얼굴이 닿는 순간 로제의 입에다 키스를 했다. 로제가 찰싹 뺨을 때렸다. 음악이 끊기고 모두들 페터를 바라보았다. 페터는 밖으로 뛰쳐나가 쓰레기통에다 위 속에 있는 것을 전부 게워 냈다.

페터는 학급비에 손을 댄 사실을 바인홀트 선생님께 털어놓았다. 선생님은 그 사실을 아무에게도 말하지 않고 페터에게 돈을 빌려 주었다. 그 뒤로 페터는 용돈에서 조금씩 그 돈을 갚아 나갔다.

아이들이 웅성거리는 소리에 페터는 퍼뜩 그 날의 기억에서 깨어났다. 아이들이 공을 달라고 소리쳤다. 한 여자애가 울고 있었다. 페터는 웅크리고 앉아 공을 셔츠 아래에 감추었다. 그러고는 기다렸다. 무엇을 기다리는 것일까?

페터는 벌떡 일어섰다. 공을 이렇게 혼자만 가진 채 감추고 있는 것은 무의미한 짓이라는 생각이 들었다. 울타리 너머로 공을 던졌다. 아이들이 환호성을 질렀다.

"그래, 다 잘됐어!"

페터가 소리쳤다. 하지만 자신은 알고 있었다. 아무것도 제대로 된 것이 없다는 것을.

생일날 그 일이 있고 나서 로제는 교통사고를 당했다. 믿을 수 없는 일이지만 사실이었다. 그렇게 활달하고 쾌활하던 로제가 이제는 걸을 수 없게 된 것이다. 그런데 페터는 가끔, 스스로도 그런 생각에 깜짝깜짝 놀라지만, 로제가 그렇게 된 것이 기쁘기도 했다. 자신이 로제에게 필요한 존재가 되었기 때문이다.

게다가 페터에게도 로제가 필요했다. 페터는 이제 최고도, 모범생도 아니었기 때문이다. 그저 조용히 몽상이나 하는 학생으로 바뀌고 말았다. 선생님을 비롯해서 모든 어른들과 아빠, 그리고 온 세상이 페터에 대해 실망감을 감추지 못했다.

페터는 누구에게도 관심을 받고 싶지 않았다. 마음속에서 분명 무슨 일이 일어났다! 남들은 그게 뭔지 알 수 있을지도 모른다. 하지만 페터는 그것이 무엇인지 아직 모르고 있었다. 아니, 그것과 대면하는 것 자체가 두려웠고, 그것에 관해 남들과 이야기할 용기도 나지 않았다. 어쨌든 페터의 마음속엔 무언가가 있었다. 불안하게 꿈틀거리는 무언가가. 다만 그게 무엇인지 아직 모르고 있을 뿐이었다.

페터는 많은 것을 잃었다. 하지만 대신 초모룽마의 꿈을 찾았다.

3

페터는 천천히 걸었다. 유치원 맞은편의 낮은 나무울타리 뒤로 집이 보였다. 전나무와 자작나무 사이에 숨듯이 서 있는 이 집은 마을에서 가장 외곽에 있었다. 페터는 울타리 앞에 쪼그리고 앉아 십자형으로 엇갈린 울타리 나무 사이로 집 안의 정원을 살펴보았다.

아담한 테라스에 로제가 휠체어에 앉아 책을 읽고 있었다. 작고 여린 모습이었다. 살갗은 동화 속의 공주처럼 눈부셨고, 짧게 자른 머리는 잘 익은 밤처럼 갈색으로 빛나고 있었다. 그런데 크고 짙은 두 눈에는 그늘과 슬픔이 담겨 있었다. 페터는 로제의 눈을 오래 바라볼 수가 없었다. 옛날에는 얼마나 밝고 생기 있는 눈이었는데……. 페터는 그 눈을 잊을 수가 없었다. 로제의 두 눈에서 슬픔을 말끔히 씻어 낼 수만 있다면 무슨 일이라도 할 수 있을 것 같았다.
그 때 로제의 불안한 목소리가 들려왔다.
"다 알고 있어. 빨리 나와. 왜 거기 숨어 있어? 울타리 뒤에 있잖아."
페터는 몸을 일으켰다. 날마다 학교를 마치고 이 곳에 오면서 로제가 다시 걷는 모습을 볼 수 있길 기대했다. 페터는 종종 환한 대낮에도 꿈을 꾸었다. 로제는 저주에 걸린 성의 공주이고, 페터가 낡은 망루를 정복해서 로제를 마법에서 구해 주는 꿈이었다.
페터가 문으로 들어가려고 하자 로제가 명령했다.
"울타리를 넘어와. 부탁이야, 그렇게 해 줘."
페터는 울타리를 넘었다. 이제 로제가 명령을 내리는 것에 더는 놀라지 않았다. 로제는 매일 페터에게 이런저런 새로운 명령을 내렸다. 예를 들면 의자를 뛰어넘어라, 물구나무를 서라, 빨리 달려라 같은 것이었다.
페터는 빨간 벽돌이 깔려 있는 테라스로 걸어가 휠체어 옆에 주저앉았다. 로제와 함께 있게 된 것이 기뻤다. 더 이상 혼자가 아니었기 때문이다.
로제가 책을 무릎 위에 내려놓았다. 자그마한 얼굴이 호기심으로 들떠 있었다.
"자, 이제 이야기해 줘. 하나도 빠뜨리지 말고. 아침에 일어나서 지금까지 있었던 일 전부 다. 불리하고 질케는 어떻게 지내니? 불리는 질케가 띄워 주면 아직도 얼굴이 빨개지니? 바인홀트 선생님은? 여전히 학교를 그만두고 싶다고 그러시니? 빨리 이야기해 봐!"

"어제랑 모두 똑같아."

페터가 로제를 보지도 않고 대답했다.

로제가 눈을 피하는 페터를 꼿꼿이 노려보며 소리쳤다.

"말도 안 돼! 거짓말이야. 왜 거짓말을 해? 왜 이야기를 안 해 주는 거야?"

페터는 깜짝 놀란 눈으로 로제를 올려다보았다. 최근엔 로제가 마치 발작을 일으키는 것처럼 감정이 폭발하는 일이 부쩍 잦아졌다. 그런 다음에는 자포자기 증상이 나타났다.

로제는 눈물을 보이지는 않았지만 사나운 눈으로 페터를 노려보았다. 깍지 낀 손을 가슴 앞에 모으고 온몸이 부서져라 두 손에 힘을 주었다. 너무 흥분해서 몸까지 부르르 떨었다. 버림받은 느낌이었다. 마을 사람들로부터, 학교로부터, 산과 숲, 들판의 꽃향기와 바위 같은 울타리 밖의 모든 세상으로부터 내버려진 기분이었다.

로제는 억지인 줄 알고 있지만, 이 모든 것에 대한 책임을 페터에게 돌렸다. 그래서 일부러 자기가 할 수 없는 일들을 페터에게 시키고, 바깥세상에서 일어난 일들을 페터가 자신에게 알려 주어야 마땅하다고 생각했다. 페터는 친구였다. 둘은 생각을 하기 시작한 때부터 서로 잘 아는 사이였다. 하지만 오랫

동안 서로 별다른 감정을 느끼지 못하다가, 그 고약한 날 로제가 페터를 개구리라 부르고 페터의 뺨을 후려치고 말았다.
 그 날 이후 페터는 완전히 딴사람이 되었다. 더는 답답한 모범생이 아니었고, 로제가 가끔 장난삼아 놀리곤 하던 '실수라고는 전혀 모르는 컴퓨터'도 아니었다. 페터는 점점 소극적이고 감수성이 예민한 아이로 변해 갔다. 예전의 자신감이라고는 찾아볼 수 없었다.
 그 때부터 로제는 페터에게 관심을 보이기 시작했다. 페터에게 말을 걸기도 하고, 페터를 이해하려고도 했다. 그리고 얼마 있다가 사고가 났고, 로제는 외톨이가 되었다. 시간이 지나면서 친구들이 찾아오는 횟수도 점점 뜸해졌다. 게다가 친구들은 휠체어에 앉아 있는 로제를 동정 어린 눈으로만 바라보았다. 로제는 그런 눈빛이 너무 싫었다. 그래서 괜히 화를 내며 친구들을 쫓아 버렸다. 오직 페터만 하루도 빠지지 않고 찾아왔다. 이제 모든 친구들이 개구리라 놀리고, 세상에서 제일 높다는 초모룽마를 정복할 꿈만 꾸는 사이코 몽상가만.
 페터가 아무 이야기도 해 주지 않자 로제는 너무 실망해서 두 눈에 눈물이 고였다. 그 때 밖에서 아이들이 떼지어 몰려오는 소리가 들렸다. 떠들썩하게 웃고 노래를 부르는 것이 산으로 들로 놀러 가는 모양이었다.
 남자애들과 여자애들이 한순간 울타리 앞에 걸음을 멈추고 살며시 정원 안을 들여다보았다. 로제와 페터는 들키지 않으려고 얼른 몸을 숙였다.

얼마간 윙윙거리는 바람 소리만 들렸다.

"그만 가자!"

아이들이 움직이기 시작했다. 처음에는 머뭇머뭇 천천히 움직이다가 한 아이가 뛰기 시작하자 다른 아이들도 해방감에 젖어 부리나케 뒤따라 달려갔다.

로제가 다시 몸을 일으키며 조그만 주먹으로 책을 내리쳤다.

페터는 풀밭으로 몸을 던져 개구리를 잡았다. 페터의 손아귀에서 개구리가 속절없이 버둥거렸고, 볼이 파르르 떨리면서 부풀어올랐다. 페터는 풀밭에 앉아 개구리를 마치 거울인 양 눈앞에 갖다 대고 말했다.

"이봐, 개구리. 나도 애들이 개구리라고 불러. 근데 넌 초모룽마라고 들어 봤어? 너도 겁이 많아서 망루에는 올라가지 못하지? 그래서 넌 개구리야. 한심한 개구리라고!"

로제가 소리쳤다.

"꽉 잡고 있어! 나도 아는 녀석이야. '끈적이'라고 이름을 붙였는데, 저녁만 되면 린데만 아저씨네 연못에서 개굴개굴 울어 대. 내 앞에서 폴짝폴짝 뛰어다니기도 하고."

대문이 바닥에 질질 끌리면서 열렸다. 로제의 엄마가 종종걸음을 치며 들어왔다. 유치원에서 일하는 로제 엄마는 하루에도 몇 번씩 로제를 살펴보러 집에 들르곤 했다. 로제는 엄마와 무척 닮았다. 머리카락과 눈의 색깔이 같았고, 조금 벌어져 있는 입도 비슷했다. 로제 엄마는 항상 세련되게 옷을 입고 다녔다. 오늘은 아래위 모두 짙은 갈색의 날렵한 코르덴 정장 차림이었다. 바지는 맵시 있는 무릎반바지였다. 거기다 번쩍번쩍 빛나는 가죽 부츠를 신고, 격자무늬 셔츠 위에 샛노란 넥타이를 매고 있었다.

로제 엄마는 우아하게 옷을 차려입을 때도 많았다. 예를 들어 짙은 색의 긴 드레스를 입고, 뾰족구두를 신고, 심지어 챙이 넓은 모자를 쓰고 출근하기도 했다. 마을 사람들은 요즘 로제 엄마가 너무 멋을 부리고 너무 눈에 띄게 하고 다닌다고 수군거렸다. 사실 로제가 봐도 그랬고, 페터가 주변에서 주워들은 이야기도 그랬다. 심지어 뒤에서 몰래 흉을 보는 아줌마들도 있었다.

로제는 사람들이 시기심 때문에 그렇게 수군거리는 거라고 엄마를 두둔했지만, 그 목소리에 자신감이 실려 있지는 않았다. 로제가 보기에도 최근에 엄마는 뭔가 숨기는 것이 있는 것 같았기 때문이다. 엄마는 원래 세련되게 옷을 잘 입었다. 하지만 요즘은 요란하다는 느낌만 들 뿐 예전의 세련됨은 찾아볼 수 없었다. 요즘의 옷차림이나 하고 다니는 장신구는 엄마에게 어울리지 않았다. 특히 눈이 보이지 않을 정도로 짙은 안경은 더욱 그랬다.

엄마가 로제를 안으며 걱정스런 얼굴로 물었다.

"우리 아가, 오늘은 몸이 어떠니?"

로제는 엄마를 밀어 냈다. 하지만 곧 엄마의 품에 안기며 말했다.

"별로예요. 다리도 아프고, 허리도 아프고, 안 아픈 데가 없어요."

로제는 엄마의 품에 얼굴을 묻었다. 엄마가 로제의 얼굴을 자상하게 어루만져 주었다. 부드러웠다. 하지만 로제는 얼굴에 닿는 엄마의 손길이 예전과 다른 것을 느꼈다. 예전처럼 따뜻하지도 편안하지도 않았다. 그래, 엄마는 변했어! 그건 아빠도 마찬가지였다. 엄마 아빠는 로제에게 숨기는 것이 있는 것 같았다. 로제는 잠 못 이루던 밤에 우연히 부모님의 침실에서 흘러나온 이야기를 들었다. 두 사람은 이제 예전 같지 않았다. 뭔가 알 수 없는 장벽이 둘 사이를 가로막고 있는 게 분명했다.

"이해가 안 되는구나. 베르너 박사님 말이 이제 통증은 없을 거라던데. 우선 사고를 잊어야 해. 다시 걸을 수 있다고 믿어야 하고. 그리고 반드시 그렇게 될 거야, 예쁜 우리 아가."

로제는 엄마를 밀쳐 냈다. 엄마의 말에서 은근히 강요가 묻어났다. 두려웠다. 엄마 아빠가 헤어지기 위해 자꾸 나보고 걸으라고 하는 것일까? 내가 예전처럼 걸어야 마음놓고 헤어질 수 있다는 것일까? 로제는 더럭 겁이 나면서 머리까지 어지러워졌.

"자꾸 우리 아가, 우리 아가 하지 마세요. 듣기 싫어요. 그리고 만날 입만 열었다 하면 베르너 박사님, 베르너 박사님! 차에 치여 보지도 않은 사람이 그걸 어떻게 알아요? 엄마 아빠도 그렇고, 아무도 몰라요! 아픈 걸 어떡해요? 다시 걸을 수 없다고요!"

페터는 개구리를 양손으로 감싸쥐었다. 개구리에게라도 의지하려는 듯이. 로제의 목소리는 마치 도움을 청하는 절규처럼 들렸다.

"아니야, 로제……."

엄마가 양손으로 자신의 머리를 움켜쥐었다. 그러고는 잠시 눈을 감았다. 몸이 약간 휘청거렸다. 무기력하고 지쳐 보였다.

로제는 고소했다. 하지만 동시에 엄마가 걱정되기도 했다. 그랬다. 로제는 가끔 엄마에게 상처를 주고 엄마의 마음을 아프게 하고 싶었다. 자신이 엄마한테 상처받은 것처럼. 하지만 다른 한편으론 엄마의 품에 안겨 보호를 받고 싶기도 했다. 둘 사이에 아무런 문제가 없고 어떤 비밀도 존재하지 않던 시절로 돌아가고 싶었던 것이다. 이런 이중적인 감정 사이에서 결국 엄마를 걱정하는 마음이 이겼다.

"엄마……."

로제가 나직이 엄마를 불렀다. 목소리가 한결 누그러져 있었다.

하지만 엄마의 몸은 여전히 굳어 있었다. 엄마는 눈물을 훔치고는 짙은 안경을 다시 바로 쓰고, 밖으로 비어져 나온 넥타이를 옷 속으로 집어 넣었다.

"오늘은 걷기 연습 했니? 안 했으면 몇 발짝이라도 같이 떼어 보자. 한 걸음만이라도, 우리……. 이 엄마를 위해서야. 부탁이다."

로제는 엄마한테 배신감을 느꼈다. 자신에게 동정을 사려고 일부러 상처받고 낙담한 척했다는 느낌이 든 것이다. 엄마는 나빠! 내가 걸어야 한다고? 뭣 때문에? 누굴 위해서? 로제의 눈길이 사나워졌다.

로제는 목을 잔뜩 움츠리고 말했다. 자신의 목소리가 낯설게 느껴졌다.

"난 못 해, 못 한다고. 한 걸음도 못 걸어! 엄마는 안 되는 줄 알면서 괜히 충동질만 하고 있어. 아빠가 엄마더러 나를 흥분시키지 말라고 했잖아!"

로제는 딱딱하게 몸이 굳었다. 머리는 무릎에 묻고, 두 손은 목 뒤로 깍지를 꼈다.

엄마가 천천히 집 안으로 들어가고 나서야 로제는 다시 몸을 세웠다. 로제와 페터는 서로 흘낏 눈만 마주쳤을 뿐 아무 말도 하지 않았다. 비둘기 세 마리가 자작나무 가지에 앉았다가 집 안의 정적에 겁을 먹었는지 날개를 퍼드덕거리며 다시 날아가 버렸다.

로제의 엄마가 밖으로 나왔다. 양손에 우유를 한 잔씩 들고 있었다. 엄마는 고개를 돌리고 있는 로제에게로 걸어가면서 아직 풀밭에 쪼그리고 앉아 있는 페터를 흘낏 보았다. 그리고는 우유 잔을 탁자 위에 내려놓았다.

엄마는 잠시 서서 기다린 뒤 말문을 열었다.

"우유라도 한 잔씩 마셔라. 난 유치원에 다시 가 봐야겠다."

로제 엄마가 서둘러 밖으로 나가다가 문 앞에서 한 번 멈추어 서서 로제를 돌아보고는 다시 발길을 돌렸다.

밖에서 부츠 소리가 또각또각 들리더니 곧이어 유치원 문이 덜컹 열리는 소리가 났다.

이제 페터와 로제는 개구리에게 눈길을 돌렸다. 개구리는 여전히 페터의 손 안에 있었다.

"개구리가 안 움직여. 죽은 거야?"

로제가 말했다. 자신의 목소리에 여전히 악의가 배어 있음을 알고 스스로도 놀랐다.

페터가 조심스럽게 오므렸던 손을 폈다. 순간 개구리가 풀밭으로 풀쩍 뛰어내렸다.

"바보야! 놓치면 어떡해? 잡아! 때려 죽여 버려! 꼴도 보기 싫어."

페터가 풀밭을 덮쳐서 다시 개구리를 잡았다. 그러고는 테라스로 걸어가 우유 잔에서 플라스틱 빨대를 뽑아 버둥거리는 개구리의 항문에 갖다 댔다.

페터는 오늘 아침에 있었던 일이 떠올랐다. 자기를 학교에서 내쫓은 같은 반 친구들도 떠올랐다. 페터는 지금 자신이 입 밖으로 내뱉으려는 말이 얼마나 잔인한지 깨닫고 섬뜩한 느낌이 들었지만, 결국 뱉어 내고 말았다.

"항문에 바람을 불어넣어 터뜨려 버릴 거야. 개구리 이 녀석은 겁쟁이야. 죽여야 해……."

로제가 눈을 찡그리며 소리쳤다.

"그러지 마! 차라리 밟아 버려. 돌로 쳐서 죽이든지."

"아냐, 불어서 죽일 거야."

페터는 자신의 잔인함에 스스로도 깜짝 놀랐지만 여전히 고집을 꺾지 않았다.

"그러지 마!"

"할 거야!"

로제와 페터는 뚫어져라 개구리를 노려보았다. 페터가 천천히, 아주 천천히 손을 펴서 개구리를 놓아주었다. 개구리는 테라스 바닥으로 풀쩍 뛰어내려 한순간 멍한 상태로 앉아 있더니 이내 힘없이 풀밭 속으로 사라졌다.

페터와 로제는 그제야 안도의 한숨을 내쉬고는 옷에 손을 닦았다.

"내일 봐. 이제 가야겠어."

페터가 울타리를 넘으려고 하자 로제가 소리쳤다.

"문으로 가! 내일 또 와."

갑자기 하늘이 무겁게 내려앉았다. 시커먼 구름에 가려 산도 보이지 않았다. 빗방울이 후드득 떨어졌다.

로제가 책을 집어 들고 처마 밑으로 휠체어를 굴렸다.

페터는 잠시 나무 밑에서 비를 피하다가 다시 거리 한가운데로 나갔다. 차가운 빗방울이 뜨거운 얼굴을 아프게 내리쳤다.

4

저녁에는 하늘이 다시 개었다. 산봉우리 위로 태양의 불꽃이 꺼졌고, 땅에서는 김이 모락모락 피어올랐다. 막 봉오리를 터뜨린 꽃 냄새가 사방에 진동하고 있었다.

페터는 부모님과 함께 저녁 식탁에 앉아 있었다. 활짝 열린 창문으로 서늘한 바람이 불어와, 알록달록한 커튼이 펄럭였다.

"춥네. 창문을 닫아야겠어요."

페터의 엄마가 말했다. 엄마는 털실로 짠 윗도리의 단추를 채우고 스웨터의 목 깃을 세웠다. 숱이 많은 검은 머리, 검은 눈, 갈색 피부가 눈에 띄었다. 날이 춥거나 화를 낼 때만 햇볕에 그을린 살갗 위로 타다 남은 회색 재 같은 빛이 감돌았다. 엄마는 불가리아 출신으로 어렸을 때부터 뜨거운 남국의 태양 아래에서 자랐다. 아빠는 불가리아에서 열린 역도 대회에서 엄마를 만났다. 그 뒤 2년 동안 편지를 주고받다가 마침내 결혼에 성공했다.

페터도 추위를 느꼈다. 자리에서 일어나 창가로 걸어갔다. 서편에 뉘엿뉘엿 떨어지는 석양으로 붉게 물든 마을이 발밑으로 내려다보였다. 집들은 차곡차곡 포개 놓은 것 같았다. 거리와 개천이 마치 두 개의 은색 선처럼 나란히 마을을 굽이치고 있었다. 새로 지은 학교 건물의 지붕에선 낡은 풍향계가 빙그르르 돌아가고 있었다.

페터가 부모님과 함께 사는 집은 7층짜리 건물이었다. 지은 지 3년밖에 안 된 이 집은 아빠가 체육 부문에서 공로를 인정받아 국가로부터 받은 것이다.*

페터는 창가에 서서 마을을 내려다보길 좋아했다. 여기 서 있으면 낡은 망루도 자그마하게 보여 충분히 올라갈 수 있을 것 같았다. 로제의 집은 자작나무 숲에 가려 보이지 않았다. 그 뒤로 넓은 들판이 산을 향해 비스듬히 누워 있었다. 저 멀리 도회지로 이어지는 아스팔트 도로가 반짝반짝 빛나고 있었다. 거기서 멀리, 아득히 멀리 가면 우람한 초모룽마가 우뚝 솟아 있을 것이다.

"또 공상에 빠진 게냐? 밥 먹자."

아빠의 목소리에 완고함이 담겨 있었다. 반면에 엄마의 목

---

* 이 소설의 무대는 독일이 통일되기 이전의 사회주의 동독이다.

소리는 부드럽고 따뜻했다.

페터가 창문을 닫으려고 했다.

"그냥 둬라. 맑은 공기를 쏘여 해로울 일은 없으니까. 이 정도면 추운 것도 아니야. 평소에 단련을 해 놓지 않으면 오뉴월 실바람에도 감기에 걸리는 법이지."

페터와 엄마의 눈이 마주쳤다. 엄마가 고개를 끄덕이는 것을 보고 페터는 다시 식탁에 앉았다. 손도 대지 않은 빵 조각이 접시 위에 고스란히 놓여 있었다.

아빠는 의자에 무겁게 앉아 있었다. 마치 짧고 굵은 나무 기둥 같았다. 식탁 위에 올려놓은 팔이 근육으로 울퉁불퉁했다. 아빠는 크고 날카로운 나이프로 소시지를 두껍게 잘라 빵 사이에 끼웠다. 하얀 이로 소시지와 빵을 한꺼번에 깨물고 빠른 속도로 우적우적 씹으면서 간간이 차를 마셨다. 이따금 입에서 만족스러운 트림이 나왔다. 불그스름한 나무로 깎아 만든 것 같은 얼굴은 씹을 때마다 근육이 재빨리 아래위로 실룩거렸다. 눈은 밝고 숨김이 없었다. 아무것도 두려워하지 않는 아버지의 힘을 여실히 보여 주고 있었다. 이마에는 주름이 세 개 있었다. 무거운 역기를 들 때나 일을 할 때면 논두렁의 고랑처럼 깊이 파이곤 했다. 성긴 머리는 짧고 반듯했다.

바위 같은 남자. 사람들은 아빠를 그렇게 불렀다. 페터는 그 말이 쏙 '이길 수 없는 사람'이라는 뜻으로 늘렸다. 페터는 아빠가 식사하는 모습을 지켜보는 게 좋았다. 자신도 언젠가는 저렇게 앉아 왕성한 식욕으로 즐겁게 먹을 수 있기를 바랐다. 예전에는 아빠의 강인함을 사랑했다. 아빠의 힘은 자신을 지켜 주는 든든한 버팀목이었다. 어렸을 때 아빠는 페터를 공중으로 붕붕 띄워 주곤 했다. 그러면 페터는 너무 좋아서 자지러지게 고함을 질러 댔고, 아빠는 떨어지는 페터를 어김없이 안전하게 받아 냈다. 아빠는 페터를 자랑스러워했다. 자신이 직장과 운동에서 늘 만인의 모범이었기에 아들이 학교에서 모범생이라는 사실에 더욱 뿌듯해했다. 그러나 학교에서 최고가 되지 못한 이후 페터는 아빠의 힘이 두려워졌고, 도저히 따라갈 수 없을 것처럼 크게 느껴졌다.

"어서 먹어라."

아빠가 버터를 듬뿍 바른 빵에다 햄을 얹고 그 위에 다시 빵을 하나 더 포갠 뒤 페터에게 건넸다. 페터는 머뭇거리며 빵을 받았다. 아빠가 웃으면서 말했다.

"녀석아, 이 아빠가 너만할 때는 이런 빵을 여섯 개는 더 먹었다. 지금처럼 먹을 게 풍성하지 못해서 탈이었지. 그 때는 전쟁이 끝난 지 얼마 되지 않아서 먹을 게 부족했어. 얼마나 배가 고팠던지 라일락 열매를 따다가 수프를 끓여 먹기도 하고, 어떤 때는 자두씨와 버찌씨를 깨서 버터도 바르지 않은 빵에다 넣어 호두과자처럼 통째로 먹기도 했어. 이렇게 햄을 먹을 수 있게 된 걸 고맙게 생각해야 돼. 어서 맛있게 먹어."

페터는 아빠의 말을 거역하지 못하고 식욕도 없는데 마지못

해 빵을 씹었다. 어른들이 옛날에 힘들게 살던 시절을 입에 올리면서, 지금 아이들은 얼마나 좋은 시대에 살고 있고 얼마나 호강하는지 훈계를 늘어놓을 때마다 알 수 없는 반항심이 치밀어올랐다. 모든 일에 감사하는 마음으로 살아야 한다는 지겨운 강요로 들렸기 때문이다.

페터는 당장이라도 벌떡 일어나 창 밖으로 빵을 던져 버리고 싶었다. 그러고는 이렇게 소리 지르고 싶었다.

'난 이런 빵이 구역질나요. 아빠나 실컷 드세요. 아빠는 햄을 좋아할지 몰라도 난 아니라고요!'

페터는 묵묵히 빵을 먹었다. 한때는 햄이 들어간 빵을 정말 맛있게 먹은 적이 있다. 하지만 지금은……. 꾸역꾸역 빵을 삼켰다. 페터는 이해한다는 듯 자신의 팔에 닿는 엄마의 손길을 느꼈다.

엄마가 나직이 말했다.

"그래도 먹어야 돼."

그 때 아빠가 불쑥 입을 열었다.

"어때, 이번 일요일에 시합이 있는데, 함께 올 거지?"

아빠가 페터를 보았다. 페터가 환호성을 지를 것을 기대하는 눈빛이었다.

페터는 마지막 남은 빵을 간신히 삼키고는 아빠의 눈을 피하면서 말했다.

"전, 전 못 가요……."

"그게 무슨 소리냐?"

아빠가 놀란 얼굴로 물었다.

"왜 못 온다는 거냐? 옛날에는 이 아빠 시합이 있을 때마다 빠지지 않고 보러 왔잖아."

"그래도 못 가요."

페터는 같은 말을 되풀이했다. 온몸에 한기가 들었다. 아빠의 눈을 쳐다보고 싶지 않았다. 아니, 쳐다볼 수가 없었다. 아빠의 눈은 직설적이었다. 항상 예, 아니오라고 분명하게 대답할 것을 요구했다. 하지만 페터는 예라고 해야 할지, 아니오라고 해야 할지 분명히 결정할 수 없을 때가 많았다. 최근엔 그런 일이 더 잦았다. 그러면 보통 아빠가 대신 결정을 내려 버렸다.

엄마가 황급히 자리에서 일어나 창문을 닫았다. 이어 전기 난로와 스탠드를 차례로 켰다. 누런 불빛이 방 안을 따뜻하게 감쌌다.

페터의 시선이 널빤지를 댄 벽에 꽂혔다. 아빠의 우승 상장이 걸려 있었다. 페터는 일어나서 자그마한 탁자가 놓여 있는 소파로 건너가고 싶었다. 거기 앉아 소파 위 벽에 걸린 그림을 보고 싶었다. 고요한 밀밭 풍경을 그린 그림인데, 그걸 보고 있으면 혼자만의 공상에 잠길 수 있었다.

"못 간다고……. 어디 아픈 게냐? 아니면 무슨 일 있어?"

아빠가 물었다.

엄마가 식탁 위의 그릇들을 치우며 말했다.

"여보, 그냥 놔두세요. 이제 그런 쇠붙이를 들어올리는 운동에 관심이 없나 보죠. 누구나 그걸 들고 공중에서 균형을 잘 잡을 수는 없잖아요."

이제 아빠가 엄마에게로 고개를 돌렸다. 숨을 깊이 들이쉬는 모습이 화를 삭이는 것 같았다.

"뭐, 쇠붙이? 공중에서 균형을 잡고 어째! 대체 왜 그래? 페터나 당신이나 도대체 무슨 일이야?"

아빠가 오른팔 팔꿈치를 식탁 위에 올려놓으며 손을 폈다. 페터에게도 똑같이 하라는 듯 고갯짓을 했다.

"자, 팔씨름해 보자! 쇳덩어리를 들고 공중에서 균형을 잡으려면 얼마나 강한 힘이 필요한지 모르는 모양인데, 가르쳐 주마."

페터는 꼼짝도 않고 앉아 있었다. 예전에는 아빠와 팔씨름하는 것을 무척 좋아했다. 가끔 아빠가 장난삼아 져 주기라도 하면 만세를 부르며 활짝 웃곤 했다. 그런데 요즘에는 아빠가 일부러 져 주는 법이 없었다. 아주 진지하게 팔씨름을 했다. 언젠가 아빠는 이렇게 말했다.

"학교에서 모범생이 되지 못할 것 같으면 최소한 남자라도 돼야지."

남자라니, 그게 무슨 말일까? 아빠처럼 세상에서 가장 무거운 것을 들어올리고, 아무것도 두려워할 줄 모르는 사람이 되라는 뜻일까? 페터는 자신이 아빠 같은 사람이 될 수 없다는 걸 알고 있었다. 하지만 자신이 어떤 사람인지는 스스로도 몰랐다. 다만 자신은 아빠와 다르고, 남자도 아니고 모범생도 아니라는 사실을 알 뿐이었다. 그렇다면 아빠와는 어떻게 다른 것일까?

"손 잡아."

아빠가 명령했다.

"싫어요. 이건 바보 같은 짓이에요."

페터가 반발했다. 아빠의 말을 거역한 건 이번이 처음이었다. 아빠는 이 상황을 어떻게 이해해야 할지 갈피를 잡지 못하는 것 같았다. 아들이 이렇게 반항하리라고는 생각하지도 못한 것이다.

"손을 잡아!"

아빠가 같은 말을 반복했다.

"팔씨름하고 싶지 않아? 그러면 넌 남자가 되지 못해."

엄마가 페터 뒤로 걸어가 어깨에 두 손을 얹었다.

"이제 이런 유치한 놀이는 그만 하세요. 얘가 싫은가 봐요. 아직 어린애잖아요."

아빠가 주먹으로 식탁을 쾅 내리쳤다.

"어린애라고? 당신은 언제까지 애를 싸고돌 거야? 이제 저 스스로 세상을 헤쳐 나가는 법을 배울 때가 됐어. 나는 저만할 때 벌써 학교에서 가장 힘센 애들과 겁 없이 맞붙어 싸웠어. 팔굽혀펴기도 서른 번이나 했고, 앉았다 일어서기도 백 번을 넘게 했어! 그런데 어린애라니!"

페터는 더 앉아 있을 수가 없었다. 엄마의 손을 뿌리치고 자리에서 벌떡 일어났다. 의자가 뒤로 벌렁 나자빠졌다. 페터는 부모님에게서 한 발짝 멀어지며 악을 썼다.

"난 어린애가 아니라고요! 팔씨름 같은 건 하기 싫어요. 제발 날 좀 가만히 내버려둬요!"

평소에 창백하던 페터의 얼굴이 발갛게 달아올랐다. 몸을 약간 앞으로 내밀고 있는 것이 당장이라도 달려들 태세였다.

페터는 화를 누를 수가 없었다. 엄마는 자신을 젖먹이 취급하고, 아빠는 힘으로 누르려고 하는 것이다!

페터의 느닷없는 반응에 부모님은 깜짝 놀랐다. 아빠가 허리를 꼿꼿이 펴고 앉아 엄마에게 눈길을 돌렸다. 아무 대답이라도 해 보라는 무언의 요구였다. 엄마가 불가리아 말로 뭐라고 다다닥 쏟아 냈다. 흥분하면 자연스레 고향 말이 튀어나왔다.

아빠가 천천히 일어나 거실 쪽으로 몇 걸음 옮기다가 소리쳤다.

"이게 무슨 꼴이야! 내 집에서 이게 무슨 꼴이냐고!"

"그게 아니고······."

엄마가 말을 잇지 못했다.

페터는 부모님이 이렇게 어쩔 줄 모르고 허둥대는 것을 은근히 즐겼다. 예전에는 어떤 상황에서든 명확한 결정을 내리던 아빠조차 지금은 무슨 말을 해야 할지 몰라 당황하고 있었다. 페터는 승리감과 비슷한 묘한 감정이 들었다. 마치 아빠와 팔씨름을 해서 이긴 기분이었다. 하지만 다른 한편으론 자신의 마음속에 이렇게 나쁜 마음이 도사리고 있는 것을 깨닫고 덜컥 겁이 나기도 했다.

그 때 현관에서 초인종이 울렸다. 마치 모두를 위한 구원의 신호처럼 들렸다. 평소에는 누가 와도 서로 미적대며 눈치만 살피던 세 사람이 지금은 거의 동시에 문으로 달려갔다.

루처가 벌써 문을 열고 들어와 있었다. 페터 가족은 사람이 집에 있으면 현관문을 잠가 두지 않는다. 엄마는 손님이 오는 것을 언제나 반겼다. 불가리아에 있는 친정집에서도 항상 손님을 환영한다는 뜻으로 대문을 열어 두는 것을 보고 자란 엄마였다.

"아, 루처구나. 이 시간에 어쩐 일이냐?"

아빠가 먼저 입을 열었다.

루처가 당황해서 안경을 위로 밀어올렸다.

"그냥 잠시 들렀어요."

루처의 목소리는 평소처럼 차분하게 들리지 않았다.

엄마가 루처를 거실로 떠밀었다.

"일단 편하게 앉아라."

엄마가 주스를 가져와 잔에 가득 따라 주었다.

루처가 한쪽 발로 슬그머니 가방을 거실 탁자 아래로 밀어 놓았다. 페터의 눈길이 가방에 닿았다. 오늘 교실에서 도망칠

때 놓고 온 자신의 책가방이었다.

페터의 분노는 어느새 연기처럼 사라져 버렸다. 이제는 오히려 학교에서 도망친 걸 아빠가 알게 될까 가슴을 졸였다. 아빠는 절대 그런 행동을 이해할 사람이 아니었다. 그렇다고 아빠를 납득시킬 자신도 없었다.

엄마가 무언가 심상찮은 낌새를 눈치챈 것 같았다. 탁자 위에 과자를 갖다 놓으며 루처에게 자꾸 먹으라고 권했다.

아빠는 여전히 흥분이 가시지 않은 눈으로 페터를 바라보다가 문득 루처에게 고개를 돌려 물었다.

"모리셔스 우표*라도 발견한 거냐? 아니면 요즘은 우표 수집을 그만두었냐?"

루처가 헛기침으로 페터에게 신호를 주었다. 페터는 그게 무슨 뜻인지 금방 알아들었다. 즉 학교에서 있었던 일을 너희 부모님도 알고 있느냐는 뜻이었다.

그러나 페터는 루처에게 대답하지 않았다. 자신이 불리와 다른 친구들을 피해 도망을 쳤고, 학교에서는 약해빠진 겁쟁이 취급이나 당한다고 아빠에게 말해 버릴까? 페터는 아빠의 마음을 아프게 하고 싶었다. 그러려면 모든 걸 사실대로 말해야 했다. 하지만 그럴 수는 없었다. 모든 걸 말하려면 학급비를

---

* 1847년 영국령 모리셔스 섬에서 발행된 우표. 현재 30장가량 남아 있는 것으로 알려져 있는데, 세상에서 가장 유명하고 값비싼 우표다.

훔친 것까지도 밝혀야 하는데, 그것만큼은 털어놓고 싶지 않았다.

루처가 페터 아빠의 질문에 대답했다.

"우표는 아직 계속 모으고 있어요. 모리셔스 우표는 구하지 못했지만, 작센드라이어 우표는 한 장 있어요. 그것도 아주 귀한 겁니다."

"우표 수집은 노인네나 약골들이 하는 거지."

아빠가 보기에 루처는 페터에게 별로 좋은 친구감이 아니었다. 루처는 너무 얌전하고 패기가 없어 보였다. 사내 녀석이라면 불리 정도는 돼야 한다고 생각했다. 불리는 아무리 높은 나무라도 겁 없이 기어 올라갔고, 목재소에서 가끔 손이 모자라 일을 부릴라 치면 어른 한 사람 몫은 너끈히 해내곤 했다.

페터는 아빠의 생각을 읽고 있었다. 굳이 보지 않아도 아빠의 질책 어린 시선이 목덜미에 와 닿는 걸 따갑게 느끼고 있었다.

아빠가 나무라듯이 말했다.

"루처는 그래도 제가 시작한 일을 끝까지 해내는 끈기라도 있지. 그게 우표 수집이라서 좀 그렇긴 하지만. 근데 내 아들이라는 녀석은 뭐든 시작만 해 놓고 금세 흥미를 잃어버려. 축구든 그림이든 탁구든 합창단이든 심지어 등산까지 한결같아. 사내 녀석이 한번 시작을 했으면 끝을 봐야지, 그게 뭐야! 그리고 방금 안 일이지만, 제 아비가 역도 선수인데도 그 아드님이라는 분은 역도에 관심조차 없으니, 원. 난……."

"이제 그만 하세요."

엄마가 아빠의 말을 중단시켰다.

"손님을 앞에 두고 무슨 짓이에요. 우릴 어떻게 생각하겠어요. 그만 해요."

엄마가 페터를 달랠 셈으로 페터의 머리에 손을 얹으려고 했다. 페터가 굳은 표정으로 엄마의 손을 뿌리쳤다.

아빠가 다시 입을 열었다.

"내가 어디 틀린 말 했나? 아들이라고는 하나밖에 없는데, 그런 녀석이 끝까지 해내는 일이 없으니 나중에 뭐가 되겠어? 예전에는 학교 생활이라도 제대로 하는 것 같더니 이젠 그것도 개판이 돼 버렸어. 대체 이유를 모르겠어."

엄마가 루처의 잔에 주스를 더 따르며 남편에게 사정하듯 말했다.

"우리 불가리아 농촌에는 이런 말이 있어요. 수확 전에는 곡식 타령 하지 말라고요. 페터는 아직……."

페터가 사나운 눈빛으로 엄마를 노려보았다. 엄마의 입에서 나올 다음 말을 알고 있었기 때문이다. 엄마도 그걸 눈치챘는지 말을 맺지 못했다. 페터는 요즘 들어 부쩍 자기를 어리다고 말하는 것이 듣기 싫었다.

거실에 침묵이 흘렀다. 광장에서 울려 퍼진 맑은 교회 종소리가 집 지붕들을 휘감고 돌다가 점점 더 높이 날아가 아득한 산봉우리에 부딪혔다. 붉게 물든 하늘이 짙푸른 색으로 바뀌면서 사방으로 어둠이 퍼져 나갔다. 산에서 마을로 밤이 내려오고 있었다.

루처가 일어났다.

"이제 여장을 꾸려 떠나야겠습니다."

루처가 어색한 상황을 모면하려고 농담을 했다. 하지만 그러면서도 발을 떼지 못하고 머뭇거렸다. 마침내 루처가 허리를 숙여 가방을 들어올렸다.

"자, 개구리, 받아. 네 가방이야. 깜박 잊고 학교에다 두고 갔더라."

페터가 망설이듯 가방을 받아 들고 자리를 피하려고 했다.

그 때 아빠의 목소리가 페터의 목덜미를 잡아끌었다.

"개구리라니? 그게 무슨 뜻이야?"

루처는 벌써 현관문 옆에 서 있었다. 가능하면 빨리 이 곳을 떠나고 싶었다. 루처가 페터에게 귓속말을 했다.

"미안해, 애늙은이. 너희 집에 불화를 일으키려는 생각은 전혀 없었어."

그러고는 큰 소리로 말했다.

"아무 뜻도 아니에요. 그냥 별명이에요. 애들이 저보고 루처라고 부르는 것처럼 그냥 페터보고 개구리라고 그래요."

엄마가 웃었다.

"개구리라고? 참 귀여운 별명이구나."

아빠가 신경질적으로 신문을 집어 들었다가 다시 내팽개쳤다. 이마에 주름이 깊게 파였다.

"뭐, 개구리? 기가 막히는군. 나는 목재소건 스포츠클럽에서건 '바위 같다'는 소리는 들었어도 '개구리 같다'는 소리는 들어 본 적이 없어. 정말 상상도 못 할 별명이군."

아빠의 얼굴에 크나큰 실망이 어려 있었다. 그걸 보는 순간 페터의 마음속에서도 개구리라는 별명에 대한 반감이 다시 치밀어올랐다. 자신도 그 별명이 너무 싫었다. 하지만 떨쳐 내려고 하면 할수록 더욱 찰싹 달라붙는 느낌이었다.

페터는 루처의 가슴에 책가방을 떠안기며 적의에 찬 얼굴로 말했다.

"이건 내 가방이 아냐!"

루처는 페터의 갑작스런 반응을 어떻게 이해해야 할지 몰라 어리둥절했다.

"아냐, 분명 네 거야."

페터는 절망했다. 두 눈에 눈물이 고였다.

"내 게 아니라고!"

루처가 차분하게 설명하기 시작했다. 목소리가 조용하고 신중했다.

"네가 불리를 피해 도망쳤을 때 의자에 가방을 놓고 갔어. 기억나지?"

페터가 떠밀다시피 루처의 품에 가방을 완전히 떠넘겼다. 루처는 그걸 받을 수밖에 없었다. 페터가 루처에게 주먹을 치켜들고 소리쳤다.

"난 누구한테서도 도망치지 않았어. 너희 모두 그걸 알아야 해! 불리한테서도 도망치지 않는다고! 알아?"

루처가 조심스럽게 가방을 내려놓았다.

"그래, 알았어. 진정해."

루처의 목소리가 한층 더 차분하게 가라앉았다.

"자, 아까 학교에서 있었던 일을 차근차근 생각해 보자. 넌 초모룽마를 정복하고 싶다고 했어. 그건 기억나지? 근데 어찌 된 영문인지 넌 그 말에 스스로 흥분해서 아이들의 공책과 가방을 창 밖으로 내던져 버렸어. 여기까진 분명하지? 그 다음에 불리하고 다른 애들이 와서 너를 때리려고 했어. 넌 도망을 쳤고……."

페터는 피곤했다. 이대로 계속 부인하는 것이 무의미했지만, 그래도 입에서는 여전히 같은 말이 튀어나왔다.

"이건 내 가방이 아냐. 내 가방은 내 방에 있어."

엄마가 페터를 도우러 나섰다.

"루처, 시간이 늦었구나. 너희 할아버지께서 걱정하시겠다. 그만 가 봐야지. 가방은 네가 착각했을 거야. 책가방은 모두 비슷비슷하니까."

페터 아빠가 의자에서 일어났다.

"도망을 쳤다……. 개구리라……."

아빠가 한 손으로 무거운 의자 등받이를 잡고 어린애 장난처럼 가볍게 들어올렸다가 다시 바닥에 쾅 내려놓았다. 그러고는 고개를 절레절레 흔들다가 루처에게 화난 목소리로 소리쳤다.

"내 아들이 자기 가방이 아니라면 아닌 거야. 내 아들은 절대 거짓말을 하지 않아!"

페터는 아빠가 자신을 두둔하고 나서자 깜짝 놀랐다. 하지만 좋아할 일이 아니었다. 아들이 아니라 아빠 자신을 변호하는 말처럼 들렸기 때문이다.

"근데요, 그게……."

루처는 다시 한 번 상황을 설명하려고 하다가 페터의 간절한 눈빛을 보는 순간 말을 중단했다.

"이만 가 보겠습니다. 안경점에 들러야 하거든요. 가방 주인은 나중에라도 나타나겠죠. 그럼 안녕히 계세요."

엄마가 층계참까지 나가 루처를 배웅했다. 그러고는 다시 집 안으로 들어와 아들과 남편 사이에 섰다. 마치 둘을 이어 주는 다리라도 되려는 듯이.

엄마가 불안하게 물었다.

"이제 아무 문제 없죠? 이대로 넘어가요."

"그런 건 나한테 묻지 마. 나는 평생 누구 앞에서도 도망친 적이 없어."

엄마는 오싹 한기를 느끼며 양손을 어깨에 올렸다. 살갗이 잿빛으로 변했다.

아빠가 갑자기 웃음을 터뜨렸다.

"뭐? 초모룽마를 정복하겠다고? 세상에서 제일 높은 산을 올라가겠다고? 가관이군."

페터는 아빠의 웃음소리에 가슴이 콕콕 찔리는 아픔을 느꼈다. 당장이라도 달려들어 아빠의 입을 틀어막고 싶었다.

페터는 자기 방으로 뛰어들어가 침대 위로 몸을 던졌다. 눈앞에서 초모룽마의 푸른 불꽃이 점점 작아지더니 마침내 완전히 꺼져 버렸다. 온 세상이 컴컴해졌다. 이젠 아픔밖에 남아 있는 것이 없었다.

울음이 쏟아졌다. 이렇게 울어 본 것이 참 오랜만이었다. 모범생과 남자는 울지 않는다. 승리의 미소만 지을 뿐이다. 하지만 지금 페터는 울고 있었다. 그래도 전혀 부끄럽지 않았다. 페터는 서서히 차분해지는 것을 느꼈다. 피곤했다. 몹시.

5

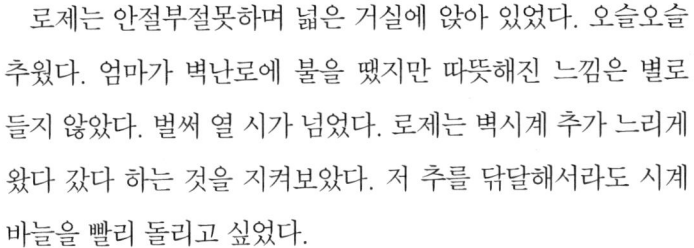

로제는 안절부절못하며 넓은 거실에 앉아 있었다. 오슬오슬 추웠다. 엄마가 벽난로에 불을 땠지만 따뜻해진 느낌은 별로 들지 않았다. 벌써 열 시가 넘었다. 로제는 벽시계 추가 느리게 왔다 갔다 하는 것을 지켜보았다. 저 추를 닦달해서라도 시계 바늘을 빨리 돌리고 싶었다.

피아노 앞 의자에 앉아 패션 잡지를 뒤적거리던 엄마가 다시 한 번 시계를 흘낏 쳐다보고는 말했다.

"자러 가야지. 공연은 이제 끝났을 거야. 너도 알잖아. 아빠는 좀 쉬고 나서 차에 타시는 걸. 방으로 데려다 줄까?"

로제는 엄마의 말에 대답하지 않았다. 아빠가 돌아올 때까지 기다릴 작정이었다. 아빠에게 오늘 공연은 어땠는지, 박수는 얼마나 받았는지 직접 물어볼 생각이었다. 그러면 아빠는 로제를 자상하게 껴안으며 오늘은 많이 아프지 않았는지 물을 것이다. 로제가 아빠의 파이프담배에 불을 붙이면서 기침을 하면 둘은 마주 보고 웃을 것이다.

 텔레비전 수상기가 내뿜는 푸르스름한 불빛이 깜빡깜빡 오래된 가구들을 비추자 가구들이 마치 유령처럼 다시 살아나는 것 같았다. 로제는 보지도 않으면서 텔레비전을 켜 놓길 좋아했다. 텔레비전 불빛으로 생기를 되찾은 가구들이 저마다 살아온 이야기를 들려주기 때문이다. 쇠장식이 붙은 낡은 장식장은 자신이 오래 전 옛날에 한 가난한 목수의 손에 만들어져 단돈 몇 푼에 왕에게 팔렸다고 했다. 장식장은 자신의 이야기를 이렇게 당당한 목소리로 늘어놓았다.

 "사람들은 내 몸 속에 보석과 패물들을 엄청나게 많이 넣어두었어. 아마 다 합치면 어마어마한 금액이었을 거야. 그러던 어느 날 해적들에게 강도를 당했어. 그 뒤에는 나쁜 부모가 아이를 내 속에 넣고 망망대해로 띄워 보냈어. 너희 부모가 고가구점에서 나를 비싸게 사들이기 전까지 나는 어느 농가의 다락방에 놓여 쥐들의 보금자리이자 놀이터로 지냈지."

 가끔 장식장과 책상이 티격태격 싸우는 일도 있었다. 책상은 장식장만큼 오래되지는 않았지만, 고급스런 재질과 우아한 외모, 멋들어진 조각에 자부심이 대단했다. 다만 오래 전에 곰팡내 나는 사무실에서 지낸 일은 잊고 싶어했다. 거기서는 먼지 쌓인 서류의 받침대로나 사용되었고, 곳곳에 잉크가 흘러

엉망이었다고 했다. 한번은 어린이 책을 처음 쓰는 작가를 도와준 적도 있었다고 했다. 어린 여자애가 온갖 말썽을 부리다가 마지막에 해피엔딩으로 끝나는 재미있는 내용이었는데, 책상은 그 책이 완성되었을 때 마치 자기가 예술가라도 된 듯한 기분이 들었다고 했다.

"이봐요, 장식장 마나님. 온갖 보석과 패물을 담고 계셨다고요? 이런 말 드리기 죄송하지만, 사실 그딴 건 아무 쓸모도 없는 것들이에요, 안 그래요?"

값비싼 티크나무로 만든 책상이 한쪽 다리를 덜덜 떨며 말했다. 거들먹거리는 기색이 역력했다.

장식장의 눈에서 검붉은 불꽃이 튀었다. 고상한 신분과 체통도 잊고 화를 못 이겨 맞받아쳤다.

"그러는 당신은 뭐가 그리 잘났어! 곰팡내 나는 사무실에서 잉크나 덕지덕지 묻히고 다녔으면서. 아무에게나 등을 내주는 주제에 작가 좋아하시네! 채신머리없이 자꾸 웃음이 터져 나오려고 해서 간신히 참고 있구먼. 당신은 아무에게나 등을 내주는 '사무실 당나귀'야!"

다른 가구들은 둘이 싸우는 걸 보고 웃기만 했다. 다른 것들은 모두 새 것이어서 아직 세상을 산 경험이 없었고, 그래서 특별히 할 이야기도 없었다.

"장식장 마나님, 또 이런 말씀을 드려서 죄송한데, 똥배가 그렇게 흉하게 나온 걸 알기는 하십니까?"

책상이 장식장의 아픈 곳을 찔렀다.

엄마가 패션 잡지에서 눈을 떼고 로제를 보며 물었다.

"뭘 보고 그렇게 웃니?"

로제가 웃음을 꾹 누르며 대답했다.

"웃긴요. 웃을 일이 뭐 있겠어요."

엄마가 피아노 뚜껑을 열고 로베르트 슈만의 「어린이 정경」을 연주했다. 로제가 무척 좋아하는 곡이었다. 하지만 지금은 듣고 싶지 않았다.

"그만 해요, 엄마. 안 들린단 말이에요."

엄마가 연주를 중단했다.

"뭐가 안 들린다는 거니? 그리고 텔레비전은 보지도 않으면서 왜 계속 켜 놓고 있어?"

로제는 말하지 않았다. 엄마가 가구들의 대화를 완전히 망가뜨려 버린 것이다. 로제는 가만히 있기가 뭣해 머쓱하게 머리를 빗었다. 예전 같았으면 엄마에게 가구들의 대화에 대해 이야기했을 것이다. 그러면 엄마는 깔깔 웃으며 이렇게 말했을 것이다.

"어이구, 우리 공주님, 귀도 밝으시네!"

로제는 부모님 사이에 무슨 변화가 생겼음을 감지한 뒤부터는 속마음을 털어놓지 않았다. 부모님도 로제가 있는 자리에서는 대화를 나누지 않았다.

로제와 엄마가 동시에 바깥으로 귀를 쫑긋 세웠다. 자동차 소리가 빠르게 다가오더니 이내 집 앞에서 멈추었다. 자동차 문이 쾅 닫혔다.

로제는 엄마의 변화를 유심히 지켜보았다. 우선 엄마는 어깨에 두른 숄을 단정하게 여미었다. 몸놀림이 부산했다. 책 한 권을 들고 소파에 앉아 몇 시간 전부터 책을 읽고 있던 사람처럼 굴었다. 로제는 엄마가 아빠 앞에서 왜 저렇게 행동을 꾸미는지 이해할 수가 없었다. 예전에 엄마는 아빠가 퇴근하고 오면 부리나케 달려나가 마치 오랫동안 만나지 못한 연인처럼 테라스에서 포옹하고 입맞춤을 했다.

문을 발로 차서 여는 소리가 들렸다. 아빠가 큼직한 소파를 등에 지고 거실로 들어왔다.

"나 왔어."

낮고 분명한 목소리였다. 로제는 목소리만 들어도 아빠의 마음을 읽을 수 있었다. 아빠는 감정을 표현하기 위해 고함이나 바락바락 질러 대는 그런 배우가 아니었다. 몸놀림, 표정, 목소리가 모두 절제되어 있으면서도 자신이 말하고자 하는 것을 사람들이 분명히 느낄 수 있도록 했다.

아빠가 소파를 내려놓고. 지쳤는지 잠시 맥을 놓고 서 있었다. 그러고는 로제에게 다가와 옆에 앉았다. 아빠가 로제의 두 손을 꼭 감싸쥐며 걱정스레 물었다.

"예쁜 우리 공주님. 그래, 오늘은 어떻게 지냈어? 아픈 건 어때? 오늘 하루 잘 보냈어?"

로제는 아빠의 선량한 얼굴을 들여다보았다. 이해심이 많고 믿음을 주는 얼굴이었다. 무대 위의 젊은 주인공처럼 눈부신 얼굴이 아니라 노동의 쓰라림이 밴 평범하고 소박하고 선량한 얼굴이었다. 이런 얼굴은 노동자들 중에 많았다. 예를 들어 하루 종일 용광로의 뜨거운 열기 속에서 일하는 주물공장 노동자들의 얼굴에서도 이런 쓰라림이 묻어났다. 로제가 이것을 처음 깨달은 건 일년 전 학교에서 도시의 주물공장으로 견학을 갔을 때였다.

집에 있을 때 아빠의 얼굴은 하나였다. 깊고 선량한 눈, 홀쭉한 뺨, 과장이나 수다라고는 전혀 모를 것 같은 꾹 다문 입술. 아빠의 머리는 검은 곱슬머리인데, 새치가 헤아릴 수 없이 많았다.

이런 아빠도 무대에만 서면 천의 얼굴로 바뀌었다. 젊은 얼굴, 늙은 얼굴, 지혜로운 얼굴, 아둔한 얼굴, 찡그린 얼굴, 즐거운 얼굴 등 천차만별이었다. 어떤 때는 살인자, 어떤 때는 성자, 또 어떤 때는 배신자의 얼굴이 되기도 했다. 로제는 아빠의 여러 얼굴들 가운데 햄릿을 가장 좋아했다. 정의를 위해 용감하게 싸우고, 진실을 얻는다면 죽음도 두려워하지 않는 햄릿이 마음에 들었다.

로제는 아빠에게 사실대로 말하고 싶었다. 오늘은 아프지 않았고, 그렇게 심심하지도 않았다고. 올해는 늙은 라일락나무가 다시 한 번 꽃을 피울 거라고. 그러나 아빠와 엄마 사이의 거리를 보는 순간 생각이 달라졌다. 둘 사이에 냉기가 흘렀다. 갈수록 틈은 더욱 커지고 있었다. 무언가 두려운 일이 벌어지고 있는 게 분명했다.

로제가 아빠에게 대답했다.

"온몸이 아팠어요. 다리도 아프고 허리도 쑤시고…… 정말 끔찍한 하루였어요……. 그 징그러운 개구리가 다시 정원으로 들어와 내 앞에서 펄쩍펄쩍 뛰어다녔어요……."

"그래, 우리 공주님……. 모든 게 다 잘될 거야. 인내심을 가져야 해. 희망을 갖고 포기하지 않으면 언젠가는 원하는 걸 얻을 수 있어."

아빠가 이해한다는 듯 로제의 손을 꼭 쥐었다. 그러고는 엄마에게 다가가 잠깐 안아 주었다.

로제는 이 포옹이 연기라는 것을 잘 알고 있었다. 자신을 위해 두 사람이 꾸민 어설픈 연기였다. 예전에 엄마 아빠는 자연스레 서로 끌어당기며 포옹했지만, 지금은 한쪽의 저항을 억지로 누르는 기색이 역력했다.

로제는 갑자기 다리가 저리고 허리가 아팠다. 몸이 좋지 않았다. 엄마 아빠에게 속았다는 느낌이 들었다. 신뢰에 금이 갔다. 엄마 아빠는 왜 내게 사실대로 이야기해 주지 않는 것일까? 왜 저렇게 거짓된 모습만 보이는 것일까? 아니면 내가 잘못 본 걸까? 내가 착각한 건 아닐까?

"피곤해 보이네요. 오늘 공연은 어땠어요?"

"오늘 리허설은 무척 힘들었어. 리허설 끝나고 곧바로 방송극 녹음하고 공연을 했지. 너무 바빠서 식사하러 갈 새도 없었어. 공연은 별로였어. 리허설하느라 진이 다 빠져 버렸거든."

로제는 엄마 아빠 사이에 오가는 말을 한마디도 빠뜨리지 않고 들었다. 몸짓과 표정도 유심히 지켜보았다. 겉으로는 이상할 게 전혀 없었다. 보통 부부 사이에서 오갈 수 있는 말이었다. 그러나 좀더 자세히 들여다보면 진심이 묻어 있지 않은 걸 알 수 있었다. 사랑이 없는, 그저 습관적으로 나누는 말과 행동일 뿐이었다.

로제는 휠체어를 타게 된 이후 사물을 정확하게 관찰하는 법을 배웠다. 주변을 주의 깊게 돌아보면 사물에도 목소리가 있고 다채로운 색깔이 있었다. 사물은 한 가지 색깔로 줄곧 머물러 있지 않고 끊임없이 변했다. 하늘의 파란색도, 해와 별의 노란색도, 풀밭의 초록색도 그랬다. 정원에 핀 데이지 꽃도 마냥 하얀색으로만 있지 않았다. 가끔 황금빛으로 가물거리기도 하고, 물방울의 투명한 푸른색을 띠기도 했다. 또 어떤 때는 데이지 꽃 한 송이가 순간적으로 황홀한 무지개 색으로 빛나기도 했다.

로제는 동물들도 예전과는 다른 눈으로 지켜보았다. 옛날에는 개나 고양이나 참새나 파리를 종류별로 뭉뚱그려 다 똑같다고 생각했다. 하지만 이제는 한 마리 한 마리가 새삼스레 눈에 들어왔다. 잠이 안 와 뒤척이거나, 부모님과 자신이 앞으로 어떻게 될지 생각에 잠기거나, 혹은 모든 게 너무 고요해서 악이라도 쓰고 싶은 밤, 어느 집에서 개 짖는 소리를 시작으로 다른 집 개들이 화답이라도 하듯 연쇄적으로 짖어 대면 한결 마음이 편안해졌다. 로제는 이제 동물을 보지 않고 목소리만 들어도 그 동물이 큰지 작은지, 어떻게 생겼는지, 용감한지 겁쟁이인지, 슬픈지 기쁜지, 배가 고픈지 부른지, 아니면 추위에 떠는지 아닌지 알 수 있었다.

얼마 전까지만 해도 로제는 모든 참새가 똑같이 생겼다고 생각했다. 하지만 이제는 정원에 사는 여섯 마리 참새를 모두 구별할 수 있었다. 심지어 각각 이름까지 지어 주었다. 예를 들어 뻔뻔이는 뻔뻔할 정도로 대담한 녀석이었다. 로제가 손에 과자 부스러기를 올려놓아도 겁 없이 날아와서 쪼아 먹었다. 나불이는 잠시도 주둥이를 가만두지 못하고 쉴새없이 뭐라고 쫑알거렸지만, 가족 간에 불화를 자주 일으키는 삐딱이를 다독거리고 보살펴 주는 자상한 녀석이었다. 부풀이는 흔들리는 자작나무 가지에 앉아 깃털을 둥글게 부풀리고 일광욕하는 걸 좋아했다.

알아보기가 가장 힘든 건 사람이었다. 개중에는 사육제 때 쓰는 가면들처럼 여러 개의 얼굴을 가진 사람도 있었다. 잡화점을 하는 핸젤 아저씨가 그런 사람이었다. 로제는 사고를 당하기 전까지는 핸젤 아저씨가 손님마다 대하는 방식이 다르다는 것을 눈치채지 못했다. 하지만 지금은 핸젤 아저씨에게 최소한 열 개가 넘는 가면이 있다는 걸 알아차렸다. 아저씨는 필요에 따라 가면을 바꾸어 썼는데, 그게 장사에 도움이 되었다. 예를 들어 가족 중에 상(喪)을 당한 손님이 오면 아저씨도 덩달아 슬픈 표정을 지었고, 결혼식을 맞거나 아이가 태어난 손님이 오면 입이 귀에 걸릴 정도로 활짝 웃었다. 그뿐이 아니었다. 물건을 많이 사는 손님한테는 쓸개라도 빼 줄 것처럼 상냥하게 굴었지만, 달랑 박하사탕 하나만 사 가는 아이한테는 사도 그만 안 사도 그만이라는 듯 심드렁하게 대했다. 어떤 게 핸젤 아저씨의 진짜 얼굴일까? 로제 생각엔 진짜가 하나도 없는 것 같았다. 어쩌면 진짜 얼굴은 계산대 뒤에 놔두고 오는지도 몰랐다.

로제에게 사람은 갈수록 알기 힘든 존재였다. 예전에는 사람들에 대해 신뢰가 있었다. 남의 말을 곧이곧대로 믿었고, 얼굴에 드러난 표정과 몸짓 하나하나까지 모두 진실이라고 생각했다. 하지만 이제는 아니었다. 엄마 아빠의 얼굴에서 위선의 가면을 발견한 것이다.

"로제!"

로제가 놀라 후닥닥 고개를 들었다. 아빠가 새 소파를 로제의 휠체어 옆으로 밀어 놓았다.

"피곤해 보이는구나. 아빠가 침대로 옮겨 주마."

"피곤하지 않아요."

로제는 아빠의 말을 부인했다. 낮보다 더 심심한, 어둡고 지루한 밤이 두려웠기 때문이다.

"소파는 이 아빠가 우리 공주님을 위해 사 갖고 온 거야. 아주 푹신해. 한번 앉아 보겠니?"

엄마가 벌떡 일어나더니 못마땅한 얼굴로 남편을 야단쳤다.

"이렇게 편안한 소파를 사 주면 애가 다시 걸으려고 하겠어요? 당신이라는 사람은 도저히 이해가 안 돼요. 베르너 박사님 말로는 로제가 부지런히 걷기 연습을 해도 부족하다고 했어요. 그것도 매일요. 로제는 어떤 일이 있어도 다시 걸어야 한다고요!"

로제는 사실 그 푹신한 소파가 마음에 들지 않았다. 그러나 엄마의 말을 듣는 순간 생각을 바꾸어 기대에 부푼 표정으로 아빠의 팔에 안겨 소파에 앉았다.

"와, 정말 푹신하고 편해요, 아빠! 아픈 것도 별로 모르겠어요."

아빠가 반갑게 활짝 웃었다.

"여보, 좀 진득하게 기다려 봐요. 걸을 것 같은 느낌이 들면 어련히 알아서 연습을 하겠어. 지금 로제에게 필요한 건 휴식과 안정이라고."

엄마가 피아노 앞에 앉아 건반을 세게 두드렸다. 날카롭고 거친 음이 방 안에 어지럽게 흩어졌다.

아빠가 소파 팔걸이에 앉아 엄마를 보았다. 아빠의 얼굴에 아릿한 고통 같은 것이 스며 있었다. 지난날의 추억에서 오는 고통일 것이다. 아빠가 윗도리 주머니에서 작은 책을 꺼내 책장을 넘겼다. 그러고는 약간 들뜬 목소리로 말했다.

"이건 브레히트의 희곡이야. 『갈릴레이의 생애』라는 작품이지. 곧 리허설을 할 거야."

엄마가 피아노 연주를 중단했다.

"갈릴레이를 한다고요? 그럼, 축하해야겠네요. 그렇게 그 역을 한번 해 보고 싶어하더니."

"내가 갈릴레이 역할을 한다는 걸 어떻게 알았어?"

엄마가 웃었다. 낡은 장식장에서 코냑과 유리잔 두 개를 가져와 잔에 가득 따른 뒤 아빠에게 한 잔을 내밀었다.

"당신 얼굴에 씌어 있어요. 어쨌든 잘해 보세요."

"고마워."

엄마 아빠는 잔을 부딪치고 코냑을 마셨다. 순간 로제는 이렇게 외치고 싶었다. 엄마 아빠, 우리 이대로 살아요! 다시 옛날처럼 오붓하게 살자고요! 절대 변해선 안 돼요!

"이제 침대로 갈래요."

로제가 말했다. 엄마 아빠의 사이가 다시 좋아졌다는 느낌을 침대 속으로 그대로 갖고 가고 싶었다. 어쩌면 좋은 꿈을 꿀 수도 있을 것 같았다.

"아빠, 그 책 좀 줘 봐요. 읽고 싶어요."

엄마 아빠가 힘을 합쳐 로제를 방으로 날랐다. 로제는 이불 속으로 파고들었다. 잘 자라는 엄마의 입맞춤도 뿌리치지 않았다. 로제는 아빠의 손을 꼭 잡았다. 다시 모든 게 옛날로 되돌아가서 우리 모두 행복해질 거라고 약속해 달라는 듯이.

엄마 아빠는 로제가 벌써 잠이라도 든 것처럼 발소리를 죽이며 살금살금 방을 나갔다. 로제는 매일 저녁 침대에 누우면 하는 버릇대로 벽에 걸린 그림들을 바라보았다. 모두 자신이 그린 그림이었다. 며칠 전 수채화 물감으로 그린 마지막 그림이 눈에 띄었다. 갈림길에서 한 남자와 한 여자가 각각 다른 길로 걸어가고 있고, 길 한가운데에는 한 여자애가 외롭게 남겨져 있었다.

여닫이 창문이 활짝 열려 있었다. 얼굴에 닿는 밤기운이 서늘했다. 하늘의 별자리가 그렇게 또렷할 수가 없었다. 자작나무 가지에는 달이 걸려 있었다. 새 한 마리가 노란 달빛을 흠뻑 맞으며 잠들어 있었다.

로제는 아빠에게서 받은 책의 첫 장을 펼쳐 읽었다.

파두아에 사는 수학 교사 갈릴레오 갈릴레이가 새로운 코페르니쿠스 학설을 증명하려고 한다.
일천육백구 년
파두아의 한 작은 집에
지식의 불빛이 환하게 빛났다.
갈릴레오 갈릴레이는 마침내 계산해 냈다.
태양은 멈추어 서 있고, 지구가 움직인다는 것을.

피곤이 몰려왔다. 로제는 책을 옆으로 치우고, 지구가 돌아가는 것을 상상해 보았다. 어마어마하게 큰 바다와 산, 페터가 자주 이야기하던 초모룽마, 그리고 자신까지 지금 지구와 함께 돌고 있다는 것이 도저히 믿어지지가 않았다.

눈을 감았다. 가벼운 현기증이 일었다. 마치 그네를 탈 때처럼 아주 가벼운 현기증이.

6

페터는 종종 밤이 기다려졌다. 어둠에 묻혀 있으면, 어렸을 때 엄마의 무릎을 베고 누워 있던 것처럼 포근하고 편안했다. 밤은 밝음과 한낮의 요구, 그리고 친구들의 명랑한 놀이로부터 자신을 지켜 주는 천막 같은 것이었다.

하지만 이따금 밤이 두렵기도 했다. 밤이 부르는 외로움의 노래, 거리조차 가늠할 수 없는 별들의 아득함, 산등성이를 넘지 못하는 바람의 신음 소리가 느껴질 때면 더 이상 침대에 누워 있기가 힘들었다. 그냥 벌떡 일어나 사람들이 있는 곳으로 달려가고 싶었다. 사람들의 목소리가 들리고, 사람들의 체온을 느낄 수 있는 곳으로.

페터는 그 날 밤 쉬 잠을 이루지 못했다. 달이 마지 페터를 찾기라도 하듯 눈을 동그랗게 뜨고 방 안을 들여다보고 있었다. 페터를 찾으면 당장 이렇게 묻기라도 할 듯한 표정이었다.
'너 아직도 꼬마야? 사이코야? 개구리야? 지금도 초모룽마를 꿈꾸고 있어? 불리만 만나면 여전히 도망 다니지? 그 사이 망루는 올라간 거야? 응, 개구리?'
페터는 악착같은 달빛이 자신을 찾지 못하도록 얼마 전에 침대의 위치를 바꾸어 버렸다. 이제 달은 책상과 의자, 장롱, 그리고 아빠가 손수 만들어 준 누런 목재 가구들만 비추고 있었다.
페터가 시작만 해 놓고 번번이 포기한 것들도 달빛에 고스란히 드러났다. 벽에 걸린 권투 장갑, 등산용 밧줄, 축구화, 기타가 그랬고, 책꽂이에 놓인 노래책과 광대 의상, 뜨개질 도구가 그랬다. 이것들을 볼 때마다 페터는 마음이 쓰라렸다. 그렇다고 갖다 버릴 수도 없었다. 한번은 정말 꼴도 보기 싫어 물건들을 상자에 꼭꼭 싸서 지하실에 처박아 둔 적이 있었다. 그런데 그 뒤부터 방이 너무 낯설게 느껴졌고, 자신이 쫓겨난 기분까지 들었다. 결국 이틀 만에 물건들을 원래 자리에 갖다 놓을 수밖에 없었다.
페터가 중도 포기한 것을 증명해 주는 이 물건들은 모두 작년에 구입한 것들이었다. 그전에는 몇 해 동안 꾸준히 도시로 피아노 레슨까지 받으러 다닐 만큼 성실한 페터였다. 피아노 선생의 말에 따르면 페터는 재능이 있는 아이였다. 음악 학교에 들어갈 실력도 충분하다고 했다. 하지만 그렇게 되면 기숙

사 생활을 해야 하고, 주말에만 얼굴을 볼 수밖에 없다는 이유로 부모님이 음악 학교 입학을 반대했다. 그랬던 페터가 이제는 피아노 앞에 앉는 일조차 거의 없었다. 예전에 피아노를 즐겁게 쳤다는 사실이 오히려 믿어지지 않을 정도였다.

페터는 거실에서 엄마 아빠의 목소리가 들리는지 귀를 기울여 보았다. 평소에는 무슨 할 이야기가 그렇게 많은지 밤늦게까지 이야기를 나누곤 하던 부모님이었다. 하지만 오늘은 달랐다. 텔레비전의 낯선 목소리만 들릴 뿐 부모님의 목소리는 들리지 않았다. 페터는 이런 침묵이 자기 탓이라고 생각하면서 자신이 한층 더 비겁하고 한심하게 느껴졌다. 마음속 깊은 곳에서 수많은 물음이 솟구쳤다. 페터 루프레히트, 대체 넌 누구야? 왜 사는 거야? 하고 싶은 게 뭐야? 아는 게 뭐 있어?

페터는 스스로를 윽박지르는 이 물음들을 내동댕이치고 싶었다. 그러나 심적인 저항이 강할수록 물음은 더욱 거세게 자신을 몰아 댔다. 옛날에는 자신이 있는 장소가 세계의 전부였다. 놀이터, 방, 학교, 그늘진 오리나무 숲에 있으면 다른 생각은 전혀 들지 않았다. 그러나 지금은 방에 틀어박혀 있든, 이불을 뒤집어쓰고 있든 광활한 미지의 세계에 대한 아득함을 느꼈다. 그것은 그리우면서도 두려운 아득함이었다.

페터는 발을 내딛는 것이 두려웠다. 몸을 안전하게 받쳐 줄 단단한 바닥을 디딜 수도 있었지만, 여차하면 혼자서는 다시 기어 나올 수 없는 절벽 아래로 굴러 떨어질 수도 있었다. 외로웠다. 걷지 못하는 로제를 빼고는 근처에 아무도 보이지 않았다.
"난…… 개구리야. 그런 놈이 뭐, 초모룽마? 좋아하시네. 그건 허튼 공상일 뿐이야."

달빛에 등산용 밧줄이 드러났다. 사 놓고 한 번도 사용하지 않은 밧줄이었다.

온몸에 땀이 났다. 페터는 침대에서 벌떡 일어났다. 심장 고동 소리가 발끝부터 머리까지 몸 전체에서 쿵쿵 울려 댔다. 마치 무언가 몸 속에서 빠져나오려고 하는 듯했다. 몸을 움츠리고 이불을 뒤집어써도 소용이 없었다. 스스로 개구리라고 생각해도 소용 없었다. 답변을 하지 않으면 비키지 않겠다는 듯 물음이 페터 앞에 우뚝 버티고 서 있었다.

하지만 어디서 답을 찾는단 말인가? 만년설로 덮인 초모룽마의 정상에서? 거기 뭐가 있을까?

페터는 침대에서 후닥닥 뛰어 내려왔다. 뭔가 해야 돼! 뭐라도! 침대에 숨어서 질식하고 싶지는 않아!

페터는 거실로 달려나갔다. 부모님은 여전히 식탁에 앉아 있었다. 식탁 위에는 포도주 병과 잔 두 개가 놓여 있었다.

페터가 아빠 맞은편에 앉아 유리잔을 옆으로 치운 뒤 오른쪽 팔꿈치를 식탁 위에 올려놓고 손을 폈다.

"팔씨름해요."

마치 단호한 선전포고 같았다.

엄마가 깜짝 놀라 일어나 페터의 이마에 손을 갖다 댔다.

"갑자기 왜 이러니? 어디 아프니?"

페터가 엄마의 손을 치우고 아빠의 눈을 꼿꼿이 쳐다보았다.

아빠가 어떻게 해야겠느냐는 듯이 엄마를 슬쩍 바라보더니 짐짓 아빠 특유의 자신감에 찬 미소를 지었다. 그러고는 마지못해 도전을 받아들인다는 뜻으로 울퉁불퉁한 근육질의 어깨를 한 번 으쓱하더니 페터의 손을 잡았다.

엄마가 잔뜩 힘을 주고 있는 두 손을 잡아 떼어 놓으려 했지만 역부족이었다.

"정신 좀 차리세요. 애하고 이게 무슨 짓이에요? 이래 봤자 부자간에 사이만 더 나빠질 뿐이에요."

아빠가 페터의 손을 힘차게 잡았다. 페터는 손아귀가 아파 비명을 지를 뻔했다. 자신이 질 건 뻔한 사실이었다. 순간적으로 아빠가 너무 미웠다. 아빠의 힘과 자신만만함, 그리고 아빠의 우월감까지 증오했다.

페터의 눈빛을 본 아빠가 깜짝 놀라며 손에서 힘을 뺐다.

"이놈아, 그런 식으로 쳐다보지 마. 이건 그냥 놀이야……."

아빠가 페터의 손을 놓고 재빨리 일어나 텔레비전 쪽으로 걸어갔다. 그러고는 오래 전부터 신경에 거슬렸다는 듯이 거칠게 텔레비전을 꺼 버렸다. 이어 무거운 걸음으로 거실을 가로질러 갔다. 몸의 근육이 실룩거리고, 이마에 주름이 깊이 파였다. 아빠가 페터 앞에서 걸음을 멈추고 물었다.

"대체 요즘 왜 그래? 무슨 일 있어? 말을 해야 알 거 아냐!

지금까지 우린 널 위해 모든 걸 다 해 줬다. 나도 이제 할 말은 해야겠어……."

아빠가 이번에는 엄마에게 고개를 돌려 물었다.

"아드리아나, 당신은 얘가 왜 이러는지 알아? 사람은 모두 최선을 다하는 법인데, 얘는……."

"페터, 이리 와. 침대에 데려다 줄게. 너무 늦었구나."

엄마가 조심스레 말을 꺼냈다.

페터는 엄마에게 떠밀려 방으로 들어갔다. 엄마가 자상하게 이불을 여미어 주며 페터의 얼굴을 어루만졌다. 그러고는 마치 노래를 부르듯 나직이 말했다.

"그런 짓을 해선 안 돼. 너무 거칠어. 넌 아직 엄마 품 속의 아이야. 남자가 되려면 한참 남았어. 그 때까진 기다려야 돼."

페터는 엄마의 말에 토를 달지 않았다. 엄마가 방을 나가자 갑자기 마음이 편안해지면서 모든 것이 다시 단순하고 아름답게 느껴졌다. 초모룽마도 마음만 먹으면 얼마든지 잡을 수 있는 푸른 깃털처럼 여겨졌다. 달빛 속에 인형이 드러났다. 즐겁게 웃고 있는 인형. 어렸을 때 엄마가 불가리아에서 사 갖고 온 것이었다. 당시 엄마는 인형을 손에 잡고 마치 인형이 이야기하듯 이야기를 들려주었다. 지금도 그 때처럼 인형이 입을 벌려 이야기를 시작하고 있었다.

"옛날, 아주 오랜 옛날에 가난한 도기장이가 살았어. 이 도기장이에게는 일 잘하고 영리한 아들이 하나 있었는데, 그게 바로 나야. 내 이름은 이반초라고 해. 한번은 아빠가 나한테 이렇게 말했어. '아들아, 이제 네가 이 아비 일을 좀 도와줄 때가 된 것 같구나. 아비는 나이가 많고 하니, 네가 이 그릇들을 들고 나가 좀 팔아 오너라.'

나는 수레를 끌고 길을 떠났어. 떠난 지 이레 만에 한 마을에 도착했는데, 그 마을에는 아주 못된 촌장이 살고 있었어. 마을의 가난한 농부들을 속여 끌어모은 돈으로 자기만 배불리 먹고 사는 나쁜 사람이었지. 이 촌장이 나에게도 교활한 꾀를 부렸어. 썩은 냄새가 나는 거름더미를 주고 내가 갖고 있던 그릇과 말과 수레를 다 차지해 버린 거야.

내가 거름더미를 어떻게 했을 것 같아? 궁금하지? 나는 거름더미를 가난한 농부들에게 나누어 주었어. 그런데 거름더미에서 생각지도 않은 뜻밖의 물건이 나왔어. 뭘 것 같니? 맞아, 은으로 만든 항아리가 나왔어. 금화가 가득 담긴 항아리였지. 이제부터 진짜 내 이야기가 시작되는 거야……."

페터는 이어지는 이반초의 모험 이야기에 계속 귀를 기울였다. 이반초는 마을 촌장뿐 아니라 돈을 노리고 자신에게 들러붙은 모든 사람과 맞서 싸우며 행운을 지켜 나갔다. 그 결과 나중에는 아름다운 공주까지 얻어 함께 아빠에게로 돌아갔다. 그런데 위기의 순간마다 날카로운 도끼를 들고 자신을 도와준 충직한 외국인 친구가 없었다면 이반초의 이런 성공은 애초에 불가능했을 것이다.

페터는 커다란 천막 속에 누운 것처럼 아늑한 기분이었다. 동화의 마력이 다시 자신을 예전의 순진한 아이로 되돌려 놓았다. 천막 위로 보이는 하늘에선 해가 따스하게 대지를 데우고 있었고, 주변엔 꽃이 만발했다. 용들이 목이 잘린 채 널려 있었다. 성의 성가퀴에서 나팔 소리가 우렁차게 울려 퍼졌다.

언젠가 나도 반드시 이반초처럼 길을 떠날 거야. 그래서 나와 함께 악을 물리칠 친구들을 만날 거야!

페터는 모험의 마지막에서 친구를 향해 던지는 이반초의 말이 귀에 쟁쟁했다.

"너는 누구야? 누가 너를 보냈어?"

친구가 대답했다.

"나는 착한 사람들을 지키는 사람인데, 우리 부모님이 나를 너에게 보냈어."

"너희 부모님이 누군데?"

페터와 이반초가 동시에 물었다.

"우리 엄마의 이름은 사랑이고, 아빠의 이름은 정의야. 안녕, 이반초. 행복하고 정의롭게 살아!"

페터는 두 눈을 감았다. 자신이 힘들이지 않고 초모룽마의 정상까지 올라가고 있었다. 태양이 점점 가까워졌다. 페터는 따스한 햇살 속에 나른해진 상태로 스르르 꿈의 세계로 빠져 들어갔다.

7

마을 가장자리에 운동장이 있었다. 폐허가 된 성곽을 구애하듯 감싸 안고 있는 들판 앞이었다. 이미 오래 전에 문을 닫은 선수용 식당은 탈의실로 개조되었고, 그 앞에 은빛 포플러나무 세 그루가 서 있었다. 몇 년 전 마을 축구회가 해체된 이후 도톰한 제방 위의 벤치들도 곳곳이 푸석푸석하게 망가져 있었다.

페터는 얇은 운동화 밑창으로 딱딱한 트랙의 감촉을 느꼈다. 트랙에는 날카롭고 작은 돌멩이들이 많이 널려 있어 달리기가 쉽지 않았다. 남학생들이 3천 미터 경주를 하고 있었다. 페터는 벌써 지쳤다. 비틀거리는 걸음으로 간신히 발을 떼 놓는 것이 전부였다. 낡은 망루가 운동장 위로 점점 더 크게 그림자를 드리우더니 마치 속을 알 수 없는 시커먼 물처럼 페터를 휘감았다.

페터와 루처는 다른 애들보다 훨씬 뒤처져 있었다.

"루처, 난…… 난 도저히 더 못 뛰겠어."

페터가 가쁜 숨을 몰아쉬며 간신히 말을 뱉어 냈다.

"난 이만 포기할래."

이렇게 뛰는 게 무의미하게 여겨졌다. 뭐 때문에 운동장을 돌고 또 돈단 말인가?

루처도 운동에 취미가 없기는 마찬가지였다. 우표를 다룰 때는 핀셋을 움직이는 손길이 그렇게 능숙하고 섬세할 수가 없고, 시계를 분해했다가 조립하는 데도 선수였지만, 구기 종목이나 달리기, 체조를 할 때는 몸놀림이 무척 둔하고 서툴렀다. 자기 딴에는 항상 최선을 다한다고 하지만, 그 움직임이 어색하고 우스꽝스러운 건 어쩔 수가 없었다.

"안 돼, 끝까지 달려. 포기하지 마."

루처가 헐떡거리며 말했다.

페터는 다시 이를 악물고 달렸다. 지쳐서 곧 쓰러질 것 같은 루처도 끝까지 달리는데, 자기가 여기서 포기하는 건 창피한 일이었다. 하지만 계속 달린다고 해서 경주에 이길 가망은 없었다. 거의 2백 미터는 앞서가는 다른 아이들을 추월하는 건 불가능했다. 그렇다면 선두는 어디쯤 달리고 있을까?

페터 바로 뒤에서 씩씩거리는 숨소리가 들리더니 곧이어 불리가 숨가쁜 소리로 외쳤다.

"개구리, 저리 비켜! 어서 꺼지라고!"

페터는 급하게 트랙 가장자리의 잔디밭으로 피하느라 그만 중심을 잃고 쓰러지고 말았다. 부끄러웠지만, 한편으로는 이제 달리지 않아도 된다는 사실이 기쁘기도 했다. 불리와 브라우네르트 선생님이 얼마 남지 않은 목표 지점을 향해 나란히 달려가고 있었다. 둘 다 오로지 이기겠다는 생각으로 혼신의 힘을 다하는 모습이었다. 루처는 비틀거리면서도 여전히 달리고 있었다. 가끔 걱정스러운 눈으로 고개를 돌려 페터를 보았다. 페터는 루처의 얼굴이 잘 보이지 않았지만, 그 얼굴이 무엇을 말하는지 알 수 있었다. 뛰어, 어서!

반 아이들이 포플러나무 밑에 모여 있었다. 루처가 꼴찌로 목표 지점을 통과했다.

페터는 내키지 않는 얼굴로 일어나, 포플러나무 사이의 풀밭에 기진맥진해서 쓰러져 있는 아이들에게로 천천히 걸어갔다. 아이들의 얼굴에는 여전히 경주의 흥분이 가시지 않았고, 여학생들까지 덩달아 그런 분위기에 전염되어 있었다.

페터는 아이들과 조금 떨어진 곳에 앉았다. 아이들의 말소리는 알아들을 수 있는 거리였다. 페터도 친구들 틈에 끼고 싶었다. 불리의 승리를 함께 기뻐하고, 아이들의 흥분에 동참하고 싶었다. 하지만 아이들에게서 멀찍이 떨어져 앉음으로써 그러한 소망은 스스로 거두고 말았다. 페터는 반 친구들의 무리에 끼지 않는 유일한 아이였다. 예전에는 불리처럼 종종 다른 아이들의 관심을 한 몸에 받기도 했지만, 이젠 그러고 싶지 않았다. 다만 아이들 사이에 적당히 끼고, 친구들에게 무시만 당하지 않고 싶을 뿐이었다.

아이들의 관심은 불리와 브라우네르트 선생님에게로 쏠렸다. 브라우네르트 선생님이 가쁘게 숨을 몰아쉬었다. 바닥에 주저앉아 나무에 등을 기대고는 담배에 불을 붙였다.

"선생님의 이런 나쁜 습관을 배우면 안 돼. 오늘 내가 불리한테 진 건 담배 때문이야. 담배만 아니었어도 불리가 이기긴 어려웠을 거야."

페터는 브라우네르트 선생님이 아빠와 전혀 다르게 생겼음에도 무의식적으로 두 사람을 비교하곤 했다. 선생님은 아빠보다 젊고, 키가 크고, 군살 하나 없이 늘씬하고, 수염은 짧고, 머리는 상당히 길었다. 하지만 승리에 대한 굳은 의지와 불굴의 투지, 강인함은 서로 비슷했다. 둘 다 자신과 남에게 엄격함을 요구하는 투사였다.

브라우네르트 선생님은 아빠와 마찬가지로 항상 능력을 최고로 쳤다. 무조건 가장 잘해야 하고, 가장 높이, 가장 멀리 뛰어야 했다. 두 사람은 늘 더 나은 성적을 올리도록 스스로를 다그칠 뿐 아니라 다른 사람에게도 똑같은 것을 요구했다. 페터는 이러한 강요가 두려웠다. 이런 강요를 느끼면 갑자기 가슴이 답답해지고 소심해지고 또 고집을 부리게 되었다.

세상에 드러나는 건 항상 최고인 사람들이다. 학교건 동아리건, 직장이건, 신문이건 텔레비전이건 각광을 받는 건 언제나 두각을 나타내는 사람들이었다. 최고의 우주비행사, 최고의 운동선수, 최고의 노동자, 최고의 과학자, 최고의 예술가가 바로 그들이다. 페터는 이런 사람들이 너무 낯설었고, 이런 축에 끼지도 않았다. 그런데도 그들은 끊임없이 자신들을 닮을 것을 요구했다. 페터는 이런 요구에 강한 반발심을 느꼈다. 다른 사람도 아닌 개구리 주제에!

"아주 잘했다, 불리."

브라우네르트 선생님이 승리자에게 축하 인사를 건넸다.

"결승점까지 몇 미터 남겨 놓지 않은 상태에서 나를 따돌리다니, 정말 대단했어!"

불리는 겸연쩍어 몸 둘 바를 몰라하면서도 자랑스러워하는 빛이 역력했다. 넓고 불그스름한 얼굴에서 힘과 환희가 넘쳐 났고, 짧게 자른 은빛 머리를 쓸어 올리는 손에서는 강한 자신감이 느껴졌다.

불리 옆에 앉아 있던 질케가 도도한 고갯짓으로 굵게 땋은 머리채를 단숨에 어깨 뒤로 넘기고는 깔보듯이 아이들을 바라보았다. 그러고는 들꽃으로 엮은 꽃다발을 불리의 체육복 윗도리에 꽂아 주었다.

"이건 승자에게 수여하는 데이지 꽃 훈장이야. 넌 최고야, 불리."

불리가 어색한 듯 헛기침을 했지만, 질케에게서 그런 말을 듣는 게 싫지는 않은 표정이었다.

브라우네르트 선생님이 초시계를 들여다보더니 고개를 끄덕였다.
"나쁘지 않은 기록이다, 불리! 정말이야, 이걸 봐. 꾸준히 연습하면 충분히 좋은 성적을 거둘 수 있겠어. 어때, 한번 해 보지 않을래?"
불리 옆에 있으면 그 힘과 권력을 조금이라도 나누어 받기라도 한다는 듯 늘 불리 뒤를 그림자처럼 졸졸 따라다니는 바히가 얼른 나서서 선생님의 말에 맞장구를 쳤다.
"맞아, 불리. 한번 해 봐. 네가 전국체전에서 메달을 딸지 누가 알아?"
"잘 모르겠어. 가끔 그런 마음이 들기도 하지만……."
이번에는 질케가 거들었다.
"불리, 넌 분명히 유명해질 거야. 나중에 내가 선생님이 되었을 때 네가 우리 반 아이들에게 사인을 해 주면 얼마나 근사하겠니?"
질케가 명랑하게 웃으며 양손으로 풀을 뜯어 자신과 불리의 머리 위에 뿌렸다.
"우리 머리 위로 꽃과 풀이 비처럼 내릴 거야. 항상 이렇게 영광의 꽃이 뿌려질 거야!"
"그만 해."
불리가 질케의 입을 막고, 다른 친구들에게 미안한 표정을 지어 보였다. 그러고는 브라우네르트 선생님에게 말했다.

"저희 아버지는 기록 경기를 별로 좋아하지 않으세요. 예전에 유도를 열심히 하시기도 했지만, 운동은 즐거워야 한다고 하셨어요. 그런데 기록 경기에서는 수천 명이 고통을 겪습니다. 오직 한 사람만 메달을 차지하니까요. 그것도 다른 사람들보다 고작 0.01초밖에 더 빨리 뛰지 않았는데 말입니다."

브라우네르트 선생님이 고개를 저었다.

"내 생각은 달라. 사람은 항상 더 높은 것을 추구하게 되어 있어. 그렇지 않으면 발전이란 건 없다. 생각해 봐라. 과거의 인간들이 더 나은 걸 추구하지 않았다면 인간은 여전히 주먹도끼로 사냥이나 하고, 곰 가죽을 깔고 동굴에서 잠을 자고 있을 거야. 사람은 뭔가를 성취했을 때만 진정으로 기쁨을 누릴 수 있다."

페터는 꼼짝도 않고 누워 불리와 선생님의 이야기에 귀를 기울였다. 다시 마음이 불안하고 혼란스러워졌다. '이반초의 행복 찾기' 동화로 되찾은 마음의 안정과 확신이 오래가지 못한 것이다.

페터는 모든 게 그렇게 단순하고 확실해 보이는 동화의 세계에 속은 느낌이었다. 눈을 감았다. 현실 세계가 무한하게 움직이는 것을 또렷이 느낄 수 있었다. 어디선가 그리움에 사무치는 목소리로 페터를 부르는 소리가 들렸다. 그 목소리가 '떠나라'고 외치고 있었다.

어디로 떠나란 말인가?

페터는 이렇게 소리 지르고 싶었다. 난 여기 있어! 여기 있다고! 나를 좀 봐! 어떻게 해야 하는지 가르쳐 달라고!

불리는 질케가 셔츠에 꽂아 준 데이지 꽃다발을 빼서 바닥에 풀어헤쳐 버리고는 브라우네르트 선생님에게 대답했다.

"저는 어떤 일을 하려면 재미가 있어야 한다고 생각합니다. 그렇지 않으면 잘할 수가 없어요. 지금처럼 전력을 다해서 뛰는 것도 굉장히 기분이 좋아요. 하지만 항상 이렇지는 않을 것 같습니다."

바히는 불리의 마음을 돌리려고 안간힘을 썼다. 자신의 든든한 방패막인 불리가 더 크고 강해질수록 자신이 더 안전하게 느껴졌다. 바히가 불리를 다그쳤다.

"왜 그래, 불리! 최고 운동선수가 되면 온 세상을 얻게 되는 거야. 신문마다 네 이름이 실리고, 모든 사람이 널 알아볼 거야! 나라면 당장 하겠다! 유명해지면 아무한테도 무시당하지 않을 텐데 얼마나 좋아!"

선생님이 마뜩찮은 얼굴로 바히를 건너다보며 무슨 말을 하려고 했다. 그런데 그전에 불리가 먼저 입을 열었다. 아이들은 불리처럼 우락부락한 애의 입에서 감상적인 이야기가 흘러나오는 것을 보고 깜짝 놀라 귀를 기울였다.

"저는 종종 아빠랑 암벽을 타는데, 사실 무척 힘들어요. 새벽같이 일어나면 마을은 아직 잠들어 있어요. 첫발을 내디딜 때면 마치 미지의 땅에 처음 들어가는 것 같은 느낌이 들어요.

그만큼 모든 게 달라 보이죠. 어쨌든 그렇게 해서 암벽을 오르면 바짝 긴장해야 합니다. 하지만 아빠와 난 종종 마주 보고 웃어요. 정상에 오르지 못해도 상관없다는 생각이 들기도 하죠. 그냥 좋고 재미있어서 하는 일이니까요. 놀이나 마찬가지예요. 하지만 끊임없이 신기록을 세우기 위해 달리는 건 끔찍할 정도로 너무 진지해요. 저는 아직 달리면서 웃는 사람을 본 적이 없어요."

선생님과 아이들은 침묵을 지켰다. 모두 생각에 잠긴 얼굴이었다. 날카로운 전기톱 소리가 정적을 가르고 지나갔다.

페터는 불리의 말에 흥분했다. 뭐, 놀이? 재미? 집어치워! 놀이나 재미가 없어진 건 오래됐어! 마법의 유리구슬이 소원을 들어줄 리 없고, 이젠 진흙으로 만든 화살촉이나 마분지로 만든 도끼를 들고 물감으로 얼굴을 분장한 채 인디언 놀이를 하지도 않아. 나뭇가지를 엮은 오두막은 무너져 내렸고, 시냇물 위에 걸쳐 놓은 통나무 다리도 썩어 버려서 위험을 무릅쓰고 건너뛰어야 해!

사실 페터의 마음속에는 그런 것들이 커다란 그리움으로 남아 있었다. 예전처럼 다시 놀이를 할 수 있으면 얼마나 좋을까! 유리구슬이 마법의 힘을 잃지 않았다면 얼마나 좋았을까?

페터는 벌떡 일어났다. 어디로 가는지도 모르게 발이 저절로 끌려갔다. 동화의 세계로 들어가는 황금 문이 조금 열려 있는 것이 보였다. 화려한 마차가 함께 가자고 손짓했다. 한 걸음에 칠십 리를 간다는 '칠십 리 장화'도 기다리고 있었다. 마법의 성 안에 있는 금단의 문은 열려 있지 않았다. 페터는 황금문의 틈새를 통해 익숙한 동화의 세계로 후닥닥 들어갔다. 그리고 마법의 성 안뜰을 가로질러 금단의 문으로 다가갔다. 결연한 심정으로 무거운 빗장을 걷고 손잡이를 돌려 안으로 들어갔다. 그러나 페터가 서 있는 곳은 동화의 세계가 아니라 포플러나무 옆 아이들의 무리 한가운데였다.

"아냐! 아니라고!"

페터가 소리쳤다. 동화의 세계로 들어가는 황금 문이 등 뒤에서 닫혔다. 이제 페터는 동화의 세계 바깥에 서 있었다.

아이들이 깜짝 놀라 페터를 쳐다보았다. 갑자기 소리를 질러 아이들의 관심을 집중시킬 때면 늘 그랬듯이, 페터는 약간 겁먹은 표정이었다.

페터가 말했다. 마치 스스로에게 용기라도 주려는 듯이.

"무언가를 달성하려면 힘든 것을 마다해서는 안 돼. 텐징 노르가이와 힐러리가 초모룽마를 등정하면서 얼마나 힘들었을지 생각해 봤어? 숨이 입에서 나오자마자 얼어 버리는 살인적인 추위를 견뎌야 했고, 산소가 점점 희박해지고 한 걸음 한 걸음이 마치 천 미터 달리기처럼 무겁게 느껴지는 상황도 버텨 내야 했어……. 그들은 그런 악조건을 이겨 냈어. 재미 때문에 그랬을까? 아냐. 그 사람들은 재미라는 말은 한마디도 꺼내지 않았어. 산을 오르는 건 놀이가 아냐. 힐러리는 이렇게 말했어.

정상에 발을 디뎠을 때가 일생에서 가장 행복한 순간이었다고. 만일 산을 오르다가 팔다리를 잃었더라도 결코 후회하지 않았을 거라고. 왜? 정상을 밟았기 때문이지. 지금 정상에 서 있기 때문이라고."

페터가 거칠게 숨을 몰아쉬었다. 마치 여태껏 자기가 이야기한 것이 아니라 다른 친구가 자신에게 말을 한 것 같았다. 브라우네르트 선생님이 놀란 눈으로 페터를 바라보았다. 이따금 아빠가 페터를 이해하지 못할 때 바라보는 눈빛과 비슷했다. 페터는 친구들의 무리에서 빠져나가고 싶은 욕구를 억누르며 친구들 틈에 끼어 앉았다.

어릿광대 같은 바히의 얼굴이 찌푸려지면서 도발적인 경멸감이 드러났다.

"사이코 몽상가. 개구리!"

그런데 이번에는 어찌 된 일인지 다른 아이들이 따라 웃지 않았다. 불리가 손을 들어 바히의 말을 막았다. 질케가 불안에 가득 찬 눈빛으로 불리와 페터를 번갈아 보았다.

브라우네르트 선생님이 일어나 손뼉을 쳐서 아이들의 주의를 환기시켰다.

"자, 이제 모두 넓이뛰기장으로 이동!"

그러고는 페터와 불리에게 고개를 돌렸다.

"방금 이야기한 문제에 대해서는 나중에 토론하도록 하자. 내가 너희 반을 맡게 되면 시간이 많을 테니까. 그리고 불리 너는 육상을 하는 것에 대해 다시 한 번 신중하게 생각해 봐."

아이들은 브라우네르트 선생님이 학급을 맡게 될 거라는 말에 환호성을 올렸다. 페터는 듣고 싶지 않아 두 귀를 틀어막았다. 결국 이렇게 되고 마는구나. 바인홀트 선생님이 학교를 떠나시다니……. 마치 마지막 남은 보물을 빼앗긴 기분이었다. 주름진 얼굴에 사랑과 이해를 담아 지긋이 바라보던 선생님의 선한 눈빛이 떠올랐다. 너무나 친숙했던 그런 눈빛 없이 이제 어떻게 학교 생활을 해 나가야 할지 앞이 캄캄했다.

"언제 저희 반을 맡으시는 거예요?"

질케가 들뜬 목소리로 물었다.

"자, 자, 그런 건 학교에서 다 알아서 하니까, 지금은 열심히 운동이나 하자."

아이들이 넓이뛰기장으로 경주하듯이 달려갔다. 아이들은 브라우네르트 선생님을 좋아했다. 매사가 분명하고, 정열이 넘치고, 스포츠맨십이 투철하고, 호탕하게 웃는 선생님이었다. 이런 선생님이 담임이 된다고 하니 아이들은 뛸 듯이 기뻐할 수밖에 없었다.

페터와 루처는 천천히 다른 아이들을 뒤따라갔다.

"쟤들은 대체 양심이 있는 거야? 어떻게 바인홀트 선생님을 그렇게 쉽게 잊을 수가 있어! 선생님이 학교를 그만두시길 기다렸다는 거야? 이해가 안 돼. 바인홀트 선생님은 영원히 우리 선생님이야!"

페터가 분통을 터뜨렸다.

"나도 선생님이 학교를 그만두셔서 가슴이 아파."

루처가 뛰느라 힘든지 숨을 헐떡거리며 말했다. 잠시 걸음을 멈추고 운동복 소매로 안경을 닦았다.

"하지만 바인홀트 선생님은 정년퇴직하실 때가 되신 거야. 우리 할아버지 말로는 노련한 선장이라면 배를 떠나야 할 때를 알아야 한다고 했어. 평생을 어마어마하게 큰 배를 타고 바다를 누볐어도, 힘이 부쳐 더는 배를 몰지 못할 때를 정확히 알고 있어야 한다는 거지."

"그건 배 이야기고! 학교는 배하고 달라."

페터도 물러서지 않았다.

"이봐, 애늙은이! 그건 억지야. 너, 선생님이 수업이 끝나면 얼마나 힘들어하시는지 알기나 해? 내가 달려가서 부축을 해 드리고 싶은 마음이 들 정도로 파김치가 되실 때가 많아. 학교를 그만두실 때가 된 거지. 그게 교사로서 책임이기도 하고."

"뭐, 그게 책임이라고? 그럼 우리는? 우리를 이렇게 쉽게 내팽개쳐도 되는 거야?"

페터는 자신이 억지를 부린다는 걸 잘 알고 있었다. 바인홀트 선생님이 수업 시간에 힘들어하는 것을 걱정스런 눈으로 지켜본 지도 벌써 오래였다. 그래서 수업 시간이면 나름대로 선생님의 수고를 덜어 드리려고 노력했다. 한번은 불리가 수업 시간에 건방지게 휘파람을 불어서 녀석과 싸움이 붙기도 했다. 페터에겐 바인홀트 선생님이 필요했다. 요즘 특히 더 그랬다. 페터는 선생님을 믿었다. 선생님은 페터를 비웃거나 나무란 적이 한 번도 없었다. 선생님의 말에는 늘 따뜻한 사랑과 이해가 담겨 있었다.

페터는 자신이 최고가 될 수 없는 이유를 알고 있는 유일한 사람이 바인홀트 선생님이라고 생각했다. 선생님은 페터가 학급비에 손을 댔는데도 변함없는 신뢰를 보여 주었다. 그렇다고 엄마처럼 페터를 마냥 어린애로 대하지도 않았고, 아빠처럼 끊임없이 힘을 기를 것을 강요하지도 않았다.

브라우네르트 선생님은 아빠와 비슷했다. 페터가 학교에서 최고의 성적을 거두지 못하게 된 이후로 아빠의 훈계와 요구는 갈수록 늘어났다. 역기를 들어라, 팔에 근육이 붙도록 쉬지 않고 운동해라, 뭐든 가리지 말고 잘 먹어라, 장부가 되려면 잘 먹어야 한다 등 끝이 없었다. 또한 아빠는 탁자 위에 팔꿈치를 대고 억센 팔뚝을 내밀며 나무처럼 단단한 아비의 아들답게 강한 힘을 보여 달라고 요구하기도 했다.

브라우네르트 선생님이 페터와 루처가 오기를 기다렸다가 함께 걸으며 말했다.

"페터, 선생님은 아까 네가 한 말이 마음에 들었다. 하지만 솔직히 말해서 다른 사람이 아닌 네 입에서 그런 말이 나왔다는 데 너무 놀랐어. 물론 일년 전이라면 네가 그런 말을 해 주길 은근히 기다렸겠지만. 그래, 이제 다시 시작해 봐. 할 수 있어. 넌 예전에 항상 최고였으니까. 근데 아까 달리다가 왜 포기했지?"

페터는 입을 꾹 다물었다. 무슨 대답을 해야 할지 몰랐다. 마음속에서 무언가 치밀어올랐다. 강자에 대한 약자의 적대감이나 불신 같은 감정이었다. 대체 어떻게 다시 시작하라는 말인가? 예전의 모습으로 돌아갈 수는 없지 않은가? 그렇다면 어떻게 하라고? 어떻게?

루처가 페터 대신 대답했다.

"숨이 차서 못 뛰었어요. 우리 둘 다요."

다른 친구들은 벌써 넓이뛰기 모래밭에서 마구 엇갈려 제자리뛰기 연습을 하고 있었다.

"모여!"

브라우네르트 선생님이 소리쳤다. 페터가 줄을 서려고 하자 선생님이 팔을 잡으며 말했다.

"선생님은 아무리 생각해도 이해가 안 돼. 어떻게 그렇게 갑자기 성적이 나빠질 수 있지? 무슨 일이 있었던 거야, 루프레히트? 넌 훨씬 잘할 수 있는 애야. 지금은 체육 점수가 D지만, 학년 말까지는 얼마든지 B를 받을 수 있어. 열심히 해 봐."

힘껏 고개를 끄덕거리던 페터가 이내 고개를 가로저었다. 다시금 마음이 혼란스러워졌다. 대체 내가 원하는 건 뭘까? 체육에서 B를 받으면 모든 게 정상으로 돌아가기라도 한단 말인가? 아냐, 다른 문제들이 아직 많이 남아 있어. 그것도 아주 많이.

"무슨 문제가 있으면 말을 해 봐. 속 시원하게 털어놓아야 알지."

선생님이 페터의 표정을 살피며 말했다.

"체육 과목에서 B를 받는 건 어렵지 않습니다. 다만 좀 우울해서 그렇습니다. 하지만 그것도 곧 극복할 겁니다."

페터는 이렇게 말을 돌리고는 얼른 남학생들 틈으로 들어가 줄을 섰다. 넓이뛰기가 시작되었다. 아이들이 함성을 질러 대며 친구들이 더 멀리 뛰도록 응원했다. 끝에 가서 아이들의 목소리가 높아지는지 아니면 급격하게 떨어지는지에 따라 그 아이의 성적을 알 수 있었다.

페터는 열에 들떠 자기 차례를 기다렸다. 이번에는 정말 뭔가를 보여 주고 싶었다. 이 넓이뛰기만 제대로 해낸다면 다시 친구들의 중심에 서고, 친구들과 예전처럼 지낼 수 있을 것 같았다. 게다가 아빠에게 좀더 가깝게 다가가고 다시 아빠한테서 인정받을 수 있을 것만 같았다.

페터는 도움닫기 출발 장소로 걸어갔다. 이마에 땀이 송골송골 맺히고 가슴이 쿵쾅쿵쾅 뛰었다. 기쁨과 불안이 한데 섞인 고동 소리였다.

"개구리! 힐러리! 루프레히트!"

여학생 남학생 할 것 없이 모두 격려의 함성을 질러 댔다. 페터의 성공을 믿는다기보다는 괜히 자기들끼리 신이 나서 외쳐 대는 것 같았다. 하지만 아이들의 목소리에서 페터를 놀리거나 적대시하는 감정은 느낄 수 없었다.
"그래, 해내고 말 거야!"
페터는 나직이 스스로에게 다짐했다. 멀리 뛸 수 있다는 강한 힘과 의지가 끓어올랐다. 발판에 발을 대고 상체를 앞으로 숙였다. 팽팽한 긴장감이 온몸을 타고 내렸다. 환희와도 같은 짜릿한 느낌이 솟구쳤다.
"힐러리! 힐러리!"
친구들의 응원 소리가 귓전에 메아리쳤다. 눈앞에 초모룽마의 푸른 불꽃이 점점 높이 타올랐다. 그래, 이제 시작이야! 출발하는 거야!
페터는 결연한 심정으로 두 눈을 떴다. 브라우네르트 선생님과 친구들이 모래밭 주위에 서 있었다. 친구들에게 달려가고 싶었다. 친구들 가운데로 뛰어들고 싶었다.
그러나 곧 불안해졌다. 팔다리에서 힘이 쭉 빠졌다. 무언가 자신의 의지를 앗아가 버렸다.
대체 나는 누구일까? 페터는 스스로에게 물었다. 어떤 모습으로 친구들에게 다가가고 싶은 걸까? 개구리로? 최고의 모범생으로? 학급비를 훔친 도둑으로? 사나이 대장부로?
마침내 페터가 출발했다. 박자에 맞추어 점점 빨리 달리려고 했지만 다리가 말을 듣지 않았다. 마치 자기 다리가 아닌 것 같았다. 아무리 해도 다리가 빨리 움직여지지 않았고, 마치 무언가에 걸려 비틀거리는 모양새였다. 마침내 구름판에 도착했다. 주위에 친구들이 모여 있었다.

페터가 몸을 날렸다. 그러나 높이 뛰지도, 멀리 나가지도 못하고 맥없이 앞쪽에 풀썩 떨어지고 말았다.

페터는 다리를 절며 모래밭에서 나와 친구들이 없는 곳으로 걸어갔다. 친구들의 무거운 침묵이 목덜미를 짓눌렀다. 브라우네르트 선생님이 실망한 표정으로 고개를 절레절레 흔들며 수첩에 무언가를 적어 넣었다.

페터는 모래밭을 등지고 풀밭에 주저앉았다. 머릿속이 텅 빈 느낌이었다. 목구멍이 타는 것 같은 갈증만 점점 심하게 타올랐다.

친구들의 함성이 들렸다. 누군가 아주 멀리 뛴 모양이었다.

페터는 벌떡 일어나 탈의실로 달려가 수도꼭지를 틀고 찬물을 벌컥벌컥 들이켰다. 수도꼭지 밑에 머리를 대고 물을 틀었지만, 머릿속의 불덩어리 같은 열기는 식지 않았다. 친구들을 미워하고 싶었다. 친구들이 필요 없다고 생각하고 싶었다. 하지만 미운 건 자신이었다. 자신의 마음속에 도사리고 있는 우유부단함과 애매함과 미숙함이 너무 싫었다. 페터는 다시 천천히 탈의실 밖으로 걸어 나갔다.

8

 오후였다. 고요했다. 전기톱의 비명 소리만 마을 위로 울려 퍼졌다.
 페터는 도저히 집에 붙어 있을 수가 없어서 후딱 숙제를 해치우고 밖으로 뛰쳐나갔다.
 도로에 나왔다. 시작과 끝이 어딘지, 어디로 가는지도 모를 끝없는 길이었다. 햇빛을 받아 반짝거리는 아스팔트가 어서 지나가라고 유혹하고 있었다. 그러나 어디로 가야 할까?
 자신을 이렇게 외롭게 만드는 저 정적만 없다면! 바닥을 차고 하늘로 날아가는 방법을 몰라 고통스러워하는 새의 모습을 줄곧 떠올리게 하는 저 전기톱 소리만 없다면……
 페터는 목소리가 그리웠다. 자신이 알아들을 수 있는 말이 그리웠다. 이윽고 걸음을 뗐다. 마을을 이리저리 돌아다녔다.

이 곳을 떠나고 싶은 마음이 굴뚝같았다. 그러나 마을 밖으로 나가는 도로에서 페터는 걸음을 멈추었다.

무언가 강한 것이 페터를 붙잡았다. 이대로 훌쩍 떠나면 알맹이는 두고 껍데기만 떠나는 기분이 들었다.

결국 다시 장터로 발길을 돌렸다. 또래 아이들이 자주 모이는 곳이었다. 페터는 어느 집 모퉁이에 숨어서 아이들을 관찰했다. 아이들은 우물가에 다닥다닥 붙어 무언가를 향해 허리를 숙이고 있었다. 아이들을 저렇게 단단히 하나로 묶는 것은 무엇일까?

페터의 발걸음이 목재소 정문으로 향하고 있었다. 예전 같았으면 목재소 수위에게 부탁해서 엄마를 불러 달라고 했을 것이다. 잠시만이라도 엄마의 따뜻한 말 한마디를 듣거나, 엄마의 다정한 손길을 느끼기 위해서 말이다. 또한 아빠가 동료들의 박수갈채 속에서 지게차가 할 일을 대신해 무거운 통나무를 한 아름 어깨에 걸머지고 마당을 지나 창고로 가는 모습을 내심 뿌듯하게 지켜보았을 것이다.

그러나 이제 페터는 목재소를 지나쳐 로제의 집으로 달려갔다. 원하든 원하지 않든 이 도로를 따라가면 로제의 집이 나온다. 울타리에 쪽지가 꽂혀 있었다.

'병원에 갔다가 저녁에 돌아올 거야. 로제.'

이제 누구하고든 이야기를 나누고 싶은 욕구가 더욱 강해졌다. 도로를 따라 뛰었다. 마음속에서는 더 멀리 떠나라고 채근하고 있었다. 그러나 아무리 발을 놀려도 앞으로 나아가는 느낌이 들지 않았다. 점점 더 불안해졌다.

낡은 망루가 석양 빛 속에 빨갛게 불타오르고 있었다. 세상의 모든 악몽을 품고 있다가 밤만 되면 그것들을 세상으로 내보내는 이 시커먼 거인은 날이 갈수록 점점 강해지는 느낌이었다. 초모룽마를 가리고, 초모룽마의 순수한 불꽃을 가로막는 장벽이 바로 이 망루였다.

문득 한 얼굴이 떠올랐다. 바인홀트 선생님의 인자한 얼굴이었다. 선생님의 집은 장터 뒤편의 각진 골목에 있었다. 한눈에도 푸근하고 깨끗해 보였다. 집은 전체적으로 하얗게 회칠을 했고, 창 덧문은 초록색으로 칠해져 있었다.

바인홀트 선생님은 손바닥만한 정원에서 일을 하고 있었다. 정원에는 올해 첫 꽃망울을 터뜨린 꽃들이 만발해 있었다.

페터는 천천히 정원을 지나갔다. 선생님이 고개를 들고 말을 걸어 줄 것을 기대했다. 그러나 선생님은 일에 푹 빠져 있었다. 잡초를 뽑고 덤불 주위의 흙을 일구느라 손길이 바빴다. 이 집의 정원에는 봄부터 초겨울까지 마을에서 가장 아름다운 꽃들이 피어났다. 마을 사람들은 바인홀트 선생님이 꽃과 아이들에 관한 한 마법의 손을 가졌다고 이야기했다.

페터는 다시 몸을 돌려 나지막한 정원 울타리를 따라 내려왔다. 그러나 이번에도 선생님은 고개를 들지 않았다. 이윽고 세 번째로 울타리를 지나는 순간 페터가 먼저 입을 열었다.

"안녕하세요, 선생님!"

늙은 선생님이 힘겹게 허리를 펴며 페터를 쳐다보았다.

"아니, 이게 누구야! 페터 아니니?"

페터는 선생님의 다음 말을 기다리며 걸음을 멈칫했다. 선생님의 선한 눈길을 마주 보았다.

"무슨 일 있니?"

"아, 아니에요."

페터는 걸음을 뗐다. 그러나 곧 다시 몸을 돌려 결연한 표정으로 울타리 앞에 멈추어 서서 바인홀트 선생님이 일하는 모습을 지켜보았다. 선생님은 바구니에서 파란 팬지 꽃들을 꺼내 꽃밭에 심었다. 손길이 무척 능숙하고 정성스러웠다. 가끔 고개를 들어 페터에게 웃음을 지어 주었는데, 페터가 말할 용기를 낼 때까지 기다리겠다는 표정 같았다.

페터는 선생님이 자신에게 말을 강요하지 않고 기다려 주는 것이 고마웠다. 예전에 모든 사람이 하나같이 페터를 구석으로 몰아붙이며 왜 그렇게 갑자기 성적이 떨어졌는지를 설명하라고 강요했을 때도 선생님은 그러지 않았다. 그 때 페터가 끝끝내 설명을 하지 않자 사람들은 바로 페터에게 실망감을 드러냈다. 심지어 어떤 사람은 페터를 가리켜 고집불통에다 싹수가 노란 녀석이라고 욕을 하기도 했다. 그러나 바인홀트 선생님만큼은 페터를 감싸 주었다. 서두르지 말고 페터에게 시간을 주어야 한다고. 하지만 아무도 시간을 주려고 하지 않았고, 그것으로 끝이었다.

마침내 페터가 말문을 열었다.

"브라우네르트 선생님 말씀으로는 선생님이 곧 학교를 떠나실 거라는데, 그게 사실이에요?"

바인홀트 선생님이 울타리로 다가와 페터의 얼굴을 물끄러미 보았다. 손에는 꽃을 한 송이 들고 있었다.

"이 꽃을 봐, 페터. 지금은 아직 어리고 싱싱해. 게다가 무척 아름답고 화사하지. 곤충들에게는 햇빛과 비를 피할 안식처를 제공해 줘. 벌들은 여기서 꿀을 얻기도 하고."

페터는 선생님이 무슨 말씀을 하시려는지 정확히 알 수 없었지만, 어렴풋이 불길한 예감이 드는 건 어쩔 수 없었다.

"하지만 이런 꽃도 반 년 뒤에는 시들고 말지. 너도 알다시피 모든 생명에는 다 때가 있는 법이거든."

"아, 안 돼요……."

그제야 선생님의 말뜻을 알아차린 페터가 깜짝 놀라 말했다.

바인홀트 선생님이 진정하라는 듯 미소를 지으며 조심스럽게 꽃을 흙 속에 심었다.

"아서라, 너무 넘겨짚지는 마라! 내가 죽음을 말한 건 아니니까. 하지만 자신이 무슨 일을 할 수 있는지는 알아야 돼. 난 이제 너희들을 가르칠 힘이 없어."

페터가 울타리를 부여잡으며 나지막이 말했다.

"선생님, 이렇게 쉽게 떠나시면 안 돼요."

선생님이 페터 앞에 바짝 다가섰다. 키가 페터의 어깨까지밖에 오지 않았다. 선생님이 페터의 얼굴을 향해 손을 내밀었다. 페터에게 익숙한 선생님의 다정한 손길이었다. 하지만 페터는 슬쩍 고개를 돌려 선생님의 손길을 피해 버렸다.

선생님은 페터가 이해하려 하지 않는 것을 이해시키려고 애썼다.

"나를 좀 이해해 다오. 내가 비겁하게 너희들이 귀찮고 싫어져서 도망치는 게 아냐. 어떻게 자식 같은 너희들을 피해서 도망을 치겠니? 다만 이제는 내가 너희들에게 좋은 선생님이 될 수 없어서 그래!"

페터는 울타리를 잡고 있던 손을 놓고 제자리에서 빙빙 돌았다. 현기증이 날 정도로 속도가 점점 빨라졌다. 땅이 움직이는 것 같았다. 점점 빨리 돌아가는 회전판 위에 서 있는 느낌이었다. 이대로 가다가는 어디론가 내동댕이쳐질 것만 같았다.

"뭐 하는 거니, 페터?"

선생님의 목소리가 들렸다.

"정신 차려! 걱정 마! 브라우네르트 선생님은 훌륭한 선생님이야!"

페터는 미친 듯이 돌아가는 회전판 위에서 떨어지지 않으려면 어떻게든 해야겠다고 생각했다. 마침내 펄쩍 뛰어내렸다. 그와 동시에 비명 소리, 끼익 하고 자동차 서는 소리, 이어 깜짝 놀라 악다구니 치는 남자 목소리가 들렸다.

"죽고 싶어서 환장했어? 이 망할 놈의 자식! 찻길 한가운데로 뛰어들면 어쩌겠다는 거야? 학교에서 그렇게 배웠어, 응?"

페터가 얼른 눈을 떴다. 현기증이 사라졌다. 자신이 도로 한가운데 서 있었다. 화물차 한 대가 페터를 빙 돌아서 지나갔다.

"페터! 페터!"

바인홀트 선생님이 이제야 다시 심장이 뛰기 시작한 사람처럼 다급하게 소리쳤다.

페터는 왔던 길을 되돌아 학교로 뛰어갔다. 왠지 그쪽으로 발이 끌렸다. 이제 바인홀트 선생님이 학교를 그만두신다는 건 돌이킬 수 없는 사실로 확인되었다.

페터는 학교의 휑한 복도와 계단을 지나갔다. 자신의 발소리를 이렇게 생생하게 듣기는 처음이었다. 무척 낯설었다. 머뭇거리는 듯한 불안한 발소리. 페터는 좀더 빨리, 좀더 힘차게 발을 내디뎠다.

교실로 들어가 제 자리에 앉았다. 집게손가락으로 책상 위의 연필 자국과 잉크 자국을 따라가 보았다. 멋들어진 형체와 얼굴이 생겨났다. 황금 금관을 쓴 뱀, 라푼첼의 길게 땋은 머리, 고양이의 장화, 이반초의 명랑한 얼굴.

페터는 손을 흔들어 그림을 지워 버렸다. 질케의 의자로 자리를 옮겼다. 다음엔 불리, 루처, 바히의 의자에 앉았다. 이런 식으로 모든 의자를 시험해 보았다. 어떤 자리도 편하지 않았다. 서서히 선생님의 자리로 걸음을 옮겼다. 낡은 망루는 어떤 자리에서건 잘 보였다. 자신을 향해 비아냥거리듯 히죽 웃고 있었다.

선생님의 의자에 앉았다. 앞쪽에 텅 빈 의자들이 보였다. 과연 내 자리는 어디일까? 여기서도 망루가 잘 보였다. 페터는 눈을 감고 망루를 초모룽마의 푸른 불꽃으로 바꾸려고 했다. 허사였다.

페터는 벌떡 일어나 분필을 들고 불안한 글씨로 칠판에 이렇게 썼다.

토요일 방과 후 망루에 올라갈 거야!
페터 루프레히트

분필을 내려놓았다. 칠판 지우개로 손이 가려는 걸 뿌리치고 얼른 교실을 나와 마을 잡화점으로 달려갔다. 거기에 가면 낯익은 사람들을 많이 만날 수 있었다. 페터는 그들의 얼굴을 똑바로 쳐다보며 이렇게 외칠 것이다.

여길 봐요, 내가 왔어요! 내가 왔다고요!

9

    토요일 오후였다. 로제는 휠체어를 타고 테라스에서 대문으로 갔다가 다시 되돌아왔다. 눈부신 햇살에 얼굴을 찌푸리며 줄곧 망루 쪽을 보고 또 보았다. 아빠와 엄마는 꽃줄과 등롱으로 테라스와 정원을 장식하고 있었다.

    로제는 자신을 관찰하는 부모님의 시선을 느꼈다. 엄마가 대문 쪽으로 걸어가서 문을 열어 놓고 다시 테라스로 돌아왔다. 로제는 엄마가 아빠에게 하는 말을 들었다.

    "집 밖으로 나갈 용기가 안 나나 봐요. 제발 모든 걸 잊어야 할 텐데."

    아빠가 대답했다.

    "인내를 가지자고. 쟤가 속으로 무슨 생각을 하는지 어떻게 알겠어!"

로제는 다시 초조함이 묻어나는 엄마의 목소리를 들었다. 하루 빨리 일어나 걸으라는 로제에 대한 재촉이었다. 그래, 좋아요. 하지만 그 다음엔 어쩌겠다는 거죠?

로제는 팽팽한 줄에다 알록달록한 등롱을 걸었다. 오래 전부터 들뜬 마음으로 기다려 온 아이들만의 정원 파티였다. 오늘 반 친구들을 모두 초대했다. 친구들 틈에 끼어 같이 노래하고 같이 웃고 싶었다. 마치 아무 일도 없었다는 듯이.

"인내를 가지자고요? 난 매일 우리 유치원에서 아이들이 뛰노는 것을 봐요. 정말 못 말릴 정도로 정신 없이 뛰놀죠. 얼마나 생기가 넘치는지 몰라요. 하지만 우리 애는…… 노력할 생각조차 하지 않아요. 그런데 무작정 참고 기다리라니……"

엄마의 목소리는 나직했지만 얼마든지 알아들을 수 있었다. 로제는 엄마의 말 한마디 한마디에 상처를 입었다. 마음이 꼬이면서 엄마가 미워졌다. 이런 느낌은 처음이었다. 엄마는 로제에게 어머니이자 언니 같은 존재였다. 함께 놀고, 함께 웃고, 함께 울고, 늘 단짝처럼 붙어다녔다. 그런 엄마가 이제 낯설어졌다. 더 이상 엄마를 알 수 없었다.

부모님은 로제에게 비밀이 있었고, 로제 역시 부모님이 모르는 비밀이 있었다. 누구에게도 절대 털어놓지 않을 작정이었다. 모든 게 다시 좋아지면 말할 생각이었다. 예전처럼 엄마 아빠가 자신과 함께 아침 일찍 일어나 예정에도 없이 무작정 아무 도시나 호수나 숲으로 떠나게 되면, 예전처럼 사냥꾼망루에 올라가 망원경으로 노루와 새들을 관찰하고, 함께 달리기 시합을 하고, 베이컨을 넣은 빵을 먹고, 영화관이나 전시회에 가는 그 날이 오면 비밀을 밝히기로 마음먹었다.

그러고 보니 하고 싶은 일이 너무 많았다. 엄마 아빠랑 자동차나 교외 풀밭에 누워 잠도 자고 싶었다. 그러면 아빠가 이렇게 묻겠지. 안 춥니? 아직 안 자? 굴뚝 사이로 저 달 보여? 로제는 엄마 아빠 사이에 따뜻하게 누워 도시의 지붕들을 아슬아슬하게 타고 올라가는 달을 구경할 것이다. 그래, 모든 게 잘될 거야!

로제는 엄마에게 소리를 빽 지르며 지금 엄마의 모습이 얼마나 낯설고 천박한지 말하고 싶었다. 금발머리 가발과 새빨간 바지 정장은 엄마에게 어울리지 않았다.

그런데 지금은 그런 것보다 페터에 대한 걱정이 앞섰다. 페터가 대문에 꽂아 둔 쪽지에 오늘 망루에 올라가겠다는 내용이 적혀 있었던 것이다.

로제는 속으로 간절히 성공을 빌었다. 페터에게 모든 희망을 걸었다. 마치 페터가 망루를 정복하면 점점 벌어지는 부모님 사이도 다시 가까워지고, 집안에 화목하고 훈훈한 바람이 불기라도 할 것처럼.

로제는 페터를 전부 이해하지는 못했다. 하지만 사이코 몽상가라고는 생각하지 않았다. 페터가 반에서 최고일 때는 뭐든지 다른 애들보다 잘하려고만 하는 거만한 애라고 여겼다.

여유라고는 눈곱만큼도 없이 늘 무언가 공부하고 연습하고 훈련에만 집중했고, 최고의 성적표나 상장을 반 아이들에게 돌려보게 했다. 로제는 그런 페터를 본받을 것 하나 없고 속이 텅 빈 껍데기라고 생각했다. 그래서 아예 관심 밖이었다. 페터에게는 새로운 것도, 사람을 흥분시키는 것도 없었다.

그런데 이제 페터는 완전히 딴사람이 되었다. 속에서 어떤 변화가 일어난 것이다. 로제는 그 변화가 무언지 콕 집어서 말할 수는 없지만, 어쨌든 마음에 들었다. 페터는 영웅이 아니었다. 로제는 영웅을 지루한 사람이라고 생각했다. 모르는 게 없고, 못하는 게 없고, 아무것도 두려워하지 않는 사람이 있다는 걸 어떻게 믿겠는가? 아빠 말로는 한계 상황에 부닥친 인간들이 만들어낸 존재가 영웅이라고 했다. 로제는 햄릿을 좋아했다. 햄릿은 영웅이 아니었지만 로제는 햄릿의 고민과 행동을 이해할 수 있었다. 로제가 보기에 페터도 햄릿 같은 사람이었다. 꿈을 갖고 행복을 찾아 나선 아이였다. 그냥 부대끼며 함께 살 수 있는 보통 사람이었다.

페터는 자신을 따라다니는 한심한 개구리의 이미지를 떨쳐 버리고 진정한 남자가 되고 싶어했다. 그러려면 망루를 정복해야 했다. 그것은 로제에게도 용기를 주는 일이었다.

"여보, 난 가끔 로제가 다시 걷고 싶은 생각이 없는 것 같다는 느낌이 들어요. 정말 그러면 어떡하죠?"

"그런 말 하지 마, 마리아. 로제는 반드시 힘든 고비를 넘길

거야. 그 때까지 기다리자고!

로제는 엄마가 다가와 양손으로 자신의 겨드랑이를 부축하는 것을 느꼈다. 낯선 향수 냄새가 코를 찔렀다.

엄마가 말했다.

"자, 다시 한 번 해 볼까? 우리 아가 착하지, 한 발짝만 걸어 보자. 딱 한 발짝만!"

로제는 엄마의 손을 탁 뿌리쳤다. 그리고 음료수 깡통을 피라미드 모양으로 쌓고 헝겊으로 공을 만들고 있는 아빠에게 다가갔다.

아빠가 로제를 안아 주었다.

"로제, 오늘은 네가 주인공이야. 곧 친구들이 우르르 몰려올 텐데, 그러면 활짝 웃어야지. 응?"

로제는 엄마가 보란 듯이 아빠에게 바짝 매달렸다. 아빠는 아직 낯설게 느껴지지 않았다. 물론 엄마와 마찬가지로 로제에게 숨기는 것이 있지만 말이다. 어쨌든 아빠는 로제에게 아무것도 강요하지 않았다. 꾸미지도 않고, 항상 그 모습 그대로였다.

"페터가 망루에 올라갈 수 있을까요? 해내야 하는데, 꼭! 안 그래요, 빠빠?"

로제는 '빠빠'라는 말에 특히 힘을 주어 말했다. 이 말이 마음 한구석에서 잔잔히 울려 퍼졌다. 로제는 몇 년 전까지만 해도 아빠를 이렇게 불렀다. 그러던 것이 어느 날 갑자기 너무 유치하게 느껴져서 며칠 동안 '아빠'라고 불러 보았는데, 그건 또 너무 생경하게 들렸다. 그래서 그 다음부터는 아빠의 이름을 불렀고, 지금도 그렇게 부르고 있다. 이름을 부르면 아빠와 친구가 된 느낌이었다.

지금보다 한참 어릴 때 이야기지만, 아빠 엄마를 '빠빠', '마마'라고 부르면 정말 마법의 주문처럼 마음속 걱정과 두려움이 사라져 버렸다. 로제가 아빠를 다시 이런 호칭으로 부른 건 지금 마음속에서 일고 있는 페터와 자신에 대한 걱정을 떨쳐 버리고 싶어서였다.

"해낼 거야. 언젠가는 꼭 해낼 거야!"

아빠가 확신에 찬 표정으로 말했다.

"오늘 꼭 해야 돼요!"

로제는 아빠의 품에서 벗어났다. 엄마가 앞에 서 있었다. 로제는 짙은 색깔의 안경 뒤에 숨어 있는 엄마의 눈을 찾으려고 애쓰면서 도전적으로 말했다.

"페터는 언젠가 초모룽마도 정복할 거예요. 나한테 맹세했어요. 초모룽마에 오르면서 겪은 일을 빠짐없이 이야기해 주기로요."

엄마가 안경을 밀어올리며 아빠를 흘낏 보더니 고개를 흔들었다. 그러고는 못마땅한 얼굴로 말했다.

"넌 어떻게 된 애가 다시는 걷지 못할 사람처럼 말하는구나. 로제, 그러지 마. 부지런히 연습만 하면……."

"엄마가 지금 어떤 모습인지 알기나 하세요?"

로제가 엄마의 말을 끊으며 도전적으로 웃어젖혔다.

"웃기는 가발에다 바지 정장, 또 안경이 어떤지 아세요? 그래요, 안경으로 눈을 가리고 싶은 거죠? 난 걸을 수 없어요! 없다고요!"

한마디 한마디가 엄마의 가슴에 비수처럼 꽂혔다. 동요하는 기색이 역력했다. 로제는 엄마가 당황해서 어쩔 줄 몰라할 때까지 웃고 또 웃었다. 마침내 엄마가 천천히 머리 위로 두 손을 올리더니 가발을 끌어내리고 안경을 벗었다.

"그래, 하지만……."

엄마가 나직이 말했다.

로제는 몇 초 동안 엄마의 무기력한 모습을 음미했다. 그러나 그 순간이 지나자 엄마가 불쌍해졌다. 겉모습과는 달리 엄마는 그렇게 강하고 자신감에 차 있는 사람이 아니었다. 저런 희한한 물건들, 즉 안경과 가발로 자신의 무력함을 숨기려고 한 것일까?

로제는 아빠와 엄마를 번갈아 쳐다보았다.

두 사람 사이에 무슨 일이 있는 것일까?

정원에 낯선 침묵이 흐르고 있었다. 로제는 셋 다 어떻게든 이런 어색한 상황에서 벗어나고 싶어한다는 걸 느꼈다.

아빠가 얼굴에 물감을 칠해 광대로 분장했다. 그러고는 의자에 올라가려고 기를 쓰지만 번번이 실패하고 마는 팔푼이

광대 짓을 흉내냈다. 아빠는 한마디 말도 없이 표정과 움직임만으로 정원을 옥죄고 있던 침묵과 갑갑함을 몰아냈다. 로제와 엄마의 얼굴에 희미한 웃음이 피어올랐다.

아빠는 마침내 의자에 올라가는 데 성공했다. 아빠가 의자에서 다시 뛰어내리자 로제는 아빠의 얼굴에 묻은 물감을 손수건으로 닦아 주었다.

"고마워요. 아빠는 세상에서 가장 훌륭한 배우예요."

아빠가 엄마를 슬쩍 보며 말했다.

"그러면 뭐 하니? 세상에서 가장 훌륭한 아빠가 되는 게 더 어렵고 중요한 일이지."

'아빠야말로 세상에서 가장 멋진 아빠예요!'

로제는 이렇게 소리치고 싶었지만 그냥 아무 말도 하지 않았다. 그래 봤자 아빠를 당황하고 슬프게 할 뿐이라는 걸 알고 있었기 때문이다.

밖에서 아이들의 웃음소리와 왁자지껄 떠드는 소리가 빠른 속도로 가까워졌다.

"애들이 오나 봐요!"

로제가 소리쳤다. 한순간에 근심 걱정을 죄다 잊은 표정이었다. 로제는 휠체어를 타고 대문 쪽으로 달려갔다. 가다 말고 잠시 뒤를 돌아보았다. 아빠가 숯불을 피워 석쇠에다 소시지를 올려놓고 있었다. 엄마는 재빨리 가발을 도로 쓰고 유리잔에 주스를 따랐다.

가장 먼저 들어선 건 불리와 질케였다. 곧이어 바히와 다른 아이들이 들어왔다. 로제가 친구들과 반갑게 악수를 했다. 순식간에 로제의 무릎 위에 꽃다발과 선물이 쌓였다. 마지막으로 들어온 루처가 로제에게 머뭇머뭇 손을 내밀더니, 뚫어져라 쳐다보는 로제의 눈길을 애써 피하며 셀로판지로 싼 우표 한 장을 슬그머니 내밀었다.

로제는 도로 아래쪽을 내려다보았다. 양쪽으로 늘어선 나무들이 갈수록 좁아지는 긴 터널처럼 보였다. 휑뎅그렁하고 을씨년스러운 터널이었다.

아이들이 게걸스럽게 먹고 마셔 댔다. 남자아이들은 공을 툭툭 차고 놀았고 질케는 여자애들과 쑥덕거리며 낄낄댔다.

"아까 그 우표는 굉장히 귀한 거야. 세상에서 제일 높은 초모룽마 산이 그려져 있거든……."

루처가 이렇게 말하고는 남자애들 틈으로 돌아갔다.

"페터. 페터."

로제는 터널 속으로 소리쳤다. 다른 애들이 듣지 못할 정도로 나직이.

"페터……. 페터."

로제의 외침이 마음속에서 메아리가 되어 돌아왔다. 그러나 그 소리는 개구리 울음소리로 들렸다. 로제는 귀를 틀어막았다.

로제는 얼른 여자아이늘에게로 갔다. 우표와 꽃나발, 그리고 다른 선물들이 잔디밭에 놓여 있었다. 로제는 마음이 어수

선했다. 꼭 뭘 찾는 사람처럼 여자애와 남자애들 사이를 이리저리 돌아다녔다. 점점 안절부절못했다. 벌떡 일어나 거리로 내려가 페터가 어디 있는지 찾아보고 싶은 충동이 강하게 솟구쳤다. 엄마와 아빠를 바라보았다. 서로 멀찌감치 떨어져 서 있었다. 그걸 보는 순간 자신을 일어서지 못하도록 만드는 통증이 다시 다리와 허리로 세차게 밀려왔다.

아이들이 깡통 피라미드 앞에 적당한 거리를 두고 서 있었다. 휴대용 라디오에서 음악 소리가 크게 울려 퍼졌다. 밖에서 발소리가 나도 알아챌 수 없을 정도로 소리가 너무 컸다.

"바히, 라디오 소리 좀 줄여!"

깡통 피라미드를 향해 막 헝겊 주머니를 던진 바히에게 로제가 바락 소리를 질렀다.

바히는 깡통을 하나밖에 쓰러뜨리지 못했다. 쑥스러운 얼굴로 로제에게 눈길을 주더니 라디오 소리를 낮추었다.

"더 크게 틀어!"

여자애들과 남자애들이 한 목소리로 소리쳤다.

"쟤 완전 새가슴이네! 어서 볼륨을 최고로 높여, 바히!"

바히가 로제의 시선을 피해 남자애들 뒤로 숨더니 라디오 볼륨을 다시 최대로 높였다.

"또 옆에 맞았어! 어휴, 이 못난아!"

질케가 이렇게 소리치며 불리에게 헝겊 주머니를 건넸다.

"자, 이제 네 차례야. 어떻게 하는 건지 애들한테 제대로 한 번 보여 줘 봐."

불리가 목표에다 눈을 맞추며 마치 무게를 달아 보듯 오른손에 헝겊 주머니를 들고 위로 톡톡 던졌다.

로제는 불리 옆에 바짝 다가가 불리의 팔을 잡았다.

"왜? 네가 던지려고?"

불리가 다정한 목소리로 이렇게 물으며 로제에게 헝겊 주머니를 내밀었다.

질케가 재촉했다.

"빨리 던져, 불리. 네 차례야!"

불리가 로제에게 태연하게 말했다.

"어서 받아. 지지난 겨울에 눈을 뭉쳐서 거의 망루 꼭대기까지 던지는 걸 보고 깜짝 놀랐어. 더 높이 던진 애는 남자애들 중에도 두셋밖에 없었어."

등 뒤에서 엄마가 응원을 보내는 소리가 들렸다.

"그게 정말이니, 불리? 로제가 눈뭉치를 망루 꼭대기까지 던졌다고? 우리 딸이 그렇게 대단한 줄 몰랐네!"

"불리, 그건 네가 꿈을 꾼 거야. 넌 잠을 너무 많이 자서 탈이야."

로제가 불리에게 고개를 돌리며 말했다. 그러나 그건 엄마가 들으라고 한 말이었다.

다른 아이들이 나서서 불리의 말이 사실임을 확인시켜 주었다. 로제가 정말 그 때 눈뭉치를 망루 꼭대기까지 던졌다고.

아빠가 로제의 어깨에다 손을 얹으며 말했다.

"한 번에 깡통 열 개를 모두 쓰러뜨리는 사람이 이기는 거야. 일등한테는······."

아빠가 잠시 망설이며 로제를 내려다보았다. 어떤 상을 내려야 로제가 가장 기뻐할지 묻는 눈길이었다.

"승리자는 내가 하루 날을 잡아서 우리 극장으로 데려가 리허설을 구경시켜 주겠다. 원하면 직접 무대에 올라가 작은 역할이라도 맡을 수 있도록 해 주마."

그건 로제의 소원이었다. 지금까지 아빠는 같이 가고 싶다는 로제의 부탁을 항상 거절해 왔다. 리허설을 할 때는 관객이 있는 걸 원치 않았기 때문이다.

로제는 헝겊 주머니를 받아 들었다. 이제 페터를 위해서라도 던져야 할 것 같았다. 오늘 망루에 올라가기로 약속한 페터를 위해.

로제가 헝겊 주머니를 던지려고 팔을 어깨 뒤로 뻗었다. 그러다가 깡통에다 시선을 고정한 채 지나가는 말로 이렇게 물었다.

"오늘 페터는 왜 안 온 거야?"

남자애 여자애 할 것 없이 하나같이 페터를 욕했다.

질케가 말했다.

"안 온 게 아니라 못 왔겠지. 망루에 올라가겠다고 큰소리를 뻥뻥 쳐 놨으니 지가 무슨 낯짝으로 오겠어! 보나 마나 뻔해.

망루에 올라가지 못했을 거야."

"집에 무슨 일이 있겠지. 아니면 아플지도 모르고."

불리가 납득할 만한 변명을 찾으려고 애썼다.

그 때 바히가 당당하게 앞으로 걸어 나왔다. 더는 다른 아이들 뒤에 숨어서 보호를 바랄 필요가 없다고 느끼는 것 같았다.

"아프다고?"

바히의 말투가 경멸적으로 들렸다. 자신보다 약한 상대를 찾은 것이 기쁜 모양이었다. 바히는 남의 약점을 잡으면 그냥 넘기는 법이 없는 아이였다.

"아프긴 뭐가 아파? 무서워서 안 온 거지. 그뿐이야. 개구리 같은 놈!"

바히가 두 손을 입에 대고 깔때기 모양을 만들어 개굴개굴 우는 소리를 냈다. 개구리 뺨치는 솜씨였다. 다른 애들 몇 명도 덩달아 개구리 울음소리를 따라 했다. 나머지 애들은 할까 말까 망설이는 기색이었다. 불리와 루처가 당황한 표정으로 로제를 보았다.

"그래, 누구든 늘 컨디션이 좋은 건 아니잖아. 너도 알겠지만……."

페터가 오지 않은 걸 불리가 대신 사과했다.

높이 들고 있던 로제의 팔이 아래로 툭 떨어졌다. 그사이 감당하기 힘들 정도로 팔이 무겁게 느껴진 것이다. 손에 들고 있던 헝겊 주머니도 스르르 미끄러져 내렸다. 여기를 떠나고 싶었다. 아이들에게서 벗어나고 싶었다. 하지만 어디로? 어디로 간단 말인가?

질케가 더 참지 못하고 로제를 채근했다.

"자, 빨리 던져, 로제. 불리도 던져야지."

질케가 재빨리 허리를 숙여 헝겊 주머니를 집더니 불리의 손에 쥐여 주었다. 순간 아이들의 개구리 울음소리가 불리를 향한 열띤 응원 소리로 바뀌었다. 불리는 헝겊 주머니를 손에 들고 여전히 망설이는 기색이었다.

엄마가 걱정스런 얼굴로 물었다.

"로제, 무슨 일 있니? 아가야, 말해 봐……."

로제는 화난 사람처럼 고개를 힘껏 저었다.

엄마가 무겁게 한숨을 내쉬더니 나직이 말했다.

"어떤 때는 도저히 널 이해할 수가 없어."

"난 그만 극장에 가 봐야겠어. 지금 안 가면 공연에 늦을 것 같아."

아빠가 몸을 숙여 로제의 머리에 입을 맞추고는 귀에다 대고 이렇게 속삭였다.

"페터는 괜찮은 녀석이야. 네가 페터를 믿어 줘. 옛날에 아빠가 처음 공연할 때 어땠는지 아니? 너무 무서워서 무대에 올라가지조차 못했어. 꼭 죽을 것만 같았지. 모두 날 보고 욕을 했어. 그런데도 난 머릿속이 텅 빈 것처럼 대사가 한마디도 떠오르지 않는 거야. 그 때 나이 지긋한 무대감독이 아빠한테 이렇게 말했어. '자넨 벌써 해낸 거야. 할 수 있어!' 첫 공연이 아빠에게 가장 훌륭한 공연은 아니었지만, 그래도 난 무사히 연기를 끝냈어. 믿음 덕분이었지. 잊지 마."

로제는 부르릉거리며 멀어져 가는 자동차 소리에 가만히 귀를 기울였다. 곧이어 아이들의 환호성이 터졌다. 불리가 단 한 번에 열 개의 깡통을 모조리 쓰러뜨린 것이다.

로제는 잔디밭에 쓰러져 있는 깡통들을 보았다. 흥분해서 발갛게 달아오른 불리의 얼굴, 믿음과 자부심으로 빛나는 질케의 눈, 그리고 팔을 높이 치켜든 친구들.

그래, 믿음이야! 로제는 생각에 잠겼다. 하지만 누굴 믿어야 하지? 로제는 이제 친구들에게 낯선 존재였다. 사고가 난 후로 친구들은 더 이상 로제를 예전처럼 대하지 않았다. 로제는 친구들의 놀이에도 싸움에도 끼지 못했고, 우정을 나누지도 못했다. 그저 무관심의 대상으로 바뀌었다. 여전히 자신을 잊지 않고 찾아오는 사람은 페터뿐이었다. 예전의 페터가 아니라 완전히 딴사람으로 바뀐 페터였다. 친구들이 싫어하는 지금의 페터였다.

그런 페터가 초모룽마를 정복하겠다고 했다. 낡은 망루에 올라가는 것조차 겁내는 아이가! 로제는 멀쩡한 두 다리가 있는데도 달리기는커녕 제대로 걷지도 못했다. 발을 떼는 것이 불안하고 비틀거릴 때도 많았다. 로제는 엄마 아빠도 더는 믿을 수 없었다. 두 분 사이에는 분명 엄청난 변화가 있었다. 로제에게는 밝힐 수 없는 변화가.

　로제도 믿음이 그립고, 사람이 그립고, 울타리 너머의 삶이 그리웠다. 울타리 뒤에서 관찰만 하는 삶이 아니라 울타리를 넘어 사람들 틈에 끼어 함께 살고 싶었다. 바깥세상이 자신을 점점 강하게 끌어당기는 느낌이었다. 하지만 어느 길로 가야 할까? 어디로? 누구에게로?

　로제는 친구들을 아무렇게나 밀치며 노랗게 활활 타오르는 모감주나무 수풀을 지나 집 뒤로 돌아갔다. 내심 친구들이 뒤따라와 자신을 다시 데려가기를 바랐다. 하지만 아이들의 발랄한 목소리와 웃음소리만 등 뒤에서 메아리치고 있었다.

　뒤따라온 애가 하나 있긴 했다. 루처였다. 다른 아이들에 비해 힘이 약했지만, '우표'라는 판타지의 세계에서 자기만의 기쁨을 찾는 아이였다.

　루처가 로제의 휠체어 옆 풀밭에 앉더니 윗도리 주머니에서 작은 우표 수집책과 핀셋을 꺼냈다. 로제는 풀을 한 움큼 뽑아 집을 향해 던졌다. 루처가 수집책을 넘기며 이런저런 우표를 핀셋으로 꺼내 햇빛에 비추어 보았다. 마치 이제까지 발견되지 않은 신비의 세계로 발을 들여놓는 사람의 표정 같았다.

　루처가 알록달록한 우표 한 장을 핀셋으로 집어 로제에게 내밀었다.

　"최근에 구한 우표야. 인도에서 왔지. 델리에 사는 비몰찬드라라는 남자애랑 맞바꾸었는데, 걔 주소는 폴란드의 우표 수

집가한테 받았어. 얀 말라브스키라는 이름의 나이 든 철도 직원이야. 이 아저씨한테 주소를 준 사람은 핀란드에 사는 라우리 파칼라라는 우편배달부야. 그 사람은 비몰찬드라의 아빠와 우표를 교환하는 사이였대."

로제는 핀셋을 들고 우표를 찬찬히 살펴보았다. 토끼와 호랑이가 서로 마주 보고 싸우고 있었다.

루처가 설명했다.

"인도의 동화에서는 토끼가 영리한 동물로 나와. 그래서 힘센 호랑이도 이길 때가 많지."

로제는 엄마가 집 옆에 서 있는 것을 발견하고 꼿꼿이 쳐다보았다. 엄마가 로제를 향해 몇 걸음 다가오다가 이내 몸을 돌려 다른 아이들에게로 돌아갔다.

"동화니까 그렇지. 동화 세계에서는 모든 게 가능해. 하지만 현실은 안 그래."

로제가 루처에게 핀셋과 우표를 돌려주었다.

"부인께서는 큰 착각을 하고 계시는 것 같군요."

루처가 잔뜩 허세를 부리며 말했다.

"평생 배를 타고 산전수전 다 겪은 우리 할아버지가 뭐라고 하셨는지 알아? 동화보다 우리 인생에서 가능한 게 더 많대."

잠시 말문을 닫고 있던 루처가 다른 우표를 보기 위해 안경을 똑바로 쓰면서 이렇게 덧붙였다.

"페터를 겁쟁이라고 생각하지 마. 나도 그 애늙은이 속에서 무슨 일이 일어나고 있는지는 자세히 몰라. 하지만 걔는 지금 한창 사춘기 중이야. 극복하려면 시간이 걸릴 거야. 게다가 사춘기 때는 항상 문제가 나타나게 되어 있어. 난 벌써 지났어. 지나고 나니까 얼마나 홀가분한지 몰라."

루처의 어른스러운 설명에도 로제는 페터가 오지 않은 것에 실망감을 드러내며 경멸적인 웃음을 터뜨렸다.

"뭐, 초모룽마를 정복하겠다고? 웃기지도 않아!"

아이들이 집 뒤로 달려왔다. 한창 재미있는 놀이를 하는 중이었다. 서로 즐겁게 붙잡고, 웃고, 소리치고 있었다.

로제는 친구들의 눈에 띄기 싫어 덤불 사이로 들어갔다. 친구들이 다시 정원으로 몰려간 후 로제는 루처에게 다가가 물었다.

"솔직하게 말해 줘, 루처. 페터가 개구리나 사이코 몽상가라고 생각해?"

루처가 정색을 하고 숨을 한 번 깊이 들이쉬더니 들고 있던 우표를 수집책에 집어 넣었다. 막 대답을 하려는 찰나, 공이 날아와 땅에 떨어졌다. 공은 높이 한 번 튀어오르더니 점점 낮게 통통 튀면서 로제 쪽으로 굴러와 발밑에 멈추어 섰다.

예전에는 로제도 이렇게 생기발랄하게 톡톡 잘 튀는 공을 무척 좋아했다. 하지만 지금은 이런 공이 너무 싫었다. 걷어차고 싶었다. 발로 밟아 터뜨리고 싶었다.

"루처, 저 둥그런 걸 밟아 버려!"

로제가 루처에게 명령했다. 루처는 영문을 모르는 얼굴로 로제를 멍하니 보고만 있었다.
"일어나서 저 공을 짓밟아 버리라고!"
루처가 천천히 몸을 일으켜 무슨 일이냐는 듯이 로제를 보다가 우표 수집책을 나무 그루터기 위에 내려놓았다. 그러더니 공이 있는 쪽으로 다가가서 서투른 자세로 공에 발을 올려놓았다.
승리의 환호성을 지르는 불리를 필두로 친구들이 달려왔다.
"짓밟아! 완전히 밟아 버리라고!"
로제가 다시 소리쳤다.
루처가 어설프게 공을 밟았다. 그러자 공이 옆으로 비어져 나가 바히에게 굴러갔다. 바히가 재빨리 불리에게 공을 넘겼다. 불리가 헤딩으로 공을 질케에게 보내자 질케가 양손으로 받아 공중으로 던졌다. 아이들이 서로 정신 없이 발과 손으로 공을 차고 받았다.
로제는 아이들의 현란한 움직임에 현기증이 났다. 함께 어울려 놀 수 없는 로제 앞에서 아이들이 보란 듯이 빙글빙글 춤을 추고 있는 것 같았다.
"그만 해! 당장 그만 하라고!"
로제가 소리쳤다.
엄마가 집 모퉁이에 서 있는 것이 보였다. 불리와 실케, 바히 그리고 다른 아이들의 아연한 얼굴이 보였다.

로제는 스스로도 자신의 마음을 알 수 없었다. 혼자 있기는 싫었지만, 친구들이 즐겁게 뛰노는 것도 견디기 어려웠다. 게다가 페터가 오지 않아 실망도 컸다.

"가! 꼴 보기 싫어. 다들 어서 꺼지라고!"

적의에 찬 목소리였다.

로제는 엄마한테 눈길 한 번 주지 않고 재빨리 엄마 곁을 지나 테라스로 올라갔다. 집 안에 들어온 로제는 창문의 커튼 사이로 친구들이 정원을 나가 거리를 따라 마을로 걸어가는 것을 지켜보았다. 아이들 사이로 공이 통통 튀어오르고 있었다.

이제 정원과 마찬가지로 거리도 다시 휑하고 조용해졌다. 엄마가 문틈에 서 있었다. 가발과 안경은 쓰지 않았다.

"페터, 이 개구리, 사이코, 겁쟁이!"

엄마가 다가와서 로제를 안아 주었다. 로제는 엄마의 손길을 뿌리치지 않았다. 아니, 이대로 계속 있고 싶었다. 그러나 엄마의 부드러운 손길을 오래 견딜 수는 없었다. 로제는 한참 동안 울었다.

"왜? 왜 이래야만 되냐고!"

10

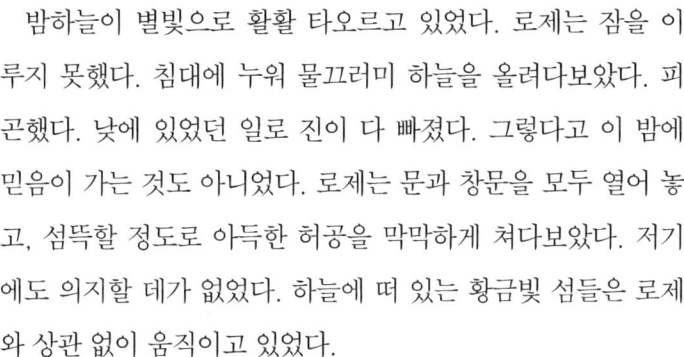

밤하늘이 별빛으로 활활 타오르고 있었다. 로제는 잠을 이루지 못했다. 침대에 누워 물끄러미 하늘을 올려다보았다. 피곤했다. 낮에 있었던 일로 진이 다 빠졌다. 그렇다고 이 밤에 믿음이 가는 것도 아니었다. 로제는 문과 창문을 모두 열어 놓고, 섬뜩할 정도로 아득한 허공을 막막하게 쳐다보았다. 저기에도 의지할 데가 없었다. 하늘에 떠 있는 황금빛 섬들은 로제와 상관 없이 움직이고 있었다.

로제는 마치 저 아득한 허공에서 침대를 타고 두둥실 떠가는 느낌이었다. 목표도 없이 파란 유리처럼 아득히 펼쳐진 허공이었다.

집 안은 조용했다. 괘종시계만이 15분마다 한 번씩 쉼 없이 흘러가는 시간을 알리고 있었다.

부모님의 목소리는 들리지 않았고, 열어 둔 문틈으로 불빛 한 점 새어 들어오지 않았다.
'자나 보네. 어떻게 잠이 오나 몰라!'
로제는 엄마 아빠에게 부아가 치밀었다.
침대에 누워서도 창문을 통해 정원이 내다보였다. 깡통 피라미드가 절반쯤 남아 있고, 헝겊 주머니는 테라스에 떨어져 있었다. 의자는 서로 마주 보게 기대 놓았고, 꽃줄은 나뭇가지에 걸려 흐느적거리고 있었다. 빨간 풍선 하나가 잔디밭 위에서 느릿느릿 굴러다녔다. 거리의 아스팔트가 얼음처럼 반짝거리고 반질반질해 보였다.
갑자기 문틈으로 불빛이 새어 들어왔다. 아빠의 헛기침 소리가 들렸다. 엄마가 잠들었는지 깨어 있는지 알아보는 무언의 물음이었다. 유리잔이 쨍그랑거렸다. 엄마가 물을 한 모금 마시는 소리가 들렸다.
로제가 잔뜩 긴장해서 귀를 기울였지만, 더는 들리지 않았다. 하지만 불은 여전히 켜져 있었다. 다시 한 번 아빠의 헛기침 소리와 엄마의 물 마시는 소리가 이어졌다.
"당신도 수면제 하나 줄까요?"
엄마의 목소리였다. 상자를 여는 소리가 들렸다.
"당신 요즘 약을 너무 많이 먹는 거 아냐? 그런다고 문제가 해결되는 게 아니잖아."
다시 침묵이 이어졌다. 로제는 침대에서 일어나 앉았다. 문 밖으로 귀를 기울이며 벽에 붙은 그림들을 쳐다보았다. 그림 속의 얼굴은 모두 밝고 명랑했다. 딱 한 그림만 빼고. 거기에는 여자와 남자가 각각 다른 방향으로 걷고 있었고, 길거리 한가운데엔 어린 소녀 혼자 남겨져 있었다.

"당신도 오늘 쟤가 어땠는지 봐야 했어요. 이젠 정말 어떻게 해야 할지 모르겠어요. 내 딴에는 다시 걷게 하려고 무진장 애를 쓰는데도, 로제는 걸을 생각을 안 해요. 다시 걷기 싫은가 봐요."

"그렇게 말하면 안 되지. 왜 로제라고 걸을 생각이 없겠어? 우리 생각만 하면 안 돼. 기다릴 수 있을 때까지 기다려 봅시다."

엄마가 일어나 가운을 걸쳤다. 종종걸음으로 불안하게 침실을 서성거리는 발소리가 들렸다. 곧이어 문틈으로 바람이 홱 끼쳐 들어오는 것이 느껴졌다. 엄마가 창문을 연 것이다.

순간 아빠의 감탄 섞인 목소리가 들려왔다.

"아주 맑고 멋진 밤이군!"

아빠가 대본을 뒤적거렸다. 침대에 대본을 들고 들어가는 건 아빠의 습관이었다. 대본을 읽는 소리가 들리기 시작했다.

"일천육백삼십삼 년. 종교재판소가 세계적인 명성의 학자를 로마로 소환하다. 저 밑바닥은 뜨거운데 저 상층부는 차갑구나. 길거리는 시끌벅적한데 궁중은 조용하구나."

아빠가 다시 대본을 뒤적거리다가 말했다.

"갈릴레이 초연이 점점 다가오고 있어. 최소한 초연은 끝내게 해 줘, 마리아. 초연만 끝나면 로제에게 이야기할 용기가 날 것 같아."

엄마가 걸음을 멈추더니 힘겹게 말했다.

"인내하자, 기다리자, 초연만 끝나게 해 달라! 당신은 이런 말밖에 할 줄 모르죠? 더는 견딜 수가 없어요, 게오르크. 당신도 알다시피 난…… 난 로제에게 죄책감을 느끼고 있어요. 이렇게 계속 침묵하고 있을수록 더 그래요. 로제도 이제 어린애가 아니에요. 말을 안 해서 그렇지 벌써 뭔가 짐작하고 있을 거예요. 난 그런 애를 피해 줄곧 숨어 다니고 있다고요. 미친 짓이에요, 이건. 로제는 우리 자식이에요! 그런데 난…… 로제의 믿음도 사랑도 잃어버렸어요."

엄마가 감정이 북받쳐 흐느꼈다.

"게오르크, 우리 사이에 이제 사랑 같은 건 존재하지 않아요. 우린 둘 다 실수를 너무 많이 저질렀어요. 자잘한 실수들이 쌓인 거죠. 그렇다고 시간을 되돌릴 수도 없어요. 이제 로제에게 밝혀야 해요. 우리가 헤어지기로 했다는 걸."

아빠가 대본을 덮으며 힘없이 대답했다.

"난 못 해. 그걸 로제한테 어떻게 설명해? 어쩌다 이 지경까지 됐는지 우리 자신도 모르는데. 난 못 해. 사고를 당해서 몸까지 불편한 애한테 그런 이야기까지 하는 건……. 로제는 극복하지 못할 거야."

"그럼 앞으로도 계속해서 애한테 거짓말이나 하고, 애 앞에서 연기만 할 거예요? 우리 사이는 또 어떻게 하고요? 우린 아직 젊어요. 지금까지 당신하고 살면서 오죽 좋은 일만 있었어요? 이제 당신하고 살기 정말 힘들어요. 게다가 시간이 갈수록 우리 사이에 존중하는 마음까지 없어질까 두렵기도 해요. 그건 우리 부모님 경우를 봐서 잘 알아요. 그렇게 되면 늘 서로를 탓하고 싸우다가 며칠씩 말도 안 하고 지내죠. 그건 모두에게 좋지 않은 일이에요."

아빠가 뭐라고 말을 했지만 잘 들리지 않았다.

"나도 이제 모르겠어. 도저히 모르겠어."

"이대로 있을 수만은 없어요. 뭔가 조치를 취해야 해요."

엄마가 다시 침대에 누웠다. 몇 초 뒤에 불이 꺼졌다. 곧이어 엄마가 다시 일어나 창문을 닫고 커튼을 쳤다.

이제 집 안에 정적이 깔렸다. 싸늘한 정적이.

로제는 몸이 춥고 뻣뻣해졌다. 괘종시계라도 쳐 주었으면 하고 바랐다. 하늘은 점점 아득해졌고, 별빛은 눈이 부셨다. 로제는 무한한 무(無)의 세계로 내쳐진 느낌이었다. 잡아 줄 따뜻한 손도, 머리를 누일 무릎도 없는 세계였다.

남자와 여자가 갈라서는 그림을 다시 올려다보았다. 두 사람의 발걸음이 점점 빨라진다. 이윽고 뒤도 돌아보지 않고 달린다. 아이만 길에 남겨져 있다. 팔을 들어 따라가려 하지만, 어디로 가야 할지 모른다.

어디로? 어디로?

드디어 오늘, 로제가 오래 전부터 짐작하고 있던 일이 사실로 드러났다. 하지만 부모님을 이대로 헤어지게 내버려두지는 않을 작정이었다. 내가 걷지 못하면 엄마 아빠도 나를 떠나지 못할 거야. 그래, 난 절대 걷지 않을 거야!

로제는 아픔과 기쁨이 한데 섞인 묘한 감정을 느끼며 점점 거기에 빠져들었다. 고통스러운 기쁨이었다. 휠체어에서 일어나지 않을 생각이었다. 그러면 부모님도 로제 곁에 머물러 있을 것이다. 페터는 망루를 밟지 못할 게 뻔했다. 하물며 초모룽마에 오른다는 건 꿈이었다. 그러나 로제는 포기하지 않을 생각이었다. 걷지만 않으면 자신에게는 아무 일도 일어나지 않을 것이다.

스탠드의 불을 켰다. 벽에서 그림을 떼어 내어 손으로 꼬깃꼬깃 구긴 다음 창 밖으로 던져 버렸다. 요란하게 치장한 인형들을 선반에서 전부 쓸어 버렸다. 꼴 보기 싫었다. 이 바보 같은 어린 얼굴들.

로제는 반쯤 짠 스키용 스웨터를 도로 풀어 실을 토막토막 잘랐다.. 닥치는 대로 부수고 싶었다. 뭐라도 파괴해야 마음이 편해질 것 같았다.

아무 책이나 집어 들고 앞에서부터 몇 장을 찢어 버렸다. 아빠의 대본집 『갈릴레이의 생애』였다. 얼마 전부터 읽기 시작했는데, 아직 로제에겐 이해되지 않는 부분이 많았다. 다만 갈릴레이의 집에서 가정부로 일하는 사르티의 아들 안드레아는 마음에 들었다. 제대로 교육을 받지 못한 안드레아는 저명한 학자인 갈릴레이에게서 세상을 보고 이해하는 법을 배웠다.

로제도 세상을 똑바로 보고 이해할 수 있는 눈을 키우고 싶었다. 갈릴레이처럼 박학다식하고 막히는 것이 없는 사람을 친구로 삼고 싶었다. 믿을 수 있는 사람으로 말이다.

로제는 찢겨 나간 종이를 평평하게 펴서 갈릴레이가 안드레아에게 하는 대사를 천천히 읽었다.

"……배들이 신대륙으로 다니게 된 뒤부터는 그 무섭던 바다도 한낱 작은 물에 불과하다는 것을 알게 되었어. 그러면서 만물의 원인을 깨달으려는 욕구가 강하게 일어났지. 손에 들고 있던 돌을 놓으면 왜 땅으로 떨어질까? 공중으로 던지면 어째서 올라갈까? 사람들은 매일 새로운 것을 발견하고 깨닫고 있어. 하다못해 백 살 먹은 노인네들도 젊은것들한테 바짝 귀를 들이대고 새로 발견된 것을 들으려고 안달이지……."

다음 문장은 로제에게 용기와 동시에 커다란 불안을 안겨 주었다.

"벌써 많은 것이 발견되었지만, 아직 발견해야 할 것이 더 많아."

로제는 대본을 베개 밑에 놓고 불을 껐다. 창문으로 별빛이 쏟아지는 정원이 내다보였다. 빨간 풍선이 바닥에서 두둥실 떠올라 천천히 공중으로 날아 올라갔다. 저 하늘의 별들에게라도 가겠다는 건지 점점 높이 날았다. 넉넉한 바람에 실려 춤을 추듯 너울거렸다. 풍선이 점점 작아졌다. 그러나 하늘의 별들은 아직 까마득해 보였다.
"더 높이 날아! 별나라까지 날아가!"
로제가 풍선을 향해 나직이 소리쳤다.
자신도 어디론가 떠나 무언가를 찾고 싶었다. 하지만 무엇을? 행복? 행복이 뭐지? 행복으로 가는 길은 어디에 있을까? 행복은 어떻게 붙잡지?
풍선이 마치 나비처럼 하늘거리며 하늘로 올라가고 있었다.
"그래. 벌써 많은 것이 발견되었지만, 아직 발견해야 할 것이 더 많아."
로제는 다시 한 번 갈릴레이의 말을 커다란 그리움과 희망을 실어 읊조렸다.
"날아라, 풍선아! 더 높이 날아가!"
그 때였다. 저 위에서 무언가 뻥 터지는 소리가 아스라이 들렸다. 빨간 풍선 조각이 날개 꺾인 나비처럼 힘없이 나풀거리며 정원에 도로 떨어졌다. 풍선이 떨어진 곳에서는 개구리들이 개굴개굴 울어 대며 풀밭을 펄쩍펄쩍 뛰어다니고 있었다.
로제는 창문을 닫고 커튼을 쳤다. 이제 그만 자고 싶었다. 다 잊고 어둠 속으로 들어가 쉬고 싶었다. 좋은 꿈을 꿀 희망을 품고서.
이불을 머리까지 뒤집어쓰고 눈을 감았다.

형형색색의 나비들이 날아와 로제에게 소리친다. 일어서라고. 로제는 휠체어에서 나오려고 애를 쓰지만, 번번이 실패한다. 나비가 한 마리씩 차례로 떠나간다. 나비 등에는 남자애 혹은 여자애가 하나씩 타고 있다. 아이들이 소리친다.

"이리 와, 로제! 우린 행복으로 가는 길이야!"

로제는 꿈속에서 오한을 느낀다. 나비를 잡지 못해 홀로 남겨질지도 모른다는 두려움이 엄습한다.

로제가 소리친다.

"기다려! 날 데려가!"

11

 일요일 오후였다. 페터는 방에 앉아 줄곧 손목시계를 보았다. 30분 뒤면 아빠의 시합이 시작된다. 페터가 경기장에 따라가지 않은 건 이번이 처음이었다. 엄마는 미리 아빠한테 신신당부를 했다. 페터더러 함께 가자고 강요하지 말라고. 아빠는 무거운 역기를 번쩍 들어올리는 자리에 항상 아내와 아들이 함께하기를 원했다.
 페터는 벌떡 일어나 창가로 가서 초조하게 밖을 내다보았다. 낡은 망루는 페터가 도전에 실패한 이후 훨씬 크고 강해 보였다. 페터의 시선이 닿자마자 망루가 이렇게 비아냥거리는 것 같았다.
 '이봐, 개구리! 그렇게 큰소리를 뻥뻥 치더니, 어디에 숨어 있는 거야, 개구리! 으하하하!'

방 안이 쩌렁쩌렁 울리도록 망루가 웃어젖혔다.

페터는 망루와의 싸움에서 패배한 뒤로 다시 밖으로 나갈 엄두를 내지 못하고 있었다. 망루가 비아냥거리는 것보다 친구들의 조롱이 더 두려웠던 것이다.

시계를 한 시간 뒤로 돌려 버렸다. 시간을 정지시키고 싶었다. 어떤 결정을 내려야 할지 몰랐기 때문이다. 체육관으로 가야 할까? 아니면 이대로 그냥 방 안에 처박혀 있을까? 경기장에 가지 않고 아빠를 피한다면 그것은 또다른 패배처럼 여겨졌다. 하지만 아빠가 무거운 역기를 들어올리는 걸 보면서 자신의 나약함을 새삼 되새겨야 하는 것도 쓰라린 일이었다.

페터는 부엌으로 달려가 벽시계를 보고 손목시계의 시간을 제대로 맞추었다. 그러고는 다시 방으로 돌아와 아주 천천히 육십까지 헤아렸다. 그러나 시계의 작은 바늘은 자기 리듬대로 움직일 뿐이었다.

다시 로제가 떠올랐다. 로제를 만나는 것이 가장 두려웠다. 지금 심정으로는 로제가 직접 찾아오지 못하는 것이 오히려 다행스럽게 여겨졌다. 로제는 페터를 믿고 이해해 주었다. 그런 로제를 실망시켰다. 다른 무엇보다 가장 뼈아픈 것이 바로 이것이었다. 로제에게 가서 설명이라도 하고 싶었다. 하지만 뭐라고 설명한단 말인가? 너무 겁이 나서 망루와 한번 붙어 보지도 못했다고? 그게 사실일까? 겁이 나서 그랬던 것뿐일까? 대체 내게 무슨 일이 있었던 걸까? 나를 붙잡은 건 무엇일까?

답을 알 수 없었다. 페터는 선반에서 새총을 집었다. 고무줄을 잡아당겨 포플러나무에 앉아 있는 검은 새를 겨냥했다. 고무줄이 점점 팽팽해졌다. 마침내 손을 놓았다. 핑 하는 소리와 함께 까마귀가 유유히 날개를 치면서 바람을 타고 망루 쪽으로 올라갔다.

페터의 귓전에 체육관 장내 아나운서의 목소리가 쟁쟁하게 울려 퍼진다.

'스포츠를 사랑하는 시민 여러분! 우리 지역의 역도 예선 경기에 오신 걸 진심으로 환영합니다…….'

눈앞에 땀으로 흠뻑 젖은 아빠의 얼굴이 보인다. 무대에 선 아빠가 누굴 찾는지 관객석을 두리번거린다. 엄마가 입구 근처에 서 있는 것을 발견하고는 흐뭇한 미소를 짓는다. 그러나 곧 실망으로 얼굴이 굳어진다. 엄마의 옆자리가 비어 있기 때문이다.

페터는 새총을 다시 선반에 올려놓았다. 옛날에는 이걸로 많은 동물들을 잡았다. 늑대, 곰, 표범, 무시무시한 뱀…….

지금 생각하니 웃음이 나왔다. 자신이 판타지 속의 주인공이 되어 영웅적인 행동을 하던 시절은 벌써 지났다. 오늘은 스스로에게 이렇게 고백했다. 예전에 '비네토우'*나 '위대한 독

---

* 카를 마이의 장편소설 『비네토우』에 나오는 주인공. 메스칼레로 아파치 족의 추장으로서 정의와 평화를 위해 싸우는 고결하고 선한 인디언.

수리'*가 되어 참새와 까마귀를 쏘았을 때도 새총에 돌멩이를 끼우고 쏜 적은 없었다고. 그래서 명중한 적이 한 번도 없었을 뿐 아니라 친구들이 자신을 '사팔뜨기 추장'이라고 불러도 어쩔 수 없었다.

"어쩌라고! 돌멩이를 안 끼우고 쏘았어! 이제 알겠어?"

친구들이 왜 못 맞추었냐고 묻기라도 했다는 듯 페터가 대답했다. 그러고는 이렇게 덧붙였다.

"동물을 죽이고 싶지 않아서 그래."

이렇게 털어놓고 나니 한결 마음이 홀가분해졌다. 자기 자신에게도 훨씬 가까워진 느낌이었다. 아직 할 말이 많았다. 그러나 할 일이 더 많았다.

집에서 나온 페터는 지하실에서 자전거를 꺼내 힘껏 페달을 밟았다.

군청이 있는 시내에 도착했을 때는 숨을 헐떡거리며 온몸이 땀범벅이었다. 체육관 앞 광장에 닿자마자 쏜살같이 자전거에서 뛰어내린 다음 자전거를 나무 밑에 아무렇게나 던져 놓고 체육관으로 뛰어 들어갔다. 입구 옆에 엄마가 서 있었다. 언제나 같은 자리였다.

"아니, 네가 어쩐 일이니?"

엄마는 깜짝 놀라면서도 반가운 기색이었다.

---

* 샤이엔 족의 전설적인 인디언 추장.

"우리 아가 얼굴이 엉망이구나!"

엄마가 윗도리 주머니에서 손수건을 꺼내 페터의 이마에서 줄줄 흘러내리는 땀을 닦으려고 했다. 그러나 페터는 엄마의 손을 슬쩍 피하며 셔츠 소매로 땀을 훔쳤다.

"아빠 차례는 끝났어요?"

페터가 흥분한 목소리로 물었다.

순간 옹골차 보이는 선수가 나와 허리를 숙이더니, 역기 손잡이를 손으로 몇 번 매만지다 꽉 움켜잡았다.

"아빠는 아직 안 나오셨다."

엄마가 대답했다. 여전히 페터가 걱정되는 얼굴이었다.

"왜 이렇게 허겁지겁 달려왔어? 네가 온 걸 알면 아빠도 기뻐하실 거야. 몇 번씩이나 너를 찾아 두리번거리셨거든."

페터의 호흡이 서서히 가라앉았다. 그제야 체육관 안에 많은 사람들이 들어차 있는 것을 알아차렸다. 무대에 선 선수가 역기를 어깨 위로 번쩍 치켜드는 순간 응원의 함성이 메아리쳤다.

"언제까지 아가라고 부를 거예요! 창피하게!"

페터가 툴툴거렸다. 엄마에게는 눈길 한 번 주지 않은 채였다. 꼭 따로따로 온 사이처럼 굴었다. 페터는 엄마의 얼굴에 슬픈 웃음이 번지는 것을 보지 않고도 알았다. 하지만 어쩔 수 없었다. 스스로도 자신의 이런 반항심을 이해할 수 없으니까.

역기가 바닥에 쿵 소리를 내며 떨어졌다. 관객들이 환호성을 질렀다. 방금 역기를 들어올린 선수는 아직 소년티를 벗지 못한 앳된 청년이었다. 기쁨에 겨워 공중으로 펄쩍펄쩍 뛰어오르며 코치를 얼싸안고, 관객석에서 나온 노신사와 악수를 나누었다.

엄마가 열려 있는 문을 바라보며 뭔가를 그리워하는 얼굴로 말했다.

"지금쯤 게르블리츠 계곡에는 모감주나무 꽃이 피었겠구나. 부르크켈러 레스토랑 주인은 테라스에 의자와 테이블을 꺼내 놓았겠지? 혹시 과일이랑 크림이 들어간 빙수가 먹고 싶지 않니?"

페터는 엄마에게 화가 났다. 막 아빠가 호명되는 순간에 어떻게 모감주나무 이야기를 하고 빙수 타령을 할 수 있는지 이해가 되지 않았던 것이다.

"아빠 시합이 있을 때마다 왜 항상 문 근처에만 서 있어요?"

페터가 도전적으로 물었다.

"내가 그랬니?"

엄마가 슬쩍 대답을 비켜 갔다.

"그래, 네 말이 맞다."

엄마가 순순히 시인하더니 나직이 이렇게 덧붙였다.

"난 네가 알고 있다고 생각했어."

"몰라요. 내가 그런 걸 어떻게 알아요?"

페터가 퉁명스럽게 대답했다.

아빠가 웃으면서 무대에 나타났다. 자신감에 찬 발걸음으로 역기가 놓여 있는 곳으로 다가갔다. 역기는 벌써 무게를 맞추어 놓았다. 아빠의 시선이 관중석을 훑었다. 엄마와 페터를 발견하는 순간 아빠의 몸에서 더욱 강한 힘과 자신감이 솟구치는 것 같았다.

이제 페터의 눈에는 아빠의 얼굴만 보이고, 귀에는 힘을 토해 내는 아빠의 숨소리만 들렸다. 페터는 마치 자신이 역기 앞에 무릎을 굽히고 앉아 있는 것 같은 기분이 들었다. 손잡이를 꽉 움켜잡고, 머리를 숙인 채 오로지 역기에 정신을 집중한다. 쇳덩어리와 자신 말고는 아무것도 없다. 역기를 번쩍 들어올려야 한다. 중요한 건 그뿐이다. 여기에 모든 게 달려 있다.

아냐, 저 위에 있는 사람은 네가 아냐. 네 아빠야! 넌 페터야. 다른 사람이라고! 페터는 스스로에게 매몰차게 소리쳤다.

아빠가 역기를 가슴까지 들어올려 두 팔로 받쳤다. 가슴에 올린 상태로 몇 초 동안 있더니 다시 위로 힘껏 팔을 뻗었다. 아빠는 1센티미터라도 더 올리려고 안간힘을 썼다.

그러나 몇 센티미터가 부족했다. 아빠가 몸을 파르르 떨더니 다시 한 번 역기를 힘껏 위로 밀어올렸다. 그러나 팔이 꺾이면서 역기는 바닥에 쿵 떨어지고 말았다.

아빠가 역기 앞에 선 채 믿을 수 없다는 듯이 역기를 내려다보았다. 곧이어 당황한 얼굴로 관객석을 바라보더니 천천히 무대를 내려갔다.

페터와 엄마는 깜짝 놀란 얼굴로 서로를 마주 보았다. 아빠가 패배한 건 처음이었다.

관객석에 있던 한 남자가 말했다.

"단단한 바위 같던 남자도 이젠 내리막길이군. 하긴 나이를 어쩌겠어! 아까 그 새파랗게 젊은 애가 5킬로그램이나 더 들었어. 누가 이런 걸 상상이나 했겠어!"

앳된 역도 선수가 무대에 뛰어 올라와 승리의 함성을 지르며 두 손을 번쩍 치켜들었다. 그러고는 관객들의 환호성 속에서 페터의 아빠가 실패한 역기 앞으로 다가갔다. 역기를 번쩍 들고 십 초 정도나 관객들을 향해 과시를 하더니 다시 내려놓았다. 승리가 확정된 감격을 주체하지 못해서 나온 행동이었다. 코치가 흥분한 선수를 무대에서 끌어내리려고 했다. 그러나 승리의 기쁨에 도취된 선수를 제어하기란 쉽지 않았다.

엄마가 천천히 입을 열었다.

"결국 올 일이 오고 말았어. 언젠가는 이런 날이 오리라 예상했지만, 믿어지지가 않는구나. 이걸 극복하려면 아빠가 지금까지 들어올린 수많은 역기보다 더 많은 힘을 들여야 할 것 같다."

페터는 엄마의 말 속에 안도와 걱정이 함께 배어 있는 것을 느꼈다.

페터는 여전히 미동도 않고 서 있었다. 스스로도 이상한 생각이 들었다. 아빠의 패배를 기뻐할 수도 있을 텐데, 그런 마음이 들지 않았다. 얼마나 원하던 일이었는데!

패배를 모르던 사람이 패배를 했고, 상처를 입은 적이 없는 사람이 상처를 입었다. 왕이 왕좌에서 쫓겨난 것이다.

페터는 스스로도 이해하기 어려운 아빠의 패배에 대해 승리감도 기쁨도 느낄 수 없었다. 다만 이것이 기정사실이라는 것만 서서히 명확하게 깨닫고 있을 뿐이었다. 페터는 얼른 밖으로 나갔다. 체육관 안이 갑자기 너무 갑갑해서 질식할 것만 같았다.

햇볕이 따뜻했다. 화창한 날이었다. 페터는 숨을 크게 들이쉬었다. 나직이 노래를 흥얼거렸다. 얼굴에 웃음까지 번졌다.

엄마가 말했다.

"날씨가 너무 좋구나! 이런 날치고는."

관객들이 체육관을 빠져나왔다. 어떤 사람은 만족한 듯 활짝 웃고, 어떤 사람은 설레설레 고개를 흔들었다.

페터가 말했다.

"참 따뜻하네요! 아직 해가 지려면 많이 남았는데, 뭔가 같이 하는 것도 괜찮겠네요."

선수와 코치들이 집으로 갔다. 페터의 아빠가 마지막으로 체육관에서 나왔다. 수위가 아빠 등 뒤로 문을 닫았다.

아빠가 문 앞에서 걸음을 멈추고 당황한 눈으로 주위를 두리번거렸다. 무언가 찾는 것이 있는데, 찾지 못한 사람처럼.

페터는 아빠에게 달려갔다. 아무 말이든 해 주고 싶었다. 아빠와 다시 친구가 되고 싶다고, 아빠를 좋아한다고. 학급비를 훔친 것까지 죄다 말하고 싶었다.

"오늘은 네가 오지 않는 게 나을 뻔했구나. 그래도 이렇게 와 줘서 고맙다."

아빠가 말했다.

"말할 게 있어요. 아빠가 오늘 지신 거…… 전 아무렇지도 않아요. 그리고……."

순간 아빠의 얼굴이 굳어졌다. 말없이 자전거 보관대로 성큼성큼 걸어가더니 엄마 자전거와 자신의 자전거를 번쩍 들어서 꺼냈다. 그러고는 엄마를 보지도 않은 채 자전거만 내주고는 재빨리 자전거를 타고 출발했다.

"그렇게 좋은 날인 것 같지 않구나. 어서 와. 우리도 가자."

엄마가 페터에게 말했다.

세 사람은 오르막과 내리막이 번갈아 나타나는 도로를 따라 달렸다. 일요일 오후의 정적이 깃든 작은 마을과 소나무 숲을 지났다. 아빠가 맨 앞에 서고, 그 다음엔 엄마, 맨 마지막엔 페터가 달렸다.

엄마가 속도를 줄이며 페터에게 말했다.

"우린 아무렇지도 않은데, 너희 아빠는 안 그런가 봐. 이따금 어린애 같은 구석이 있거든. 우리가 아빠를 도와주자."

페터가 고개를 끄덕였다. 머잖아 아빠와 대화를 나눌 기회가 있기를 기대했다. 함께 낚시를 가는 것도 한 방법이었다. 날

씨가 좋아 물고기가 잘 물 것 같았다. 페터에게는 지금 좋은 친구가 절실했다. 어쩌면 초모룽마에 대한 이야기도 나눌 수 있을 것 같았다.

마침내 굽은 길에서 엄마가 아빠를 따라잡았다. 아빠가 더 이상 혼자 휙 내달릴 수 없도록 아빠의 어깨를 껴안았다.

페터는 부모님 곁에 다가가려고 더 힘껏 페달을 밟았다.

"여보, 너무 심각하게 생각하지 말아요. 영원히 청춘인 사람이 어디 있어요! 우리 불가리아 속담에 이런 게 있어요. 아빠의 힘은 아들에게로 물려진다고요."

아빠가 침묵했다. 페터는 아빠의 넓고 억센 등판과 휠 줄 모르는 강한 목덜미를 보았다.

"이제 인상 좀 풀고 웃어 봐요. 어서요! 당신이 아직 쓰러지지 않았다는 것을 보여 줘요, 예?"

"그만 해, 아드리아나. 그만 하라고!"

아빠가 버럭 소리를 지르더니 별안간 실소를 터뜨렸다.

"흥, 아빠의 힘이 아들에게 물려진다면 좋게! 쓸데없는 소리 마! 내게 첫 패배를 안겨 준 게 누군데? 바로 내 아들이었어, 내 아들!"

페터는 더 듣고 싶지 않았다. 거칠게 페달을 밟아 부모님 곁을 지나갔다. 엄마가 뒤에서 부르는 소리가 들렸다. 그러나 최대한 빨리 페달만 밟을 뿐이었다. 여기서 멀리 벗어나고 싶은 마음밖에 없었다.

마을 안으로 들어설 때였다. 반 친구들이 도로를 가로막고 서 있는 것이 보였다. 페터는 아이들과 부딪치지 않으려고 급히 브레이크를 잡았다.

"비켜!"

페터가 소리쳤다. 그러나 그 때 벌써 아이들이 놀리는 소리가 귓속으로 파고들었다.

"조심해, 초모룽마 정복자 나리!"

"개굴개굴 개구리!"

"사이코 대왕!"

"망루도 못 올라가는 겁쟁이!"

"겁보! 겁보!"

"개구리! 개구리!"

페터는 아이들을 향해 돌진했다. 아이들이 우르르 옆으로 비켜났다. 불리 혼자만 길을 막고 서 있었다. 그 뒤에 숨어 있던 바히가 불리를 자전거 쪽으로 민 것이다.

페터는 불리의 태연한 저항에 가로막혀 자전거를 세우고 말았다. 불리는 아무 말도 하지 않았다. 다만 약간 어색하게 웃을 뿐이었다. 하지만 자신감에 찬 표정이었다.

페터는 불리를 지나가려고 했다. 그러나 페터가 좌우로 움직일 때마다 불리도 똑같은 방향으로 몸을 틀어 페터의 진로를 막았다. 바히가 뒤에서 불리의 몸을 조종한 것이다.

"좀 두들겨 패 줘! 완전히 정신이 나갔어!"

질케가 눈에 쌍심지를 켜고 페터의 자전거 바퀴 때문에 더러워진 하얀 옷을 손수건으로 닦으면서 말했다.
"맞아, 불리! 쟤한테 따끔한 맛 좀 보여 줘!"
애들 몇이 맞장구를 쳤다.
페터는 자전거를 꽉 붙잡았다. 불리를 피해서 가는 것은 불가능해 보였다. 불리 뒤로 시커먼 망루가 위협적으로 서 있는 것이 보였다. 머리가 멍했다. 마치 망루가 자신을 향해 이렇게 말하는 것 같았다.
'드디어 애들한테 잡혔어! 넌 절대 쟤들을 당해 내지 못해. 으하하하!'
루처가 페터 옆에 가 서더니 차분하게 애들에게 말했다.
"그만들 해! 페터가 너희한테 뭘 어쨌다고 그래?"
루처가 페터의 자전거를 잡았다.
그 때 페터의 부모님이 빠른 속도로 달려와서 자전거에서 내렸다.
"무슨 짓이야, 이게? 비겁하게 여럿이 작당을 해서 한 애를 상대하겠다는 거야?"
아빠가 화가 나서 소리쳤다.
순간 페터는 자기도 모르게 폭발해 버렸다. 미친 사람처럼 정신없이 주먹을 휘둘러 댔다. 불리와 아빠의 얼굴을 찾았다. 그러나 맞은 건 엉뚱하게도 루처였다. 페터는 루처를 덮쳐 사정없이 주먹세례를 퍼부었다. 누가 누군지도 모르고. 결국 루처는 땅바닥에 뻗어 버렸고, 페터는 누군가 자신을 뜯어말리는 걸 느꼈다.

　루처의 피투성이 얼굴이 보였다. 그제야 페터는 자신이 무슨 짓을 저질렀는지 깨달았다. 머리가 아찔하고 무릎이 후들거렸다. 누군가 자신을 데려갔다. 엄마였다. 엄마가 페터의 손을 잡아끌었다.

12

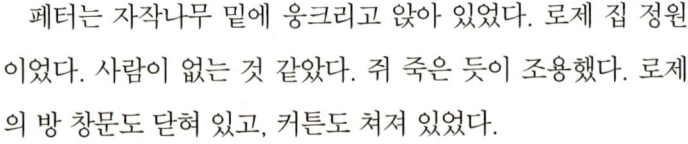

페터는 자작나무 밑에 웅크리고 앉아 있었다. 로제 집 정원이었다. 사람이 없는 것 같았다. 쥐 죽은 듯이 조용했다. 로제의 방 창문도 닫혀 있고, 커튼도 쳐져 있었다.

어둑어둑한 저녁이었다. 서늘했다. 빗소리가 사람의 기분을 더욱 가라앉게 했다.

페터는 두 손으로 얼굴을 만져 보며, 다친 데나 핏자국이나 욱신거리는 데가 없는지 살펴보았다. 어디에도 그런 곳은 없었다. 분명 그런 곳이 있을 것 같았는데……. 꼭 불리나 질케나 바히 같은 애들한테 얻어맞은 기분이었다.

혹시 아빠한테 맞은 건 아닐까?

로제는 어디 있을까?

조금 전 페터는 엄마의 손을 뿌리치고 달아나 로제의 정원에 도착했다. 도중에 아무 창문이나 들여다보며 얼굴에 다친 곳이 있는지 살펴보았지만, 보이지 않았다. 세상 그 어떤 거울보다 솔직한 로제의 눈이라면 자신의 얼굴에 난 상처를 찾아 주리라 믿었다.

풀밭에서 개구리가 풀쩍풀쩍 뛰며 개굴개굴 울어 댔다. 페터는 돌을 집어 들었다. 그러나 던지려고 손을 치켜들지는 않았다.

"야, 개구리, 언젠가는 내가 널 죽일 거야."

개굴, 개굴, 개굴.

개구리가 뭐라 대꾸하며 페터 옆을 지나갔다.

대문 앞에서 차가 멎었다. 개구리가 서둘러 수풀 속으로 도망쳤다. 페터는 나무 뒤에 몸을 숨겼다.

간병인 두 사람이 로제를 휠체어에 태워 차에서 내려 주었다. 로제의 부모님이 얼른 휠체어를 정원 안으로 밀었다. 아빠가 로제의 머리 위에 우산을 씌워 주었다.

"잠깐만요!"

로제가 소리쳤다. 나무 뒤에 페터가 숨어 있는 것을 발견한 것이다.

"왜? 무슨 일이야? 비 오잖아. 빨리 들어가야지."

엄마가 미장원에서 방금 손질한 머리가 엉망이 될까 봐 머리 위에 손을 올려 비를 막았다.

"엄마 아빠, 먼저 들어가세요."

로제가 말했다.

"왜 그래……."

엄마가 마뜩치 않은 얼굴로 무슨 말을 더 하려 했다. 그 때 나무 쪽을 흘낏 본 아빠가 엄마의 팔을 잡고 집 안으로 끌어당겼다.

로제는 엄마 아빠가 문을 닫을 때까지 기다렸다가 나무를 향해 다가갔다.

둘 사이에 얼마간 침묵이 흘렀다. 빗방울만 계속 노래를 부르고 있었다.

"나와. 벌써 다 봤어."

마침내 로제가 먼저 입을 열었다.

페터가 고개를 푹 숙인 채 머뭇거리며 로제 앞으로 나왔다.

"날 봐. 내 눈을 보라고!"

"몸은 좀 어때? 어디 아파?"

페터는 안부를 묻는 것으로 로제의 공격을 피하며 천천히 로제에게 고개를 돌렸다. 로제의 눈에 아무런 변화가 없었다. 그래서 물었다.

"아무것도 안 보여? 넌 알아볼 줄 알았는데!"

"뭘 보라는 거야?"

페터가 로제에게 다가가 얼굴을 바짝 디밀고는 절박한 목소리로 물었다.

"잘 봐! 내가 얻어터졌단 말이야. 눈, 입, 이마 좀 잘 봐. 개들이 전부 날 두들겨 팼어. 돌을 던지기도 했다고."

"누가? 지금 무슨 소릴 하는 거야?"

"안 보여? 정말?"

로제가 다시 한 번 유심히 페터의 얼굴을 살펴보았다. 하지만 아무리 봐도 특별히 다친 곳은 눈에 띄지 않았다.

그래, 루처였어! 페터는 갑자기 머리를 한 방 맞은 느낌이었다. 내가 루처를 피투성이가 되도록 때렸어! 다른 사람도 아니고 하필 루처를!

"너 어제 왜 우리 집에 안 왔어? 망루에도 못 올라갔지? 넌 정말······."

"그래, 난 개구리야! 몰랐어?"

페터가 자조적인 투로 대꾸했다.

"아냐!"

로제가 소리치며 두 손으로 페터의 팔을 꽉 잡았다.

"아니라고!"

로제가 같은 말을 되풀이하며 집 쪽을 두리번거렸다.

"그렇게 말하지 마. 내 말 들어, 페터. 넌 개구리가 아냐. 개구리가 돼선 안 돼! 초모룽마에 대해 얘기해 줘, 제발."

"못 해! 다 까먹었어."

"거짓말 마! 아는 대로 이야기해 줘. 어서! 하나도 빠뜨리지 말고. 전부 다 듣고 싶어."

페터는 젖은 풀밭에 앉아 로제의 휠체어에 몸을 기대고 하늘을 올려다보았다. 구름으로 뒤덮인 하늘이 시시각각 다채로운 그림을 보여 주고 있었다. 페터는 하늘에 자기만의 그림을 그려 넣었다. 눈을 감았다. 뜨거운 얼굴에 차가운 빗방울이 떨어지는 것을 느꼈다. 페터가 입을 열어 나직이 이야기하기 시작했다.

"초모룽마는 파랗고 거대한 불꽃이야. 올라갈수록 더 강하게 타오르지. 그런데 가끔 이 산은 소용돌이로 변해 사람을 아래로 내동댕이치기도 해. 저 깊은 골짜기 밑으로."

페터는 한순간 입을 다물었다. 저 깊은 곳으로 떨어지는 느낌을 떨쳐 버리려는 듯. 곧이어 희망에 부푼 얼굴로 계속 말을 이어 갔다.

"하지만 어떤 때는 알록달록한 깃털과 같아서 그걸 타고 올라갈 수도 있어. 높이, 아주 높이. 눈 덮인 하얀 정상까지."

"계속 이야기해. 그 위에 올라가면 세상이 다 보여?"

둥그렇게 뜬 로제의 두 눈에 기쁨이 넘쳐났다. 로제가 수줍은 듯 나직하게 이렇게 덧붙였다.

"그 위에 올라가면 행복도 찾을 수 있을까? 사람들이 항상 찾고 싶어하는 행복 말이야."

페터와 로제는 손을 마주 잡았다. 온기가 서로의 몸속으로 전해졌다.

"정상을 밟은 사람은 아주 적어. 초모룽마는 자상한 산이지만, 어떤 때는 괴물로 돌변하기도 해. 그래서 그럴 만한 자격이 있는 사람들만 꼭대기에 오르는 걸 허락하지. 그리고 그들은 온갖 고통과 시름을 잊게 돼. 또 꼭대기에 올라가면 안 보이는 게 없어. 세상도 보이고, 사람도 보이고······."

로제가 상기된 표정으로 중간에 끼어들었다.

"네가 본 걸 전부 이야기해 줘."

"개굴, 개굴, 개굴. 그냥 내 말을 듣기만 해. 난 개구리잖아. 개굴, 개굴!"

페터가 로제의 손을 놓았다. 개구리가 풀밭 사이로 뛰어다니고 있었다.

저녁의 냉기와 습기가 섬뜩하게 다가왔다. 페터가 일어나 휠체어를 현관으로 밀었다. 로제가 오들오들 떨었다.

"다 꾸며 낸 이야기야. 너 혹시, 내가 초모룽마에 대해서 떠벌린 걸 믿은 건 아니지?"

로제는 침묵했다. 페터는 로제의 눈을 볼 수가 없었다.

"너 그렇게 바보야? 그걸 믿게! 너 정말 그렇게 바보였어?"

페터는 이렇게 소리치고는 로제를 테라스에 남겨 두고 달아났다. 등 뒤에서 로제가 화가 나서 소리쳤다.

"이 겁쟁이! 사이코 몽상가! 개구리! 넌 개구리 주둥이야!"

13

 페터는 오늘 교실에서 있었던 일을 꿈이라고 믿고 싶었다. 그래서 이게 현실이라는 걸 확인하기 위해 하마터면 옆자리에 앉아 있는 루처의 팔을 꼬집어 볼 뻔했다. 그러나 페터는 루처를 보지도 건드리지도 못했다. 다른 친구들에게도 눈길을 주지 못했다. 페터가 루처를 두들겨 팬 이후 친구들은 마치 언제 터질지 모르는 폭탄이나 무서운 원수를 대하듯 페터를 슬슬 피했다.
 페터는 외톨이가 된 기분이었다. 철저히 소외된 느낌이었다. 브라우네르트 선생님이 바인홀트 선생님에게 꽃다발을 건네고, 악수를 하면서 작별 인사를 할 때도 페터가 할 수 있는 것은 아무것도 없었다.
 말을 할 때 브라우네르트 선생님의 손짓은 힘이 넘쳤고, 목소리는 마치 수업을 하고 싶어 안달이 난 사람처럼 조급하게 들렸다.

자그마한 체구에 인자한 성품의 바인홀트 선생님은 흡사 처음 학생들 앞에 서는 사람처럼 어쩔 줄을 몰라했다. 하지만 그 눈만큼은 학생들의 눈을 다정하게 들여다보고 있었다. 아이들의 눈에서 무언가 소중한 것을 찾아 가슴속에 간직하겠다는 듯이.

이윽고 바인홀트 선생님이 브라우네르트 선생님의 배웅을 받으며 교실 문 쪽으로 걸어갔다. 브라우네르트 선생님이 문을 열어 주었다. 그 때부터 바인홀트 선생님은 갑자기 서두르는 기색이었다. 뒤도 한 번 돌아보지 않고 바로 나갔고, 곧 문이 쾅 닫혔다.

브라우네르트 선생님이 몸을 돌리더니 손뼉을 쳤다.

"자, 창문을 모두 열어! 일어나서 몸도 풀고!"

아이들이 기다렸다는 듯이 의자에서 벌떡 일어났다. 불리가 창문을 모두 활짝 열었다.

페터는 가만히 앉아 있었다. 자신도 일어나 다른 아이들 틈에 끼고 싶었다. 그러나 바인홀트 선생님과의 이별로 인해 몸이 마비된 듯 꼼짝도 못 했다. 다른 친구들은 그런 페터에게 신경도 쓰지 않았다. 마치 교실에 없는 사람처럼.

"숨을 깊이 들이마셔! 두 팔을 위로 쭉 뻗고 허리를 굽혀!"

선생님이 간단하게 몸 푸는 방법을 가르쳐 주었다.

나도 여기 있어! 페터는 이렇게 소리치고 싶었다. 나보고도 어서 일어나서 같이 하자고 말해 줘!
"고개를 천천히 왼쪽으로 원을 그리듯이 돌려!"
페터는 벌떡 일어나 교실 밖으로 뛰어나갔다. 복도에 발소리가 쿵쿵 울려 퍼졌다. 운동장으로 바인홀트 선생님을 쫓아갔다. 두 사람은 몇 초 동안 아무 말이 없었다. 페터는 바인홀트 선생님이 마치 꽃다발 뒤로 얼굴을 숨기려는 것처럼 느껴졌다.
그러나 선생님은 곧 꽃을 내리고 페터를 다정한 얼굴로 바라보며 말했다.
"잘 지내, 페터. 이젠 수업을 하러 가야지. 어서 가, 어서!"
"선생님!"
바인홀트 선생님이 교장 선생님의 차에 올랐다. 그 차가 선생님을 집까지 데려다 줄 터였다.
페터는 천천히 학교 건물로 돌아가 복도를 따라 걸었다. 발소리가 복도에 나직이 울려 퍼졌다. 이윽고 교실 문을 열고 들어가 조용히 자리에 앉아 두 손에 얼굴을 묻었다.
"자, 이제 모두 다 왔구나."
브라우네르트 선생님이 이렇게 말하며 페터를 가만히 바라보았다. 그러고는 어디에 갔다 왔는지 묻지도 않고 수업을 시작했다.

14

 풀밭은 따뜻하고 부드러웠다. 페터는 이대로 누워 풀줄기와 꽃봉오리를 스쳐 가는 바람 소리나 듣고 싶었다. 하지만 망루가 뿌리칠 수 없는 강한 힘으로 자신을 끌어당기고 있었다. 발걸음이 납덩이처럼 무거웠다. 페터가 다가갈수록 망루의 힘은 점점 커져 갔다.
 "어서 와! 으하하하! 한번 붙어 봐, 개구리 기사! 으하하하."
 망루가 웃음을 터뜨렸다.
 까마귀들이 망루의 꼭대기 주위를 맴돌고 있었다. 키 큰 전나무들이 나직이 한숨을 내쉬었다. 폐허가 된 성의 안뜰은 시간조차 잠들어 버린 듯했다.
 페터는 망루에 바짝 접근했다. 마치 망투를 휘감아 버리기라도 하겠다는 듯 두 팔을 활짝 벌렸다.

"으하하하. 그게 뭐 하는 짓이지, 개구리? 그깟 팔 백 개라도 나를 무너뜨리지 못해. 아니, 천 개라도 모자라지."

페터는 오슬오슬 추웠다. 그러나 다시 몸이 뜨거워졌다. 머리는 무겁고 다리는 후들거렸다. 망루의 입구로 걸어갔다. 안에서 썩은 내와 서늘한 입김이 뿜어져 나오는 순간 페터는 주춤했다. 어둠 속으로 발을 디딜 용기가 나지 않았다. 머리가 어지러워 돌 위에 주저앉았다.

"제발, 올라가게 해 줘. 바인홀트 선생님은 떠나셨어. 브라우네르트 선생님은 아빠 같은 사람이야. 너무 조급하고 엄하셔. 망루야, 제발 부탁이야. 날 좀 올라가게 해 줘."

망루가 좌우로 몸을 흔들며 거만하게 춤을 추더니, 경멸하는 표정으로 호통을 쳤다.

"허, 그게 무슨 짓이야? 불쌍한 할멈처럼 징징거리기나 하고! 그따위 수작으로 내 마음이 움직일 것 같아? 네 힘으로 날 꺾어 봐! 징징 짜는 소리는 집어치우고. 알았어, 개구리?"

페터는 일어섰다. 온몸에 힘이 빠져 두 다리로 버티고 서 있을 수가 없었다. 바닥에 떨어진 나뭇가지가 보였다. 그걸 집어 들고 망루를 사정없이 후려쳤다. 철썩철썩, 나뭇가지가 산산조각 날 때까지 때리고 또 때렸다.

망루의 춤이 더욱 격렬해졌다. 전나무와 담벼락, 심지어 하늘까지 함께 춤을 추고 있었다. 페터는 광란의 소용돌이 속으로 빨려 들어가는 것을 느꼈다.

'개구리! 개구리!' 하는 소리가 귓전에 쟁쟁거리면서 페터는 쓰러졌다. 어둠과 정적 속으로 깊이 추락했다.

15

따스하고 붉은 태양빛으로 새들이 목욕을 하고, 저녁 하늘엔 황홀한 색채의 향연이 벌어지고 있었다.

로제는 테라스에서 아빠의 대본을 손에 든 채 휠체어에 앉아 있었다. 아빠가 로제 앞에 서서 테라스를 무대 삼아 갈릴레이 역을 했다.

아빠의 연기가 실감날수록 로제는 이 무대가 현실 세계처럼 느껴졌다. 이제 로제의 머릿속에서 테라스는 파두아에 있는 갈릴레이의 초라한 서재로 바뀌었다. 로제가 거기에 앉아 있다. 어느 날 아침 갈릴레이가 가정부의 아들인 안드레아와 대화를 한다. 소년에게 코페르니쿠스의 지동설을 설명하고 있는 것이다.

부엌에서는 엄마가 식탁을 차리고 있었다. 엄마가 소리쳤다.

"빨리 와요! 저녁 준비 다 돼 가요!"

로제는 못마땅하다는 듯이 손을 휘저었다.

"계속해요."

그러고는 아빠의 대사 앞부분을 읽어 주었다.

"우리의 배들은……."

아빠가 다시 갈릴레이로 변해서 대사를 읊었다.

"우리의 배들은 저 멀리 항해하고, 우리의 별들도 아득히 우주 속을 떠다니고 있어. 요즘은 체스에서도 룩*이 거침없이 앞으로 쭉쭉 내달리지 않던! 그 시인이 뭐라고 했더라? 오, 동트는……."

그 때 로제가 안드레아의 역할을 맡아 감격스러운 표정으로 다음 대사를 읊조렸다.

"오, 동트는 새벽이여! 오, 새로운 해안에서 불어오는 바람의 입김이여!"

로제가 아빠에게 무언가를 건네듯 손짓을 하며 말했다.

"선생님, 이제 우유 드세요. 조금 있으면 사람들이 몰려올 거예요."

갈릴레이가 안드레아에게 바짝 다가가더니 안드레아의 눈을 뚫어져라 들여다보면서 묻는다.

"내가 어제 한 이야기를 이해했니?"

---

*체스의 말의 하나로 우리나라 장기의 차(車)에 해당한다.

"어떤 거요? 코페르니쿠스랑 지동설에 관한 이야기 말씀이에요?"

"그래."

안드레아가 손사래를 치며 고개를 흔들었다.

"아뇨. 어째서 제가 그걸 이해하길 바라시는 거죠? 그건 너무 어려워요. 전 이제 시월이 돼야 겨우 열한 살인걸요."

갈릴레이가 안드레아의 어깨에 손을 올려놓으며 말한다.

"난 네가 그 이치를 이해했으면 좋겠구나. 내가 연구를 하고, 우유 값을 못 내면서까지 비싼 책을 사 보는 것도 사람들에게 그걸 이해시키기 위해서야."

안드레아가 태양을 올려다본다.

"근데 제가 보기엔 해가 저녁때면 아침과 다른 곳에 가 있어요. 그렇다면 해가 정지해 있는 게 아니죠. 절대로요!"

갈릴레이가 안드레아의 어깨에서 손을 내려놓으며 웃는다. 그러고는 호통을 치다시피 큰 소리로 말한다.

"네가 보기에 그렇다고? 대체 뭘 봤다는 소리냐? 네가 본 건 아무것도 없어. 그냥 눈만 멀뚱멀뚱 뜨고 있을 뿐이지. 멀뚱멀뚱 눈만 뜨고 있는 건 '보는 게' 아냐!"

로제는 흥분으로 달아올랐다. 나도 보는 법을 배우고 싶어. 세상 만물을 보고 이해하는 법을 배우고 싶어!

어느새 다가왔는지 엄마가 로제 뒤에 서서 두 사람을 바라보고 있었다. 로제는 잠시 연극을 중단하고 이렇게 소리치고 싶었다.

'그래요, 나도 보고 듣고 싶어요! 하지만 엄마 아빠는 그걸 원치 않잖아요! 그래서 엄마 아빠의 태도와 행동에서 진실을 유추할 수밖에 없어요.'

갈릴레이가 방 한가운데에 철제 대야 받침대를 놓고 진지한 얼굴로 말한다.

"자, 이게 태양이다. 의자에 앉아."

갈릴레이가 로제 뒤로 걸어간다. 그사이 로제는 벌써 안드레아의 역할로 돌아가 있었다.

갈릴레이가 묻는다.

"태양이 어디 있느냐? 오른쪽이냐, 왼쪽이냐?"

"왼쪽이요."

"그럼 이게 어떻게 하면 오른쪽으로 갈 수 있지?"

"그거야 간단하죠. 선생님이 저걸 오른쪽으로 옮겨 놓으시면 되죠."

"그 방법밖에 없을까?"

갈릴레이가 안드레아를 의자째 들고 반 바퀴를 돈다.

"이제 태양은 어디 있니?"

"오른쪽이요."

안드레아의 목소리에 예전 같은 자신감이 없다.

"태양이 움직였니?"

"아뇨."

안드레아가 시인한다. 하지만 아직 완전히 이해가 되는 눈치는 아니다.

"그럼 뭐가 움직였지?"

갈릴레이가 정색을 하고 계속 묻는다.

"제가요."

갈릴레이가 화가 나서 두 팔을 높이 치켜든다.

"틀렸어, 이 바보야! 의자가 움직였지!"

"의자와 함께 저도 움직였어요!"

안드레아가 주장을 굽히지 않는다.

갈릴레이가 의자를 흔들더니 살며시 입가에 미소를 지으며 말한다.

"당연하지. 의자는 지구고, 넌 그 위에 앉아 있으니까."

로제가 엄마에게 고개를 돌리며 말했다.

"이제 엄마가 아빠한테 물어보세요. '대체 제 애랑 뭘 하시는 거죠, 갈릴레이 선생님?' 하고요."

엄마가 망설이듯 로제 앞으로 나와 앞치마 주머니 속에 그릇 닦는 행주를 집어넣고는 안경을 위로 밀어올렸다. 이윽고 엄마가 입을 열었다.

"대, 대체 제 애랑 뭘 하시는 거죠, 갈릴레이 선생님?"

아빠는 대답을 하지 않았다. 그로써 갑자기 연극이 중단되었다.

"저녁 들어요."

엄마가 말했다.
"휴식! 로제, 밥 먹고 하자. 배가 고파 쓰러지겠구나."
아빠가 말했다.

로제는 엄마 아빠가 또다시 자신을 피하는 것을 느꼈다. 다음에 이어질 대사가 뭔지 너무나도 정확하게 알고 있었던 것이다. 로제가 보기에 이 대사는 꼭 자신과 부모님을 위해 씌어진 대사 같았다.

"대답하세요, 아빠. 대답하셔야 해요."
"애한테……."
아빠가 낮은 목소리로 더듬거렸다.
"애한테 보는 법을 가르치고 있었소, 사르티."

아빠가 대본을 덮으며 종이 한 장을 집다가 다시 떨어뜨렸다. 엄마는 짙은 색깔의 안경 뒤에 꼭꼭 숨어 버렸다.

로제는 웃음이 나왔다. 엄마 아빠를 더욱 난감하게 만들고 싶었다. 그래서 대본에 털실을 끼워 표시해 둔 책장을 펼치면서 물었다.

"이 대목은 어떤지 말씀해 보세요."
로제는 소리 내어 읽었다.
"진실은 자루 속에 꽁꽁 묶어 두고 혀는 입 속에 가두어 둔 채 그는 팔 년이라는 세월을 침묵했다. 이제 그에게 이 세월이 너무 길게 느껴졌다. 진실이여, 네 길을 갈지니!"

"대체 그게 무슨 소리니?"

엄마가 놀란 얼굴로 물었다.

"로제, 난……."

아빠가 말을 제대로 잇지 못했다.

"전 이게 무슨 뜻인지 정확히는 모르겠지만, 진실과 관련이 있는 것 같아요. 안 그래요? 요즘은 진실이 어떤지 모르겠어요! 언젠가 아빠가 이런 말씀을 하셨죠? 인간에겐 진실을 숨길 권리가 없다고."

부모님은 침묵했다. 서로를 바라볼 엄두도 내지 못하고 있었다.

"네가 이해해야 해……."

엄마가 간신히 말문을 열었다.

"뭘요?"

로제가 물었다.

"그게, 그러니까……."

아빠가 말을 하려다가 다시 입을 다물었다. 피곤해 보였다. 눈가에서 콧잔등과 이마까지 잔주름이 자글자글 잡혔다. 엄마는 여전히 안경과 진한 화장, 그리고 두건 뒤에 숨어 있었다. 그러나 테라스에 앉아 애꿎은 행주만 초조하게 만지작거리고 있는 것이 난처하기는 마찬가지인 것 같았다.

로제는 엄마 아빠에게 동정심이 이는 것을 지그시 눌렀다. 엄마 아빠는 이제 더는 성숙한 어른도 아니고, 모르는 게 없는 보호자도 아니었다. 오히려 어쩔 줄 몰라 허둥대고 있는 나약한 사람들로 비쳤다.

로제가 가슴을 후벼 파는 또다른 질문을 던지려는 순간 불리와 질케를 비롯한 친구들이 거리를 올라오는 소리가 들렸다. 그런데 정원을 지나는 순간 웃음소리가 뚝 그치고 목소리도 낮아졌다. 마치 로제의 집은 살금살금 지나가야 한다는 듯이.

또다른 아픔이 전율처럼 로제의 온몸을 타고 내려갔다. 친구들도 로제에게 숨기는 것이 있었다. 걔들은 다른 세계에 살고 있었다. 로제가 예전부터 잘 알고, 지금은 그리워 미칠 것 같은 그 세계였다.

엄마가 서둘러 일어나면서 소리쳤다.

"질케! 너희가 또 고맙게도 로제를 보러 왔나 보구나!"

아이들이 머뭇머뭇 정원으로 들어섰다. 어색한 침묵 속에서 이따금 무슨 죄를 지은 사람처럼 슬금슬금 로제의 눈치만 살폈다.

로제는 우두커니 자작나무 꼭대기를 올려다보며 거부의 뜻을 분명히 드러냈다. 질케는 직접 만든 글라이더를 등 뒤에 숨기고 있었다.

"잘 지냈어?"

불리가 귀를 만지작거리며 불안한 목소리로 로제에게 인사를 했다.

"너무 잘 지내. 왜? 내가 잘 지내지 못할 거라고 생각했어?"

곤란한 일이 있을 때마다 항상 친구들에게 떠밀려 앞으로 나서던 불리였지만, 지금만큼은 맨 뒤에 숨고 싶었다. 심지어 자신의 떡 벌어진 어깨를 방패 삼아 서 있는 바히 뒤에라도 숨고 싶었다.

"진실은 자루 속에 꽁꽁 묶어 두고, 혀는 입 속에 가두어 두고 있군!"

로제가 노래 부르듯 박자를 맞추어 말하고는 불리에게 호통을 쳤다.

"뭐 해? 나를 보러 왔다고 말하지 않고! 정말 다정하고 착한 친구들이야!"

로제의 엄마가 재빨리 끼어들었다.

"정말 예쁜 글라이더구나. 날려 보려고?"

아빠가 집 안으로 들어갔다. 로제는 아빠가 괴로워하는 것을 보고 쾌재를 불렀다. 물론 자신의 마음도 쓰라렸지만. 그래도 어쩔 수 없었다. 앞으로 한참 동안 모두 괴로워해야 해! 나도 마찬가지고!

"네, 원래……."

루처가 로제의 엄마에게 대답했다.

"어디서 날리려고?"

엄마가 로제에게 말할 기회를 주지 않으려고 곧바로 질문을 던졌다.

"낡은 망루에서요."

루처가 대답했다.

"거긴 위험하지 않니? 오래돼서 계단이 푸석푸석할 텐데."
엄마가 관심을 보이는 척했다.

"불리는 벌써 올라가 봤어요. 불리에게 그 정도는 식은 죽 먹기예요!"

질케가 글라이더를 머리 위로 들어올리며 자신 있게 대답했다. 그러고는 별안간 무슨 생각이 떠올랐는지 재빨리 로제에게 고개를 돌렸다.

"최신 뉴스가 있어. 페터 루프레히트가 작대기로 망루를 때려눕히려고 했대. 올라가는 건 겁이 나서 못 하고. 개구리가 하는 짓이 그렇지 뭐!"

아이들 몇이 웃음을 터뜨렸다.

로제는 휠체어에 몸을 파묻었다. 갑자기 커다란 아픔이 다시 밀려왔다. 그 이후 페터가 어떻게 됐는지 궁금했지만, 물어볼 엄두가 나지 않았다. 고맙게도 엄마가 대신 물어봐 주었다.

"페터는 어떻게 됐니?"

"아프대요. 침대에 누워서 빌빌거리나 봐요. 겁쟁이 녀석!"

바히가 대답했다. 그러더니 아이들을 향해 소리쳤다.

"그만 가자, 늦겠어. 어두워지면 우리의 독수리가 하늘을 나는 걸 볼 수 없잖아!"

질케가 맨 먼저 대문으로 달려갔다. 비행을 하듯 글라이더를 위아래로 붕붕 움직이면서. 다른 아이들도 차례로 대문을 나갔다.

로제도 벌떡 일어나 아이들을 따라가고 싶었다. 그러나 옆에 엄마가 서 있었다. 아빠도 다시 테라스로 나왔다.

로제는 떠날 수 없었다. 걸을 수도 없었다. 아픔이 밀려왔다. 울고 싶었다.

하지만 엄마 아빠 앞에서는 울지 않기로 했다. 오히려 노래를 불렀다. 아무 노래나. 큰 목소리로 무척 명랑하게.

16

　로제는 이틀 동안 창가에 붙어서 페터를 기다렸다. 페터가 도로로 올라와, 로제에게 고갯짓으로 울타리를 넘어가야 할지 대문으로 들어가야 할지 물어보기를 기다렸다. 그러나 도로는 아침저녁으로 엄마 아빠들이 아이들을 유치원에 데려다 주고 데려갈 때만 빼고는 텅 비어 있었다.
　로제는 괘종시계의 추를 툭 쳐서 시간이 빨리 가게 하고 싶었지만, 시계추는 곧 원래 박자대로 태연히 움직일 뿐이었다.
　로제는 페터가 보고 싶었다. 페터가 전해 주는 이야기와 페터가 들려주는 공상이 그리웠다. 지금 로제는 주변 세계와 다른 사람들과의 연결 고리를 잃어버렸다. 먹고 싶지도, 마시고 싶지도 않았다. 아무런 욕구도 일어나지 않았다. 아빠가 내일 저녁 초콜릿이나 사탕을 갖다 주고, 엄마는 책이나 장난감, 목걸이, 반지를 사다 주었지만 로제는 건드리지도 않았다.

로제는 자신을 꽉 붙들어 두고 있는 이 집이 미웠다. 요즘은 낡은 가구들조차 입을 다물고 있었다. 장식장과 책상도 서로 싸우는 일이 없었다. 아무 소리도 들리지 않았다.

로제는 온종일 텔레비전과 라디오를 켜 두었다. 그러나 이런 물건들은 로제가 그리워하는 살아 있는 것이 아니었다.

엄마가 유치원에서 자주 나와 로제에게 먹을 것과 음료수를 챙겨 주면서, 책을 읽거나 놀이를 하거나 아니면 틈틈이 걷는 연습을 하라고 당부했다.

"제발 날 좀 가만히 내버려둬요!"

로제는 이렇게 툭 내지르며 엄마의 걱정 어린 질문에는 귀찮다는 듯이 입을 꾹 다물어 버렸다.

아빠는 연습 중에 짬짬이 전화를 해서 불안한 목소리로 로제의 몸 상태를 물었다. 말을 하면서 기침이나 헛기침을 할 때가 많았다. 이런 전화를 받으면 로제는 그냥 '괜찮아요', '예', '아뇨', '좋아지겠죠' 같은 말로 간단히 대꾸하고 말았다. 가끔 아빠의 무거운 숨소리가 견디기 어려울 때면 중간에 그냥 전화를 끊어 버렸다.

셋째 날 저녁이었다. 로제는 꼭 열이 날 때처럼 몸 상태가 이상했다. 몸이 뜨겁고 심장이 빨리 뛰었다. 예전에 5미터 높이의 다이빙대에 처음 올라가 무서워서 뛰어내리지 못하던 때와 비슷했다. 물론 그 때는 한 시간쯤 뒤에 눈을 질끈 감고 코를 꽉 움켜쥔 채로 뛰어내리기는 했지만.

로제는 엄마 아빠와 함께 저녁 식탁에 앉아 있었다. 아빠는 연습과 공연이 없는 날이어서 지금까지 방에서 혼자 갈릴레이 대본을 연습했다.

엄마가 로제의 이마에 손을 대 보았다. 그러고는 얼른 체온계를 가져와 로제의 겨드랑이 밑에 넣으려고 했지만, 로제가 한사코 엄마의 손을 뿌리쳤다.

로제는 빵을 '새끼 양들'과 '늑대'로 잘게잘게 잘랐다. 이건 새끼 양, 저건 늑대……. 어릴 적에 밥맛이 없을 때면 하던 로제만의 놀이였다. 그 놀이가 오늘 머릿속에 되살아났다. 그러나 로제는 빵을 잘게 자르기만 할 뿐 입으로 가져가지는 않았다.

"갈릴레이와 안드레아는 친구죠?"

로제가 고개를 들지 않고 물었다.

"물론이지!"

아빠가 얼른 대답했다. 식탁 위의 무거운 침묵을 깨 준 것이 반가운 모양이었다.

"두 사람이 왜 친구죠?"

로제가 물었다. 어젯밤에 미리 생각해 둔 질문이었다.

"서로 믿기 때문이지. 갈릴레이는 위대한 학자야. 하지만 교회는 그의 주장을 받아들이지 않았어. 갈릴레이는 교회가 잘못된 세계관을 가르친다는 증거를 갖고 있었어. 그래서 갈릴레이에게는 위험한 적들이 아주 많았지."

아빠의 목소리에 힘이 차 있었다.

"갈릴레이가 왜 안드레아에게 세상 보는 법을 가르쳤죠? 진실이 그렇게 위험한 거라면 안드레아가 차라리 모르는 게 낫지 않아요? 안 그래요? 그렇다면 갈릴레이는 안드레아에게 좋은 친구가 아니네요!"

질문의 뜻을 간파한 엄마가 아빠와 로제에게 어서 식사나 하라고 권하면서, 오늘 유치원에서 놀다가 쇄골이 부러진 여자아이의 이야기를 꺼냈다.

"이야기 다 끝났어요?"

로제가 엄마에게 이렇게 묻더니, '늑대' 빵 조각을 포크로 찍어 '새끼 양들'이 보는 앞에서 꿀꺽 삼켰다.

"진정한 친구라면 진실을 숨겨서는 안 돼."

아빠가 무슨 말을 덧붙이려다가 이내 그만두고, 엄마를 바라보며 담배를 꺼내 물었다.

"우린 친구예요? 엄마 아빠가 나한테 보는 법을 가르치는 건 어때요?"

로제가 짓눌린 목소리로 물었다.

한동안 방 안에 정적이 흘렀다. 째깍거리는 시계 소리만 들렸다. 로제는 언제라도 고함이 터져 나올 것 같은 팽팽한 긴장감에 사로잡혀 있었다.

엄마가 일어나 아빠 뒤로 가서 아빠의 어깨에 두 손을 올렸다. 그러고는 로제를 바라보며 말했다.

"로제, 이제 너한테 이야기를 할 때가 된 것 같구나. 마음 단단히 먹어. 실은……."

"싫어!"

로제는 얼른 방을 나가 정원으로 향했다. 대문에 이르자 휠체어를 멈추었다. 어디로 가야 할까? 앞으로 가야 할까, 뒤로 가야 할까? 알 수가 없었다. 항상 진실을 알고 싶어한 로제였지만, 이젠 그걸 아는 것이 두려워졌다.

뭐라도 해야 했다. 앞에 도로가 보였다. 여기서 나가야 했다. 마을로 통하는 길은 이 길뿐이었다.

로제는 다시 한 번 뒤를 돌아보았다. 엄마 아빠가 테라스에서 로제를 향해 뭐라고 소리치고 있었다. 로제는 듣지 않았다. 무작정 출발했다. 마을 속으로. 옆을 돌아보진 않았지만, 사람들이 놀란 얼굴로 자신을 보고 수군대는 소리가 들렸다.

"아니, 저게 누구야? 로제 아냐!"

"그래, 로제야."

로제가 나직이 중얼거렸다.

"나라고! 내가 다시 밖에 나왔다고! 걸을 순 없지만 이렇게 휠체어를 타고 나왔어. 여길 봐. 내가 왔어!"

신축 건물이 모여 있는 거리에 이르렀다. 로제는 페터가 사는 건물 앞에서 휠체어를 멈추었다. 온몸이 땀에 흠뻑 젖었고, 손가락은 휠체어를 굴리느라 힘이 빠져 파르르 떨렸다.

로제는 몸을 위로 쭉 뻗어 '루프레히트'라고 적힌 이름표 옆의 벨을 한참 동안 꾹 눌렀다. 마침내 창문이 열리고 페터의 엄마가 깜짝 놀란 얼굴로 소리쳤다.

"어머, 로제 아니니?"

페터의 부모님이 얼른 뛰어내려와 반갑게 로제의 손을 잡아 주었다.

페터의 엄마가 말했다.

"이게 어쩐 일이니? 네가 다 오고. 페터가 무척 기뻐할 거야. 물론 나도 기쁘고."

"페터 몸은 어때요? 아프다고 들었는데."

페터 아빠가 말했다.

"좀 좋아졌어. 하지만 아직 침대에 누워 있어야 해. 의사 말이니까 따를 수밖에."

"아직도 몸이 상당히 허약해. 페터 때문에 걱정이구나. 도대체 이해할 수가 없어."

엄마가 말을 받았다.

"페터랑 할 이야기가 있어요. 꼭 해야 돼요. 지금요."

로제의 말에 페터 아빠가 몸을 숙이더니 로제를 번쩍 들어 올리려고 했다.

"싫어요, 그냥 이대로 두세요!"

페터 아빠가 머쓱한 표정을 짓더니 손등으로 벗겨진 이마를 쓱 한 번 문질렀다.

"널 안아서 안전하게 위로 올려다 주마. 날 못 믿겠니?"

"올라가고 싶지 않아요."

페터 아빠의 억센 어깨가 움찔했다. 아내를 보며 어떻게 하는 게 좋을지 눈으로 물었다.

페터 엄마가 나직이 입을 열었다.

"요즘 무슨 일이 있었니?"

예, 무슨 일이 있었어요. 로제는 자신과 자신이 속한 세계에 뭔가 일이 일어났다는 것을 너무나 잘 알고 있었다. 그건 피한다고 피할 수 있는 것이 아니었다.

로제의 입에서 갈릴레이가 안드레아에게 한 말이 스르르 흘러나오는 순간 로제 자신도 소스라치게 놀랐다.

"우리의 배들은 저 멀리 항해하고, 우리의 별들도 아득히 우주 속을 떠다니고 있어. 요즘은 체스에서도 룩이 거침없이 앞으로 쭉쭉 내달리지 않던!"

"너…… 지금 무슨 소릴 하는 거니? 어디 몸이 안 좋니?"

페터 엄마가 로제의 손을 잡았다.

"아니에요. 이젠 페터와 이야기하게 해 주세요."

"거 참…… 무슨 뚱딴지같은 소린지! 요즘은 체스에서도 룩이 거침없이 쭉쭉 내달린다니?"

페터 아빠는 잠시 생각에 잠긴 표정을 지었다. 그러고는 천천히 현관으로 올라가면서 고개를 돌려 로제에게 말했다.

"잠시만 기다려 봐라. 곧 페터와 이야기할 수 있게 해 주마."

로제는 초조하게 기다렸다. 머릿속에는 페터와 이야기를 나누겠다는 생각밖에 없었다. 그 바람에 페터 엄마가 옆에 있는 것도 까맣게 잊었는지, 페터 엄마가 조심스럽게 입을 열자 화들짝 놀랐다.

"로제, 네가 방금 한 말은 어디서 들었니?"

로제는 비밀스럽게 웃으면서, 자신이 반복해서 읽은 갈릴레이의 대사를 다시 읊조리기 시작했다. 자신에게 불안과 희망을 동시에 안겨 주는 대사였다.

"만물의 원인을 깨달으려는 욕구가 강하게 일어났어. 손에 들고 있던 돌을 놓으면 왜 땅으로 떨어질까? 공중으로 던지면 어째서 올라갈까? 사람들은 매일 새로운 것을 발견하고 깨닫고 있어. 하다못해 백 살 먹은 노인네들도 젊은것들한테 바짝 귀를 들이대고 새로 발견된 것을 들으려고 안달이지. 벌써 많은 것이 발견되었지만, 아직 발견해야 할 것이 더 많아."

페터 엄마의 얼굴에 놀라움이 그득했다.

"이게 대체……. 어디서 그런 말을 배웠니? 애들이 쓰는 말이 아닌데……."

페터 엄마가 로제의 눈을 뚫어져라 들여다보았다.

"이제 보니까 네가 숙녀가 다 됐구나, 로제."

로제는 천천히 집으로 들어가는 페터 엄마의 뒷모습을 쳐다보았다. 현관문이 닫히는 순간 로제가 혼잣말로 중얼거렸다.

"애들이라고요? 우린 이제 어린애가 아니에요. 아니라고요!"

로제는 조바심을 내며 페터 집 창문을 올려다보았다.

마침내 페터 아빠가 창문으로 고개를 내밀며 아래를 향해 소리쳤다.

"다 됐다, 로제! 최신식 기술로 해결했다."

페터 아빠가 줄로 연결된 깡통을 밑으로 던졌다.

"로제, 그게 바로 최신식 전화기야! 잘 들릴 테니까 귀를 갖다 대 봐!"

로제는 깡통을 집어 귀에 갖다 댔다. 처음엔 쏴 하는 소리만 들리더니, 천천히 줄이 팽팽해지면서 멀리서 희미하게 페터의 목소리가 들렸다.

"로제, 로제……"

로제는 갑자기 마음이 들떠서 깡통에 대고 소리쳤다.

"페터, 페터!"

로제는 다시 깡통을 귀에 댔다. 몇 초 동안 쏴 하는 소리만 들리다가 다시 페터의 목소리가 줄을 타고 실려 왔다.

"로제, 네가 어쩐 일로 여길 다 왔니……"

"너한테 할 이야기가 많아. 많은 일이 있었어. 넌 어서 건강해지기만 해, 알았지? 약속해!"

로제는 쏴 하는 소리와 함께 페터가 약속하는 소리를 어렴풋이 알아들었다. 로제의 얼굴에 웃음이 번져 나갔다.

"나중에 초모룽마 이야기 다시 해 줄 거지?"

"몰라……. 난 아무것도 몰라, 로제……"

망설이듯 줄을 타고 들려온 페터의 목소리였다.

"난 나중에 갈릴레이와 안드레아에 대해서 이야기해 줄게. 우린 보는 법을 배워야 돼. 그리고 본 것을 이해해야 되고. 나는 뭔가를 봤어, 페터. 본 것이 고통스럽지만……."

"나도 뭔가를 봤어. 아직 이해가 안 돼서 그렇지. 모든 게 혼란스러워. 뭘 믿어야 할지 모르겠어."

"나랑 같이 떠날래? 아무 데로나. 무슨 말인지 알겠어? 초모룽마는 어때?"

"난, 난 개구……."

로제는 재빨리 줄을 끊어 깡통을 던져 버렸다.

페터 아빠가 창문 너머로 소리쳤다.

"잘 안 되니? 잠깐만 기다려라. 내가 바로 고쳐 줄게."

로제는 뒤도 돌아보지 않고 자리를 떠서 도로를 따라 다시 집으로 돌아왔다.

엄마 아빠는 테라스에 서 있었다. 두 사람은 로제를 발견하자 마치 한창 일에 열중하고 있었던 사람들처럼 굴었다. 둘 다 로제의 첫 외출을 기쁘고 반가운 사건으로 여기는 것 같았다.

로제가 테라스에 도착하자 엄마가 로제를 살며시 껴안았다. 아빠의 얼굴에도 피곤한 기색이 가시고 잔잔한 웃음이 번지고 있었다.

"나갔다 왔어요. 하지만 걸을 수는 없어요. 앞으로도 걷진 못할 거예요."

로제가 집 안으로 들어가며 혼잣말처럼 중얼거렸다.

사계절출판사는 성장의 의미를 생각합니다.

413-756 경기도 파주시 교하읍 문발리 파주출판단지 513-3
T:(031)955-8588 F:(031)955-8595 http://www.sakyejul.co.kr
블로그:사계절 통신호 책이야기 http://blog.naver.com/sakyejulbook
독자 카페:사계절과 책 좋아하는 나무 집 http://cafe.naver.com/sakyejul

청소년문학의 산실, 사계절1318문고

01 행복이 찾아오면 의자를 내주세요 미리암 프레슬러 지음
02 돼지가 한 마리도 죽지 않던 날 로버트 뉴턴 펙 지음
03 사람 사이에 삶의 길이 있고 도종환 외 지음
04 조금만 눈을 들면 넓은 세상이 보인다 윤구병 외 지음
05 다리 건너 저편에 게리 폴슨 지음
06 너의 용기만큼 큰 산 귄터 프로이스 지음
07 오이대왕 크리스티네 뇌스틀링거 지음
08 봄바람 박상률 지음
09 춤추는 노예들 팔라 폭스 지음
10 나, 이제 외톨이와 안녕할지 몰라요 하이타니 겐지로 지음
11 내 안의 자유 채지민 지음
12 크뢰케 페터 헤르틀링 지음
13 그리운 메이 아줌마 신시아 라일런트 지음
14 나는 아름답다 박상률 지음
15 거짓말쟁이와 모나리자 E.L. 코닉스버그 지음
16 내 남자친구 이야기 크리스티앙 그르니에 지음
17 내 여자친구 이야기 크리스티앙 그르니에 지음
18 손도끼 게리 폴슨 지음
19 밥이 끓는 시간 박상률 지음
20 소년의 노래 고리키·체호프 외 지음
21 워터십 다운의 열한 마리 토끼 1~4 리처드 애덤스 지음
25 아르네가 남긴 것 지크프리트 렌츠 지음
26 위험한 하늘 수잔느 피셔 스테이폴스 지음
27 사슴벌레 소년의 사랑 이재민 지음 제1회 사계절문학상 수상작
28 열여섯의 섬 한창훈 지음
29 집으로 가는 길 띠어꺼 헨드릭스 지음
30 내 마음의 태풍 이상운 지음
31 푸른 사다리 이옥수 지음 제2회 사계절문학상 대상 수상작
32 장다리꽃 문선희 지음
33 바람의 딸 샤바누 수잔느 피셔 스테이폴스 지음
34 내 사랑, 사북 이옥수 지음
35 하늘 어딘가에 우리 집을 묻던 날 로버트 뉴턴 펙 지음
36 바르톨로메는 개가 아니다 라헬 판 코에이 지음
37 구스코 부도리의 전기 미야자와 겐지 지음
38 너는 스무 살, 아니 만 열아홉 살 박상률 지음
39 모래도시의 비밀 김남일 지음
40 내 어릴 때 꿈은 거지였다 김양호 지음
41 몽구스 크루 신여랑 지음 제4회 사계절문학상 대상 수상작
42 나는 아버지의 친척 남상순 지음
43 나는 누구의 아바타일까 임태희 지음
44 청동 해바라기 차오원쉬엔 지음
45 하모니 브러더스 우오즈미 나오코 지음
46 처음 연애 김종광 지음
47 난 할 거다 이상권 지음
48 바타비아호의 소년, 얀 라헬 판 코에이 지음
49 단어장 최나미 지음
50 열일곱 살의 털 김해원 지음 제6회 사계절문학상 대상 수상작
51 세 번째 교과서 김소담 외 10인 지음
52 어서 말을 해 미리암 프레슬러 지음
53 아무도 대답하지 않았다 배봉기 지음
54 영두의 우연한 현실 이현 지음
55 이웃집에 생긴 일 빌리 페르로 지음
56 목요일, 사이프러스에서 박채란 지음
57 안톤의 여름 H. M. 반 덴 브린크 지음
58 망고 공주와 기사 올리버 김수경 지음

· 제42회 한국백상출판문화상 문고부문 수상
· 사계절1318문고는 계속 출간됩니다.

아이부터 어른까지 온 가족이 가장 감동적으로 읽은
작품만을 엄선하여 양장본으로 엮었습니다.

벌거벗은 수박 도둑

'김택근의 동화가게'라는 제목으로 경향신문에 연재되었던 글들을 모은 산문집. 간결하면서도 시적인 문장이 소박하고 따뜻한 사연들과 어우러져, 우리가 잠시 잊고 있었던 '그때 이야기'를 추억하게 한다.

김택근 지음 | 김태환 그림

나를 위한 연구

'광주, 그 이후'에 대한 단편 모음집. '그 해'에 엄마를 여의고 이제는 건조한 일상을 살아가는 여자 이야기「아기 업은 소녀」, 5·18 현장에 참여했다가 팔이 잘린 사내의 이야기「나를 위한 연구」, 서로 모르는 사이인 '그'와 '또 그'가 친구가 되는 과정에 '광주'가 있었음을 이야기하는「그와 또 그」는 광주의 기억을 다시 일상으로 끌어들인다.

박상률 지음

마당을 나온 암탉 황선미 지음

봄바람 박상률 지음

그리운 메이 아줌마 신시아 라일런트 지음

워터십 다운의 열한 마리 토끼 리처드 애덤스 지음

돼지가 한 마리도 죽지 않던 날 로버트 뉴턴 펙 지음

구스코 부도리의 전기 미야자와 겐지 지음

57 안톤의 여름

H. M. 반 덴 브링크 | 박종대 옮김

58 망고 공주와 기사 올리버

김수경 지음

그해 여름, 강은 우리의 것이었다

1930년대 후반 네덜란드 암스테르담. 소년에서 어른으로 접어든 안톤은 물에 대한 오랜 동경으로 조정 클럽에 가입하고 그곳에서 자신과 달리 침착하고 자신만만한 다비트와 함께 2인조 조정 경기의 파트너가 된다. 클럽 회원들의 비웃음 섞인 관심 속에서 수수께끼에 싸인 독일인 트레이너의 혹독한 지시 아래 이들의 삶은 오직 훈련과 경기로만 채워지고, 마침내 두 사람은 완벽하게 하나가 되는 충만한 순간을 경험한다. 찬란한 행복에 대한 심미안을 전하는 아름다운 네덜란드 소설.

어린 시절 엎드려 읽던 책들, 흥미진진한 모험의 세계로 우리를 데리고 갔던 책들, 다 읽은 다음엔 나만의 모험을 꿈꾸게 했던 책들, 그런 책들의 매력이 고스란히 살아 있다.
김중혁(소설가)

어머니가 죽고 아버지에게 마음의 문을 닫은 채 남아프리카공화국에 오게 된 까칠한 성격의 수현, 할머니가 들려주던 기사와 공주 이야기를 늘 현실과 혼동해 '모자라다'는 소리를 듣는 백인 소년 올리버, 사라진 흑인 지도자 친구를 20년 넘게 찾아 헤매는 흑인 타보. 국경도 인종도 나이도 다른 세 사람의 기이한 만남, 우정 그리고 모험이 판타지 세계를 연상시키는 문장 속에 긴장감 있게 그려진다.

55 이웃집에 생긴 일

빌리 페르만 지음 | 이수영 옮김

위험한 의심, 그 속에서도 찬란하게 빛나는 두 소년의 우정

독일의 대표적 아동?청소년문학 작가 빌리 페르만은 19세기 초, 독일의 조용하고 평화로운 마을에서 일어난 충격적인 어린이 살해 사건을 소재로 근거 없는 집단적 편견으로 갈가리 찢겨 나가는 한 유대인 가족을 그렸다. 유대인에 대한 뿌리 깊은 편견과 이유 없는 증오를 통해 익명이라는 이름 아래 저질러지는 다수의 폭력, 불의인 줄 알면서도 다수의 편에 서는 개인의 나약함, 희생양을 요구하는 인간 사회의 비정함 등 불행한 인류 역사의 고리들이 속속들이 드러난다.

56 목요일, 사이프러스에서

박채란 지음

삶이 너무나 소중하기에 죽음을 떠올려 보는 세 사람의 이야기

각자가 원하는 것을 얻기 위해 거짓으로 자살을 꾸민 선주, 태정, 새롬 앞에 전학생 하빈이가 나타난다. 자신이 저쪽 세계에서 온 '안전요원 K-758'이며 셋의 계획을 전부 알고 있다는 하빈이의 말이 믿기지 않으면서도 세 아이는 점점 하빈이가 담담하게 말하는 '저쪽 세계' 이야기에 빠져 들어간다. 우리가 사는 세계와 저쪽 세계에 대한 아름다운 통찰, 미스터리한 전개 속에 녹아 있는 슬픈 정서가 독자들을 강하게 끌어당긴다.

★ 책으로따뜻한세상만드는교사들 권장도서

53 아무도 대답하지 않았다

배봉기 지음

학생들을 죽음으로 내모는 대한민국의 교육 현실에 정면으로 부딪혀 보겠다는 심산이다.
김보일(배문고 교사)

한 남자고등학교에서 학생이 자살했다. 그런데 학교와 학생들 모두 그 일을 쉬쉬한다. 소설은 학교 신문 《목소리》의 학생 기자들이 학교 측의 반대에도 불구하고 찬오의 죽음을 다루는 기획특집을 내보내는 과정에서 학교 사회가 얼마나 폐쇄적인지, 학교에서 학생들이 얼마나 소외되어 살아가는지가 서서히 드러난다. 자신들을 둘러싼 거대한 현실에 눈을 뜨는 청소년의 모습이 숨막히도록 절절하게 그려져 있다.

★ 한국도서관협회 2009 우수문학도서 선정

54 영두의 우연한 현실

이현 지음

답답한 지구를 등지고 떠나고 싶은 자의 고독과 그럼에도 이 땅에서 씩씩하게 살아내고자 하는 자의 오기가 함께 읽힌다.
오세란(청소년문학 평론가)

「영두의 우연한 현실」외 5편의 단편으로 구성된 이 소설집은 기존의 편협한 소재와 주제에 머물러 있던 청소년소설이 다양한 스펙트럼으로 확장될 수 있음을 여실히 보여준다. 어른들이 금기시할 법한 소재나 주제에 접근하여 그것이 청소년 주인공에게 얼마나 핵심적인 문제인가를 보여주기도 하고, SF적 기법을 도입하여 청소년 주인공이 바라보는 세계의 절망적 모습을 날카롭게 드러내기도 한다.

★ 한국도서관협회 2009 우수문학도서 선정

51 세 번째 교과서

김소담 외 10인 지음

지금, 여기 청소년들의 육성을 고스란히 담아낸 청소년에 의한, 청소년을 위한 문학

한국문화예술위원회에서 운영하는 사이트 '글틴'을 통해 세상에 제 목소리를 내놓은 청소년 아이들의 문학작품집으로 '문장청소년문학상'을 통해 작품성을 공인받은 작품들로 엄선되어 있다. 시, 소설, 수필이라는 장르를 통해 청소년의 성장통, 방황, 가슴 아린 고민들이 생생하게 담겨 있다. 학업, 이성, 가족에 대한 갈등과 고민으로 아파하고 감내하고 이겨내는 청소년 아이들의 모습이 현장감 있게 생생히 펼쳐진다.

★ 문장 청소년문학상 모음집

52 어서 말을 해

미리암 프레슬러 지음 | 유혜자 옮김

카린은 앞으로 수많은 우여곡절을 겪겠지만 아마도 다시 쓰러져 버리거나 교활한 장난으로 분노를 표출하진 않을 것이다. 이제 제대로 화낼 줄 아는 사람이 되었으니 말이다.
유은실(동화작가)

겉으로는 별 문제 없어 보이지만 안으로는 돌덩이 같은 부담과 걱정에 짓눌려 있는 열다섯 살 소녀 카린. 어느 날 카린은 마음속 무거운 짐이 몸의 병으로 나타나 교실에서 의식을 잃고 쓰러진다. 카린이 가만히 입을 떼어 제 마음을 열어 보이는 과정이 따뜻한 시선으로 그려지는 이 작품은 『행복이 찾아오면 의자를 내주세요』의 작가 미리암 프레슬러가 세상의 모든 카린들에게 내미는 따뜻하고 미더운 손이다.

18 열일곱 살의 털

김해원 지음

> 청소년들의 이야기라면 으레 등장할, 망가져 있거나 날이 서 있거나 뭔가 한가닥 하는 비범한 아이들의 이야기가 아니라 보통 기준에 턱걸이하는 일호의 고민이 남 이야기 같지 않게 친근하다.
>
> _김남중(동화작가)

책을 펼치는 순간 기구한 머리털 이야기의 재미가 시작된다. 머리카락 이야기 하나에 학교 두발 규제와 관련한 청소년 인권문제뿐만 아니라 주인공 일호의 가족사에, 우리 사회와 역사까지 들어 있다. 재미있는 에피소드, 평범해 보이지만 독창적인 캐릭터, 은근한 유머가 더해진 감칠맛 나면서도 정갈한 문장이 빚어낸 수작이다.

★ 제6회 사계절문학상 대상 수상작
★ 2008 올해의 청소년도서
★ 문화체육관광부 우수교양도서
★ 2009 '한 도시 한 책 읽기' 익산시 선정도서

48 바타비아호의 소년, 얀

라헐 판 코에이 지음 | 박종대 옮김

그 때 그 배 위에서 무슨 일이 일어났는가?

1628년, 네덜란드 동인도회사의 기함 바타비아호가 향신료를 사들이기 위해 동인도 섬으로 출항했다가 8개월 만에 파국적인 운명을 맞은 사건을 기초로 권력 앞에 선 나약한 인간의 모습을 그린 팩션 소설. 작가는 바타비아호에 승선한 소년 얀을 통해 우리 모두의 얼굴을 보여주고 있으며, 『바르톨로메는 개가 아니다』에 이어 다시 한 번 역사의 한 페이지에서 이야기를 끄집어내는 놀라운 능력을 발휘하였다.

★ 2008 IBBY 아너 리스트 선정 도서
★ 한국출판인회의 선정도서

49 단어장

최나미 지음

보통 여자 아이가 우주에서 하나의 개체로 뿌리를 내리고 살게 되는 엄청난 비밀이 담겨 있다. 김해원(『열일곱 살의 털』 작가)

상위권을 거부하는 성적에 160센티미터의 키와 에스라인의 몸매가 영원한 로망인 진우령, 신열매의 청소년 입문기. 대한민국 공식 청소년으로 인정받고, 교복으로 구분되는 세상에 속하게 된 열네 살 소녀들의 일년 생활을 여덟 개의 단어로 살펴본다. 중학교에서 벌어지는 온갖 사건들, 그에 대응하는 아이들의 행동과 대화가 생생하게 살아 있어 중학교 생활 백서라 할 만하다.

★ 소년조선 여름방학 권장도서
★ 한국문화예술위원회 우수문학도서 선정

46 처음 연애

김종광 지음

47 난 할 거다

이상권 지음

사랑에 빠진 우리들 어린 연인들의 표정이 담겨 있는 사진첩이다. 김경주(시인·극작가)

4·19 혁명과 전태일 분신 사건, 전교조 사태, 87년 태풍 셀마, 88 올림픽, 91년 대규모 학생 데모, IMF, 2002 월드컵 등 우리 역사의 사건들을 배경으로 벌어지는 그 시절 십대들의 아기자기한 처음 연애 이야기가 12편의 옴니버스로 실려 있다. 의뭉스럽지만 순수한 십대들의 첫사랑 이야기가 다채롭게 펼쳐지며, 시대별 청소년의 정의와 청소년들의 연애 장소, 연애의 매개체나 수단 등이 상세하게 서술된 '작가의 말'이 읽는 재미를 더해 준다.

★ 한국문화예술위원회 우수문학도서 선정

"더는 지기 싫다. 난 할 거다. 나를 욕한 놈들, 비웃은 놈들, 다 쓸 거다."

고등학생이 되자마자 난독증에 시달리며 졸지에 문제아로 찍히게 된 시우는 '문제적 인간'으로 학교생활을 견뎌내야 한다. 시우의 이야기는 소설가 이상권의 자전적 이야기이자 요즘 학교의 이야기이다. 작가는 문학이라는 돌파구를 찾아낸 시우를 통해서 청소년들에게 자신을 소중하게 생각하고 스스로 당당해질 수 있도록 자기 자신만의 자존감을 만들어 갈 것을 말하고 있다.

★ 어린이도서연구회 권장도서

44 청동 해바라기

차오원쉬엔 지음 | 전수정 옮김

제목에서부터 감지되는 빛의 향연은 작품의 마지막 장면에까지 끝이 없다.
백원담(성공회대 중어중국학과 교수)

중국 현대사의 최대 격변기인 문화대혁명. 그 어려운 시절 가난 속에서도 영롱하게 핀 인정과 어떤 어려움에도 굴하지 않는 우직함이 벙어리 소년 청동과 가엾고 고운 소녀 해바라기를 통해 서정적으로 그려졌다. 중국에서 '삼대가 같이 읽고 이야기하는 작가'로 알려진 차오원쉬엔은 이 작품을 통해 뜨거운 가족애의 감동으로 삶의 진정성을 부각시키고 있으며, 독자들의 마른 가슴에 한동안 먹먹한 감동이 사라지지 않을 것이다.

★ 아침독서신문 추천도서

45 하모니 브러더스

우오즈미 나오코 지음 | 고향옥 옮김

일상에 자리잡은 '다름'에 대한 폭력

경쟁에서 이기는 것이 삶의 가장 큰 목표라고 믿는 아빠, 늘 위선적인 웃음을 지으며 집 안팎을 가꾸는 엄마, 그리고 공부밖에 한다는 아이들만 모여드는 명문중학교에 입학한 아들 히비키. 어느 날, 모범적이고 건실하게만 보였던 이 집안의 일상에 7년 전 집을 나간 히비키의 형이 돌아오면서 작은 균열이 생기기 시작한다. 작가는 여장을 하고 살아가는 히비키의 형과 늘 외톨이인 후토시를 통해서 '다름'에 대한 일상적인 폭력을 현실감 있게 그려냈다.

★ 책으로따뜻한세상만드는교사들 권장도서

42 나는 아버지의 친척

남상순 지음

43 나는 누구의 아바타일까

임태희 지음

어떤 청소년소설에서도 볼 수 없었던 통쾌한 전복이다. 마치 짓궂은 작가가 '너희가 가족을 아느냐?' 하고 놀리는 것만 같다.
이경혜(소설가)

제17회 '오늘의 작가상'을 수상한 소설가 남상순의 청소년소설. 낯설고 원망스럽기만 했던 아버지와 그 아버지의 가족들을 받아들이기까지 열일곱 살 소녀 미용이의 마음속 혼란을 그렸다. 작가는 가족이라고 마음먹으면 누구나 가족이 될 수 있다고, 정말 중요한 것은 가족뿐 아니라 어떤 관계든 끊임없이 들여다보고 가꾸어야 그 의미를 잃지 않을 수 있다고 조용히 속삭인다.

★ 한국문화예술위원회 우수문학도서 선정
★ 책으로따뜻한세상만드는교사들 권장도서

이 책은 처음부터 끝까지 힘들어하는 소수를 위한 책일 뿐이다. 임태희

'성폭력'과 불운한 가족사에 대한 기억을 의식적으로 억압하며 사는 여고생 영주와 이손, 그리고 물질로 자신을 치장해야 존재감을 느끼는 류화. 과거의 상처가 이 세 소녀의 현재를 어떻게 지배하고 있는지를 이야기 속의 또다른 이야기로 풀어냈다. 자신의 의지와 상관없이 시스템에 조종당하며 살 수밖에 없는 현실을 '아바타'와 연결해 보여주고 있는 이 소설은 탄탄한 구조와 극적 긴장감 속에 우리 청소년들이 느끼는 세상의 부조리함과 부당함을 적확하게 짚었다.

★ 한국문화예술위원회 우수문학도서 선정
★ 매일경제신문 · 교보문고 공동 선정 베스트북 20
★ 한국간행물윤리위원회 청소년을 위한 책 선정

40 내 어릴 때 꿈은 거지였다

김양호 지음

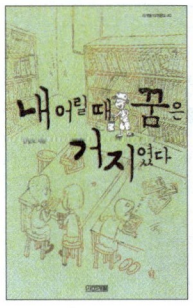

41 몽구스 크루

신여랑 지음

그리움에 젖은 눈으로 유년을 돌아보다

어릴 때 꿈이 거지였던 아이가 어떻게 자신을 완성하여 어른이 되었는지를 회고담 형식으로 풀어낸 성장소설. 목포에서 나고 자란 작가가 어린 시절 이야기를 토대로 쓴 이 소설 속에는 항구도시 목포의 몇 십 년 전 아이들 모습이 손에 잡힐 듯 고스란히 담겨 있다. 가난에 대한 수치, 가족에 대한 애증, 설익은 성적 호기심 등은 그 시절에나 지금에나 여전히 우리 아이들 속에 자리잡고 있음을 표현한 작가의 입담이 돋보인다.

나와 같은 청소년기를 보냈거나 보내고 있는 친구들에게 들려주고 싶었다. 열정을 품고 노력하는 삶이 얼마나 뭉클한 감동을 주는지.
신여랑

'비보이(B-boy)'들의 이야기. 등장인물들이 춤에 헌신함으로써 주변 사람들과의 관계와 내면의 소리에 귀기울이게 되는 과정을 그리고 있다. 깔끔하고 탄력 있는 문체로 브레이크댄스에 매료된 고등학생들의 고뇌와 열정을 그들의 눈높이에서 실감 있게 그려냈다는 평을 받았다.

★ 제4회 사계절문학상 수상작
★ 문화관광부 교양도서 선정
★ 대한출판문화협회 올해의 청소년도서 선정
★ 어린이도서연구회 권장도서
★ 책으로따뜻한세상만드는교사들 권장도서

38 너는 스무 살, 아니 만 열아홉 살

박상률 지음

청소년의 꿈과 성장을 그린 작품을 여럿 써 온 작가 박상률은 '역사가 된 광주'를 '역사를 넘어선 광주'로 더 뜨겁게 느끼게 할 수 있는 훌륭한 무기를 갖고 있다. 김이구(문학평론가)

그동안 청소년들에게 광주를 새로이 알게 하는 문학작품이 없었던 가운데, 작가 박상률이 '그 해 5월 광주'로 청소년들에게 말 걸기를 시도한 작품. 작가는 시대의 야만과 소용돌이 속에서 한 평범한 인간의 삶이 어떻게 부서지고 뒤틀리는지를 이제 막 스무 살에 들어선 청년 '영균'을 통해 보여준다. 이 작품을 통해 청소년 독자들은 스스로 '광주'의 의미를 묻게 될 것이다.

★ 5·18 기념재단 지원도서
★ 한국문화예술위원회 우수문학도서 선정

39 모래도시의 비밀

김남일 지음

우리 청소년들에게 새로운 세상, 끝없이 넓은 세상에 대해 말해 주고 싶었다. 김남일

20세기가 막 시작될 무렵, 중국의 한 오아시스 도시에 있는 호텔 차이나가든에 전 세계의 모험가들이 몰려들기 시작한다. 이들이 모두 다른 목적으로 모래도시를 찾아 떠나는 가운데 장님 예언자가 들려주는 모래도시의 사랑 이야기와 '갈고리손'의 눈먼 욕망이 겹쳐지면서 이야기는 점점 흥미롭게 전개된다. 소설가 김남일이 들려주는 좀더 넓은 세상과 시간, 그 속에 떠다니는 소중한 추억과 사랑에 대한 이야기다.

36 바르톨로메는 개가 아니다

라헐 판 코에이 지음 | 박종대 옮김

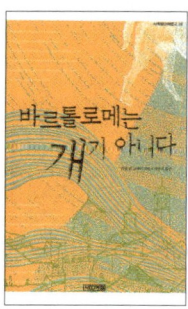

37 구스코 부도리의 전기

미야자와 겐지 지음 | 이경옥 옮김 | 이광익 그림

"용감한 개는 짖지 않아! 다만 화가 나면 물 뿐이지."

작가는 벨라스케스의 그림 「시녀들」에 나오는 개의 모습에서 세상에서 소외되었지만 꿋꿋하게 자신의 삶을 살아가는 난쟁이 바르톨로메를 창조해 냈다. 17세기 스페인의 마드리드를 배경으로 한 이 작품은 육체적 장애를 가진 바르톨로메에게 뛰어난 잠재력을 부여함으로써 인간 존엄에의 믿음을 이어 나간 수작으로 평가된다.

★ 문화관광부 교양도서
★ 문화일보 및 동화읽는가족 선정 베스트리스트 1위
★ 책으로따뜻한세상만드는교사들 권장도서

서로 다른 세계관, 서로 다른 인생 길

일본 아동문학사상 최고라는 평가를 받는 미야자와 겐지의 작품집. 이 책에 실린 「구스코 부도리의 전기」와 「펜넨넨넨넨 네네무의 전기」는 작가의 세계관이 집약되어 있으며, 다양한 방식으로 읽힐 수 있는 독특한 작품들이다. 미야자와 겐지의 작품을 좋아하는 일반 독자뿐만 아니라 오늘을 살아가는 청소년들에게 자신의 삶과 미래를 새로이 조명해 볼 기회를 제공한다.

34 내 사랑, 사북

이옥수 지음

요즘 아이들에게 사북 이야기를 들려주는 작가의 선택이 얼마나 용기 있고 아름다운 것인지 꼭 말해 주고 싶다. 김중미(동화작가)

1980년 4월, 강원도 탄광촌 사북에서 벌어진 광부들의 항쟁을 소재로 한 소설. 한창 이성에 눈뜰 나이인 열여섯 살 사북 소녀가 젊은 광부 오빠를 짝사랑하면서 겪는 감정과 80년 당시 광부들과 그 가족들의 하루하루가 생생하게 다가온다. 우리의 소소한 일상과 밀접한 관련이 있는 현대사에 꾸준한 관심을 가져온 작가 이옥수가 사북 항쟁 당시 광산촌 사람들의 삶의 애환을 밀도 있게 그렸다.

★어린이도서연구회 권장도서
★책으로따뜻한세상만드는교사들 권장도서
★한국문화예술위원회 우수문학도서 선정

35 하늘 어딘가에 우리 집을 묻던 날

로버트 뉴턴 펙 지음 | 이승숙 옮김

로버트는 이별과 사랑을 통해 삶이 주는 지혜를 이해하고 터득하며 어른, 즉 남자로 성장했다. 이승숙(옮긴이)

로버트 뉴턴 펙의 자전적 성장소설 『돼지가 한 마리도 죽지 않던 날』의 뒷이야기. 검소한 아버지와 자애로운 어머니, 정직한 자연과 함께 가난하지만 풍요로운 삶을 누렸던 소년 로버트는 아버지의 죽음 이후 늙은 엄마와 노처녀 이모를 모시고 가장 역할을 해야 하는 상황에 놓인다. 주인공 로버트가 어떻게 살아갈까 걱정하던 독자들은 더 크고 강해진 로버트를 만나게 될 것이며, 전작 못지않은 감동과 재미를 얻을 것이다.

★한국간행물윤리위원회 권장도서

32 장다리꽃

문선희 지음

33 바람의 딸 샤바누

수잔느 피셔 스테이플스 지음 | 김민석 옮김

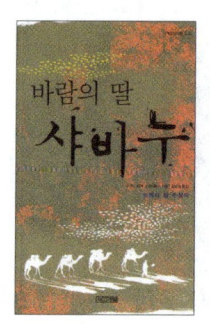

한 편의 소설이 백 권의 역사책보다 그 시대를 증언하는 개연적 진실 보여주기로서의 가치가 높다는 것을 확인하게 된다. 전상국(소설가)

일제 말기에서 해방 직후, 6·25 전쟁, 그리고 혼란했던 우리의 현대사를 배경으로 격동기를 살아간 사람들의 파란만장한 삶을 다룬 장편소설. 사랑받으며 자라던 영아는 집안 어른들이 보도연맹 사건으로 죽음을 당하면서 혹독한 시련의 길로 들어선다. 작가는 이 땅의 사람들이 어떻게 살아왔는지 다양한 인생사를 통해 들려주면서 이러한 인물 군상들을 통해 오늘의 우리는 어떻게 살아야 할 것인가를 되묻는다.

★ 어린이문화진흥회 청소년부문 추천도서
★ 문화관광부 교양도서 선정

사막이라는 '특수 공간'에서 여성의 '보편 문제'를 다루다

파키스탄의 사막에서 낙타를 기르며 사는 유목민 소녀 샤바누의 성장기. 샤바누는 남성 중심의 가부장적인 이슬람 문화권에서 주체적이고 독립적인 삶을 살고 싶어한다. 결혼을 앞둔 샤바누 자매의 각기 다른 삶이 대비되고, 예기치 못한 사건으로 그들의 삶이 비극적으로 전개되는 가운데 샤바누는 운명에 정면으로 맞서며 성인으로 성장하는 어렵고 힘든 과정을 거친다. 생생하고 서정적인 사막 생활을 간결하면서도 힘 있는 문장으로 그려내 독자들의 눈길을 사로잡는다.

★ 뉴베리상 수상도서
★ 어린이도서연구회 권장도서
★ 중앙독서교육 선정도서

30 내 마음의 태풍

이상운 지음

31 푸른 사다리

이옥수 지음

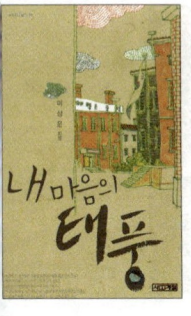

소년들이여, 이 작품을 읽으며 가끔씩 회오리치는 태풍 앞에 가슴속 태풍을 내뿜으며 당당히 맞서 보시라. 박상률(소설가)

낙천적인 소년 김민기, 순수하고 여린 소년 시인 한경민, 매사에 태평한 명랑 소년 윤재국, 또래들보다 일찍 현실에 눈뜬 정치 소년 김정희. 아들 넷은 숨막히는 학교에서 문집 〈태풍〉을 만들면서 부당한 억압과 폭력에 맞서 순수한 열정을 키워 간다. 삶에 대한 날카로운 통찰과 흡인력 있는 문체로 1970년대 중반의 학교 풍경과 당시 고등학생들의 자화상을 생생하게 그린 작품이다.

작품 속의 한 사람 한 사람을 보는 작가의 시선이 따뜻하고 섬세하다. 오정희(소설가)

힘없고 돈 없는 사람들이 아웅다웅 살아가는 '서초동 법원 단지 앞 꽃마을 비닐하우스촌'을 배경으로, 한 소년이 비행 소년으로 낙인찍혀 가는 과정과 도시 빈민들의 삶의 애환, 사람들 사이의 내밀한 교감을 풍요롭게 그려 낸 수작. 주인공의 심리를 예리하고 깊은 통찰력으로 꿰뚫는 한편, 초라하고 비루한 삶 속에서도 꽃피는 따뜻한 인간애와 미래의 희망을 넉넉히 담아 내고 있다.

★ 제2회 사계절문학상 대상 수상작
★ 어린이도서연구회 권장도서
★ 책으로따뜻한세상만드는교사들 권장도서

28 열여섯의 섬

한창훈 지음

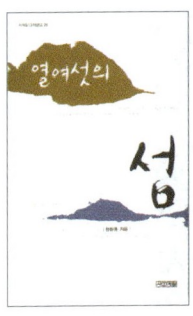

바다와 섬의 작가 한창훈이 심해에서 길어올린 이 시대 어린 청춘들의 고독과 절망과 희망의 노래

사방이 깊고 푸른 바다로 막힌 외로운 섬을 배경으로 열여섯 살 섬소녀의 아픔과 고독과 간절한 꿈들을 아름답고 섬세하게 그린 성장소설. 아버지와 둘이서 사는 서이는 오로지 공상과 독백을 위안 삼아 하루하루를 견뎌 나가고 바이올린을 켜는 한 여자를 만나면서 서서히 숨어 있는 자신을 발견한다. 작가는 오늘의 청소년들에게 '섬'으로 상징되는 이 어둡고 고통스러운 터널을 통과할 때 비로소 아름다운 세상과 연결될 수 있음을 말하고 있다.

★ 아침햇살 선정도서

29 집으로 가는 길

띠너꺼 헨드릭스 지음 | 이옥용 옮김

핏줄보다는 오직 '삶'만이 서로를 연결시켜 주는 끈이다

한국인 해외 입양이라는 소재를 통해 오늘 우리 사회가 안고 있는 갖가지 문제점들을 다각적이고도 새로운 시각으로 바라보게 하는 소설. 갓난아기 때 네덜란드로 입양되어 살아온 주인공 인따는 오빠의 친구를 짝사랑하면서 비로소 자신의 정체성에 대해 고민하기 시작한다. 핏줄보다는 '삶'만이 서로를 연결시켜 주는 끈'이라는 메시지를 전달하는 이 작품은 '진정한 자기 정체성 찾기'에 대해 진지하게 성찰하게 한다.

★ 한국출판인회의 선정도서

26 위험한 하늘

수잔느 피셔 스테이플스 지음 | 이수련 옮김

이 책을 읽고 비로소 이전과 이후로 넘어오는 길목에서 내가 겪은 많은 '말 못할 곤경'들과 화해할 수 있었다. 공선옥(소설가)

버지니아 주 동부 연안의 아름답고 생명력 넘치는 자연의 한가운데에서, 절친한 친구 사이인 백인 소년 버크와 흑인 소녀 튜이 살인 사건에 휘말리는 과정이 가슴 조이게 펼쳐진다. 두 아이가 진실을 지켜 내기 위해 고군분투하면서 눈뜨게 되는 현실의 부당함을 날카롭게 포착하고 있는 이 작품은 탄탄한 구성과 흡인력 있는 문체로 삶의 진실과 인간성에 대한 날카로운 통찰을 보여준다.

★ 어린이도서연구회 권장도서
★ 책으로따뜻한세상만드는교사들 권장도서
★ 중앙독서교육 선정도서

27 사슴벌레 소년의 사랑

이재민 지음

때 묻지 않은 자연 속에서만 느낄 수 있는 순수한 서정과 사랑을 길어올리고 있다.
황광수(문학평론가)

이성에 눈뜨기 가는 소년의 심리와 자연에 대한 섬세한 묘사가 조화를 이루어 한 폭의 수채화처럼 맑은 서정성을 이루어 낸 점이 돋보이는 작품. 치료를 위해 약수터에 묵게 된 소년이 달맞이꽃 같은 누나를 통해 진정한 사랑의 의미를 깨달아 가는 과정을 잔잔하게 그렸다.

★ 제1회 사계절문학상 우수상 수상작
★ 교보문고 권장도서
★ 이달의 청소년도서 선정도서

21~24 워터십 다운의 열한 마리 토끼

리처드 애덤스 지음 | 햇살과나무꾼 옮김

> 스펙터클한 사건, 토끼들의 생태와 자연 환경에 대한 정확하고 세밀하고 세련된 묘사, 새로이 고안된 토끼 언어, 갖가지 인간 사회를 빗댄 동물 집단 등이 감탄을 금치 못하게 한다.
> _김서정(문학평론가)

열한 마리 토끼들이 재앙이 닥친 고향 마을을 탈출하여 새로운 이상향을 찾아가는 과정에서 겪는 온갖 역경과 모험, 전투, 사랑, 우정이 대서사시처럼 펼쳐지는 대작. 1972년 영국에서 처음 출간되자마자 수많은 격찬 속에 고전의 반열에 오르며 20여 개의 언어로 번역되었고, 작가는 이 작품으로 카네기 상과 가디언 상을 수상했다.

★ 어린이도서연구회 권장도서
★ 중앙일보 선정도서
★ 한국출판인회의 선정도서
★ 교보문고 권장도서

20 소년의 노래

고리키·체호프 외 지음 | 이득재 옮김

정신적 영토를 순간적으로 몇 곱절 늘릴 수 있는 작품들이다. 이권우(도서평론가)

막심 고리키, 미하일 숄로호프, 이반 투르게네프, 안톤 체호프 등 러시아 대문호들의 단편 7편이 실려 있다. 러시아 혁명기 전후의 암울했던 시대를 배경으로 하고 있음에도 재치와 유머가 가득하며 러시아인들의 삶의 애환, 끈끈한 인간애가 서정적으로 형상화되어 있다. 광대한 러시아 문학의 정수를 맛볼 수 있는 작품집.

★어린이도서연구회 권장도서
★중앙독서교육 선정도서

25 아르네가 남긴 것

지크프리트 렌츠 지음 | 박종대 옮김

아, 불쌍한 아르네! 긴 탄식과 함께 가슴을 콕콕 찌르는 아픔뿐이다. 박종대(옮긴이)

뛰어난 글 솜씨, 예민한 감수성과 순수함을 지닌 열두 살 소년 아르네는 가족들의 비극적인 죽음으로 아버지의 친구 집에 맡겨진다. 아이들 무리에 끼기 위해 안간힘을 쓰지만 끝내 불행으로 치닫고 마는 한 소년의 비애를 통해 우리의 마음이 얼마나 닫혀 있는지 가슴 깊이 성찰하게 하는 슬프고도 아름다운 작품이다. 거장 지크프리트 렌츠는 순수한 영혼의 좌절, 꿈과 동경을 절제된 문체로 차분하고 격조 높게 그려 깊은 울림을 전한다.

★어린이도서연구회 권장도서
★한국출판인회의 선정도서

18 손도끼

게리 폴슨 지음 | 김민석 옮김

> 무인도에서 비로소 삶의 가치와 의미에
> 눈을 뜨고 성숙한 인간이 되다.
> _이상용(영화평론가)

캐나다 북부 삼림지대의 고립무원에 홀로 내던져진 한 소년의 54일간의 생존 기록. 부모의 이혼으로 혼란스러워하던 사춘기 소년이 단발 비행기를 타고 아버지를 만나러 가던 중 조종사의 갑작스런 죽음으로 고립무원의 삼림 속에 불시착한 뒤, 손도끼 하나에 의지한 채 처절하게 투쟁하고 성장해 가는 과정을 그린 작품. 미국에서 어린이와 청소년들에게 가장 사랑받는 작가 게리 폴슨의 대표작 중 하나이다.

★ 뉴베리상 수상도서
★ 한우리독서운동본부 권장도서
★ 열린어린이 권장도서
★ 책으로따뜻한세상만드는교사들 권장도서
★ 중앙독서교육 선정도서
★ 한국간행물윤리위원회 권장도서
★ 한국출판인회의 선정도서

16 내 남자친구 이야기

크리스티앙 그르니에 지음 | 김주열 옮김

음악을 매개로 맑고 풋풋한 사랑을 꽃피우는 두 사람의 이야기를 잔의 입장에서 쓴 이 작품은 피에르의 입장에서 쓴 『내 여자친구 이야기』와 짝을 이루는 커플 소설이다. 하나이면서 둘인 이 소설은 같은 사건이라 해도 각자의 상황과 관점, 감성에 따라서 서로 다르게 체험하고 이야기할 수 있음을 보여주는 독특한 작품이다

★ 어린이도서연구회 권장도서
★ 한국출판인회의 선정도서
★ 중앙일보 선정도서

17 내 여자친구 이야기

크리스티앙 그르니에 지음 | 김주열 옮김

오로지 피아노에만 몰두해 왔던 피에르에게 음악은 오랜 친구이자 피아니스트로서의 장래와도 직결되는 삶의 전부이다. 피에르는 그런 음악을 매개로 클래식 음악에 새로이 눈뜨게 된 잔을 만나 건전한 이성 관계를 만들어 나간다. 자신의 생활을 주체적으로 꾸려 나갈 수 있는 자립심과 통제력이 있으며, 음악이라는 공통 관심사를 통해 자신들의 사랑을 아름답게 가꾸어 나갈 줄 아는 두 청소년의 모습이 인상적이다.

★ 어린이도서연구회 권장도서
★ 중앙독서교육 선정도서

두 사람의 같은 추억, 서로 다른 이야기 나는 오래 전부터 서로 다른 두 개의 소설을 구상해 왔다. 그런데 어느 날 그 두 이야기가 연결되고 주인공들이 서로 만날 수 있음을 깨달았다. 나는 동시에 진행되는 두 개의 쌍둥이 소설을 구상하면서 같은 사건이라도 각자의 감성에 따라 다르게 체험되고 이야기됨을 보여주고자 노력했다.   크리스티앙 그르니에

15 거짓말쟁이와 모나리자

E. L. 코닉스버그 지음 | 햇살과나무꾼 옮김

자애로운 미소를 띤 여인의 모습, 밝혀지지 않은 탄생의 비밀

실제 인물들과 자료를 바탕으로 '모나리자'의 탄생 배경을 재구성한 소설. 신비한 분위기만큼이나 비밀이 가득한 그림 '모나리자'의 탄생 배경을 작가 코닉스버그가 독창적인 역사 해석과 시각으로 그려내었다. 르네상스 시대 사람들의 삶과 예술에 대한 단면을 엿보는 기쁨이 있는 매력적인 작품이다.

★ 어린이도서연구회 권장도서
★ 중앙독서교육 선정도서

19 밥이 끓는 시간

박상률 지음

밥이 끓는 냄새, 그 소박하고 일상적인 삶의 진실

온갖 시련과 고통을 오롯이 자기 몫으로만 감당해 내는 어린 소녀 순지의 이야기. 들뜨지 않은 정서와 안정된 문장의 운용으로 오래오래 시들지 않고 꿋꿋하게 삶을 헤쳐 나가는 순지의 삶이 감동적으로 다가온다. 작가는 '밥이 끓는 시간'이라는 소박한 이미지를 통해 우리가 진정으로 추구해야 할 삶이라는 건 그렇게 거창한 게 아니라는 걸 확인시켜 준다.

★ 어린이도서연구회 권장도서
★ 중앙독서교육 선정도서

13 그리운 메이 아줌마

신시아 라일런트 지음 | 햇살과나무꾼 옮김 | 변영미 그림

> 죽음을 삶의 일부로 받아들여 삶을 더욱 긍정하게 만들고, 아름다운 사랑과 진정한 인간관계를 생각하게 하는 감동적인 작품이다.
> _황선미(동화작가)

사랑하는 사람을 잃은 슬픔을 극복해 가는 과정을 탄탄한 구성과 따뜻하고 섬세한 필치로 그린 아름다운 이야기이다. 주인공 서머는 고아로 떠돌다가 메이 아줌마와 오브 아저씨의 극진한 보살핌과 사랑 속에서 가정의 아늑함을 맛본다. 그러나 그토록 사랑하던 메이 아줌마가 돌아가시고 서머는 아줌마의 죽음을 슬퍼할 겨를도 없이 불안하고 초조한 나날을 보낸다. 삶에 대하여, 참사랑에 대하여 고개 숙여 생각해 보게 하며, 세련되고 절제된 표현이 긴 여운과 감동을 선사한다.

★ 뉴베리상 수상도서
★ 중앙독서교육 선정도서
★ 열린어린이 권장도서
★ 보스턴글로브 혼북상 수상도서

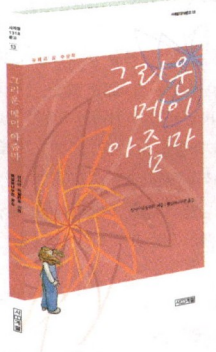

12 크룩케

페터 헤르틀링 지음 | 유혜자 옮김

14 나는 아름답다

박상률 지음

크룩케와 토마스를 통해 인간과 인간이 친구라는 것을 보여주고 싶었다. 페터 헤르틀링

전쟁의 폐허에서 만난 떠돌이 소년과 절름발이 남자의 가슴 뭉클한 우정을 그린 소설. 힘들고 위험한 상황에서 둘은 서로 의지하고 상처를 어루만지는 친구가 되지만, 소년은 고생 끝에 엄마를 만나고 절름발이 남자는 소년을 떠난다. 전쟁의 비참함 속에서도 따뜻하게 살아 숨쉬는 인간애가 감동적인 이 작품은 영화로도 만들어져 헤센 영화상을 받았다.

★ 어린이도서연구회 권장도서
★ 문화관광부 추천도서
★ 한국출판인회의 선정도서

정체성과 가치관의 혼란은 비단 청소년들만의 문제는 아니지만, 이런 때일수록 공동의 모색이 필요할 성싶고, 그 점에서 「나는 아름답다」가 반갑기만 하다. 김경연(문학평론가)

어머니의 부재와 외로운 객지 생활, 짝사랑의 열병, 담임선생님과 또래 아이들로부터의 따돌림으로 학교생활에 쉽게 적응하지 못하는 고등학교 2학년생 남선우가 자기 정체성을 찾아가는 과정을 그린 작품. 사춘기의 불안과 내적 심리, 자신에 대한 성찰, 세상을 보는 관점 등 청소년기의 의식과 정서를 차분하면서도 밀도 있게 드러내 주고 있다.

★ 어린이도서연구회 권장도서
★ 문화관광부 추천도서

10 나, 이제 외톨이와 안녕할지 몰라요

하이타니 겐지로 지음 | 햇살과나무꾼 옮김 | 김병하 그림

삶의 문제가 여러 사람들과의 관계 속에서 이루어진다는 것은 하이타니 겐지로가 그 누구보다 자신 있게 다루는 세계이다.
이상용(영화평론가)

아들을 잃은 중년 남자와 일요일마다 가출을 되풀이하는 소년의 만남을 통해 청소년기의 갈등과 방황을 섬세하게 그린 「나, 이제 외톨이와 안녕할지 몰라요」를 비롯해 어른들의 위선을 예리한 시선으로 바라보는 중학생들을 그린 「친구」, 죽음을 앞둔 소녀가 삶의 의미를 깨닫는 과정을 그린 「제비역」 등 현대 아이들의 고독과 불안을 차분하게 그려낸 보석 같은 이야기 세 편이 실려 있다.

★ 어린이도서연구회 권장도서

11 내 안의 자유

채지민 지음

청소년기에 간직했던 삶의 의미가 평생을 따라다닙니다. 채지민

어렸을 때부터 아버지의 엄격한 통제와 과도한 교육열에 억눌려 학교생활, 친구 관계 등 사회적 관계로부터 동떨어져 자기만의 세계에 갇혀 지내야 했던 주인공 수빈이가 조금씩 인간과 세계에 눈을 뜨며 성숙해 가는 과정을 그린 성장소설. 청소년들의 내적 갈등과 방황, 꿈과 이상을 섬세하게 포착하고 있어 청소년들이 진정한 자유의 의미를 확립하는 데 도움을 줄 것이다.

★ 한국간행물윤리위원회 권장도서

08 봄바람

박상률 지음

> 좀더 넓은 세계로 나아가고자 하는 농촌 소년
> 훈필이의 열정과 영혼의 방황을 섬세하면서도
> 따뜻하게 그린 성장소설

1960년대 말 남도의 한 농어촌 마을을 배경으로 좀더 넓은 세계로 나아가고자 하는 한 소년의 열망과 영혼의 방황을 섬세하면서도 잔잔하게 그렸다. 한 시골 소년의 꿈과 호기심, 모험, 짝사랑의 열병, 방황, 좌절 등 내면 풍경을 통해 삶과 자아에 새롭게 눈떠 가는 과정을 진지하면서도 유머러스하게 그리고 있어, 사춘기를 겪는 우리의 청소년들이 쉽게 공감하면서 즐겁게 읽을 수 있는 작품이다.

★어린이도서연구회 권장도서
★책으로따뜻한세상만드는교사들 권장도서
★서울시교육청 선정도서
★중고등학교 국어 및 문학 교과서 수록 작품

07 오이대왕

크리스티네 뇌스틀링거 지음 | 유혜자 옮김

09 춤추는 노예들

팔라 폭스 지음 | 김옥수 옮김

현대 사회와 가정의 위선을 파헤친 작품

오이대왕은 지하실에서 사는 권위적이고 거만한 오이 모양의 가상 동물로 신하들에게 쫓겨나 볼프강네 가족 앞에 나타난다. 오이대왕의 출현으로 식구들은 서로 불신에 휩싸이고 자기중심적이며 불신으로 가득 찬 볼프강네 가족의 실체가 적나라하게 드러난다. 기발한 상상력과 흥미진진한 작품 전개, 유머러스한 삽화가 돋보인다.

★ 독일 청소년문학상 수상도서
★ 어린이도서연구회 권장도서
★ 한국간행물윤리위원회 권장도서
★ 중앙독서교육 선정도서

비극적 역사가 담긴 강렬한 이야기

가난하지만 평화롭게 살아가던 소년 제시는 어느 날 낯선 사내들에게 납치되어 노예 무역선으로 끌려간다. 그리고 그곳에서 피리를 불어 노예들로 하여금 아침 운동 삼아 춤을 추게 하는 일을 맡게 된다. 역동적인 사건 전개와 묘사, 인간 심리의 깊이 있는 접근을 통해 전율을 맛보게 하는 작품이다. 인류 역사의 가장 잔인한 한 장을, 그리고 인간의 잔인한 본성을 평범한 한 소년의 입으로 그려낸 밀도 있는 수작이다.

★ 뉴베리상 수상도서
★ 어린이도서연구회 권장도서

05 다리 건너 저편에

게리 폴슨 지음 | 김옥수 옮김

네 번의 만남, 짧지만 강렬한 이야기

멕시코와 미국의 국경 지대. 하루하루 먹을 것을 걱정하며 살아가는 거리의 소년 마니와 전장에서 죽어간 전우들의 영혼에 시달리는 군인 로버트, 이곳에서 두 사람의 짧지만 강렬한 만남이 이루어진다. 세 차례나 뉴베리 상을 수상한 작가 게리 폴슨은 청소년들에게 어른의 시선으로 바라본 세상의 혹독함을 이야기하고 있다. 청소년 독자들은 아픈 비장감 속에서 인생의 진실을 깨닫게 될 것이다.

★ 어린이도서연구회 권장도서

06 너의 용기만큼 큰 산

군터 프로이스 지음 | 박종대 옮김

사춘기, 자신을 발견하기 위한 싸움을 벌이는 시기

페터라는 소년과 로제라는 소녀를 통해 사춘기란 자신을 발견하기 위한 싸움을 벌이는 시기이자 스스로 장애물을 걷어낼 용기를 키우는 시기임을 진지하게 서술하였다. 사춘기의 정신적 징후들을 섬세하게 잡아내었을 뿐 아니라 주인공 페터가 나약한 자신과의 처절한 싸움을 거쳐 삶의 해답을 찾아가는 과정을 그려낸 점에서 사춘기에 대한 훌륭한 문학적 보고서라 할 수 있다.

★ 어린이도서연구회 권장도서
★ 중앙독서교육 권장도서

03 사람 사이에 삶의 길이 있고

도종환 외 지음 | 강혜원 엮음

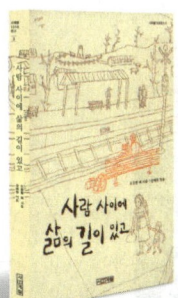

도종환, 권정생, 정진홍, 신영복과 같은 이 시대 최고의 문필가들이 자신이 생각하는 인생의 본질, 인생에서 얻은 교훈, 사람 사이의 사랑, 가까운 사람들과의 추억을 한편 한편에 털어놓고 있다.

★ 어린이도서연구회 권장도서

04 조금만 눈을 들면 넓은 세상이 보인다

윤구병 외 지음 | 강혜원 엮음

윤구병, 신경림, 함석헌, 박완서와 같은 이 시대 최고의 문필가들이 청소년들에게 들려주는 자신의 체험, 우리 땅에서 느끼는 사랑과 감회, 역사의 물줄기를 헤쳐 나아가는 우리 민족의 강건함, 함께 살아가는 세상에 대한 따뜻하면서도 날카로운 통찰을 한편 한편에 오롯이 새겨 넣었다.

★ 어린이도서연구회 권장도서
★ 아침독서신문 추천도서

세상 사는 안목을 넓혀 준다 이 책에 실린 글들은 분명 삶의 길목에서 청소년 여러분들에게 소중한 길잡이 역할을 하리라 생각합니다. 삶의 자세를 가다듬는 데, 사람과 사람 사이에 오가는 따스한 정을 확인하는 데, 더 너른 세상을 생각하는 데 보탬이 되리라 생각합니다.   강혜원 (국어교사, 엮은이)

02 돼지가 한 마리도 죽지 않던 날

로버트 뉴턴 펙 지음 | 김옥수 옮김 | 고성원 그림

아버지의 몸에서는
늘 '일하는 사람의 냄새'가 풍겼다

수인성 로버트는 가난하지만 성실한 아버지, 자애롭고 소박한 어머니, 돼지 핑키, 이웃들, 버몬트 지방의 자연과 함께 어우러져 살아간다. 그러나 제 손으로 사랑하는 핑키를 죽여야 하는 고통을 참아내고 아버지의 죽음마저 겪은 후 막막한 인생의 바다에 홀로 설 수밖에 없다. 작가가 자신의 유년 시절의 확대경을 통해, 아이에서 어른으로 막 눈떠 가는 과정을 따뜻하고 투명하게 그린 자전적 성장소설.

★ 어린이도서연구회 권장도서
★ 책으로따뜻한세상만드는교사들 권장도서
★ 서울시교육청 선정도서

01 행복이 찾아오면 의자를 내주세요

미리암 프레슬러 지음 | 유혜자 옮김

기가 막히게 멋진 친구를 만났다.
그 친구 이름은 할링카. _최나미(동화작가)

1950년대 초 독일의 한 보육원. 힘겹고 폐쇄된 삶을 살아가던 할링카는 어느 날 작은 계기로 세상과 인간에 대해 새롭게 눈뜨게 된다. 세상에 대한 냉소와 인간에 대한 불신으로 가득 차 있던 할링카가, 스스로 행복해지기 위해서는 먼저 행복에게 의자를 내줄 수 있어야 함을 깨닫게 된 것이다. 세상이 자신을 바라보는 눈보다 마음속에서 들려오는 소리에 귀기울일 줄 아는 사춘기 소녀의 내면을 섬세하게 포착한 작품.

★ 독일 청소년문학상 수상도서
★ 어린이도서연구회 권장도서
★ 한국간행물윤리위원회 권장도서
★ 책으로따뜻한세상만드는교사들 권장도서

사계절1318문고는 한창 감수성이 예민하고 지적 호기심이 강한 만 13세~18세의 십대들이 공감할 수 있는 내용과 재미, 작품성을 고루 갖춘 현대 문학선입니다. 문학작품을 접하는 참된 즐거움과 삶의 자양분을 얻을 수 있습니다.

"김칫국부터 마시고 있네! 내가 그렇게 쉽게 엄마 아빠를 놓아줄 줄 알아?"

그 때 책상과 한판 진하게 싸우고 있던 장식장이 말했다.

"불쌍한 것. 쟤가 또 우는군."

책상이 장식장을 나무랐다.

"거 엉뚱한 소리 좀 작작 해요, 장식장 마나님! 당신은 어째 자기 식으로만 이야기해요? 쟤는 지금 세상 보는 법을 배우고 있다고요! 알아요? 다 숙녀가 되는 과정이죠."

17

아침이었다. 로제는 창가에 앉아 있었다. 문은 안에서 잠가 두었다. 엄마 아빠가 평소 아침처럼 출근하기 전에 작별 인사를 하려고 문을 두드렸지만, 로제는 열어 주지 않았다.

부모님 얼굴을 보기 싫었다. 말을 하기도 싫었다. 얼굴을 맞대면 엄마 아빠가 또 그 이야기를 꺼내지 않을까 두려웠다. 로제는 진실을 짐작하고 있었지만, 그걸 인정하고 싶지는 않았다.

어떻게 해야 할까?

하늘은 눈이 시리도록 파랬고, 노란 해는 눈부시게 강렬했으며, 바람은 산 너머에서 잠들어 있었다. 정적과 고독에 싸인 긴 하루가 또다시 로제를 기다리고 있었다.

로제는 환한 벽지에다 검은색 물감으로 갈릴레이의 말을 적었다.

벌써 많은 것이 발견되었지만, 아직 발견해야 할 것이 더 많아!

문장 끝에는 커다란 느낌표를 찍었다.

이제 로제는 망원경처럼 생긴 기다란 관을 집어 들고 상상 놀이를 했다. 관 속에는 알록달록한 모자이크 모래 알갱이가 들어 있어서, 그것을 흔들면 순식간에 온 세상의 색채와 형체가 바뀌면서 새롭고도 놀라운 세계가 마술처럼 펼쳐졌다. 여기서는 불가능한 것이 없었다. 성이 만들어지기도 하고, 배가 출항하기도 하고, 브라우네르트 선생님이 독일어 수업을 하기도 하고, 페터가 낡은 망루에 올라가기도 했다. 단지 엄마 아빠의 모습만 만들어지지 않았다.

상상 놀이를 그만둔 로제는 아무 책이나 꺼내, 읽지는 않고 책장만 뒤적거렸다. 그러고는 또다른 책을 집었다가 도로 책꽂이에 꽂아 두었다.

시계를 보았다. 꼴도 보기 싫었다. 앞으로만 질질 끌려가는 시계바늘, 늘 똑같은 출발점으로만 되돌아가는, 틀에 박힌 순환이 너무 싫었다.

"뭐라도 해야 해!"

로제는 먼저 뜨개질을 해 보았다. 그러나 기다란 실을 엮어 모양을 만드는 것이 무의미하게 느껴졌다. 또한 끊임없이 반복되는 똑같은 움직임에 손가락이 거부감을 일으키고 있었다. 이번에는 곰인형을 껴안고 입을 맞추어 보았다. 그러나 무덤

덤하게 자신을 쳐다보는 인형의 멍한 눈을 보는 순간 인형을 던져 버렸다.
　로제는 혼자서 카드놀이를 하고, 주사위놀이를 하고, 주스를 마시고, 그림을 그렸다. 그러면서도 시선은 줄곧 거리로 향해 있었다.
　텅 빈 거리가 로제를 향해 이렇게 유혹하는 듯했다.
　"안녕, 로제! 오늘은 뭐 할 거야? 이리 와. 나한테 와! 네가 걸을 수 있는 건 벌써부터 알고 있어! 어서 와, 로제!"
　"네가 뭘 안다고 그래? 넌 아무것도 몰라. 아무도 모른다고!"
　로제가 사납게 쏘아붙였다.
　이제 로제는 전화기를 들고 아무 번호나 돌렸다. 낯선 목소리가 저쪽에서 들려왔다.
　"양말 공장입니다. 무엇을 도와드릴까요?"
　"저…… 저……."
　로제는 더듬거리다가 얼른 전화기를 내려놓았다.
　"뭐라도 해야 해!"
　로제는 아까보다 더 크고 도전적인 목소리로 외쳤다. 다시 수화기를 들고 유치원에다 전화를 했다. 엄마가 전화를 받았다. 로제는 말을 하지 않았다.
　"여보세요? 말씀을 하세요. 여보세요? 누구시죠?"
　로제는 무슨 말을 해야 할지 몰라 계속 입을 다물고 있었다.
　"로제? 너 맞니?"

두려움 때문인지 엄마의 목소리가 착 가라앉았다.
"무슨 일 있는 거야? 어서 말해 봐, 로제. 왜 이렇게 엄마를 힘들게 하니?"
"그래요, 내가 엄마를 힘들게 해요. 나는 엄마한테 짐이에요, 안 그래요?"
"이 바보. 엄마는 그런 뜻으로 말한 게 아냐."
엄마의 목소리가 한결 밝아졌다. 로제의 목소리로 보아 무슨 안 좋은 일이 있어서 전화를 한 게 아니었기 때문이다.
"지금도 안경을 쓰고 있죠?"
"네가 왜 그런 생각을 하는지 모르겠다만, 지금은 안 쓰고 있어."
잠시 침묵이 이어진 뒤 엄마가 다시 입을 열었다.
"로제, 엄마는 지금 할 일이 있어. 아이들이 부르는 소리 안 들리니?"
"안 들려요. 보이지도 않고요! 대체 여기서 내가 어떻게 듣고 보겠어요? 엄마가 아무 말도 안 해 주는데."
"무슨 이야기를 하라는 거니……. 로제, 우리 아가?"
로제는 손으로 꾹 눌러 전화를 끊어 버렸다. 그러고는 극장에 전화를 걸었다. 아빠와는 연결이 되지 않았다.
비눗물을 만들어 빨대에다 묻혀서 불었다. 커다란 비눗방울이 너울너울 날아갔다. 그러나 정원 밖으로 나가기도 전에 터져 버렸다.

휠체어를 타고 방 안을 이리저리 돌아다녔다. 공간이 좁아 여기저기 부딪혔다. 벗어나고 싶었다. 아니, 벗어나야 했다.

휠체어를 멈추고 한 발을 살며시, 아주 살며시 카펫 위에 올려놓았다. 그러나 발이 바닥에 닿는 순간 움찔하며 발을 도로 뺐다. 다시 한 번 시도했다. 이번에는 좀더 오래 감촉을 느껴 보았다. 두 손으로 다른 쪽 다리를 들어 천천히 바닥에 내려놓았다.

로제는 휠체어에서 일어나 두 다리로 섰다. 다리에 힘이 없어 무릎이 꺾이려고 했다. 간신히 첫걸음을 뗐다. 벽을 더듬거리며 한 발짝 한 발짝 조심스럽게 방 안을 걸었다.

속에서 탄성이 터져 나왔다. 다시 한 번 크게 환호성을 질렀다. 어지러웠다. 침대에 앉아 곰인형을 꼭 끌어안았다.

마음속에서는 행복감과 두려움이 싸움을 벌이고 있었다. 내가 걸을 수 있다니! 안 돼, 넌 걸어선 안 돼! 엄마 아빠가 네가 걷기만을 기다리고 있는 걸 몰라서 그래? 그래야 마음 편하게 헤어질 수 있거든!

그러나 로제에게는 떨칠 수 없는 깊은 그리움이 있었다. 밖으로 나가 거리를 달리고 싶은 그리움이었다. 다채롭고 아름답고 생동감이 넘치는 세상 속으로 뛰어들고 싶은 그리움이었다. 마을 한가운데를 뛰어가면서 이렇게 외치고 싶었다.

'여길 보세요! 나도 달릴 수 있어요. 달릴 수 있다고요!'

하지만 세상이 정말 그렇게 아름답고 화사하기만 할까? 고통과 충격의 연속은 아닐까?

　로제는 다시 방 안을 걸어 보았다. 아직 굼뜨고 어색한 발걸음이었지만, 한 발 한 발 뗄 때마다 기쁨이 샘솟았다. 로제는 발바닥의 불룩한 부분과 발가락에 묵직하게 와 닿는 바닥의 감촉을 만끽했다.

　이제 로제는 다시 두 발을 딛고 서서 땅을 느낄 수 있게 되었다!

　로제는 급히 휠체어에 도로 앉아 담요로 무릎을 덮었다. 허리와 다리에 통증이 느껴졌다. 내가 걸을 수 있다는 걸 아무도 알아선 안 돼. 아무도!

　하지만 내가 속한 세상은 포기하지 않을 거야. 그래, 세상 속으로 들어가야 해! 내가 세상 속으로 들어갈 수 없다면 세상을 내 방으로 오게 하는 방법도 있어. 요란한 소리를 내며 댓바람에 오게 만들어야지! 벌써 많은 것이 발견되었지만, 아직 발견해야 할 것이 더 많아!

　로제는 전화기를 들어 세 개의 숫자를 돌렸다. 곧이어 송화기에다 대고 다급하게 소리쳤다.

　"빨리 와 주세요! 집에 불이 났어요! 불이요, 불! 린덴벡 거리 11번지 슈타네르트 씨 집이에요. 모든 게 불타고 있어요!"

　로제는 수화기를 전화기 옆에 내려놓고, 이불로 몸을 감싼 채 휠체어에 등을 기대고 기나렸다.

18

사이렌 소리가 조용하던 마을을 발칵 뒤집어 놓았다. 전기 톱 소리까지 삼켜 버렸다. 소방차가 내뿜는 경보음이 빠른 속도로 가까워지고 있었다. 순간 교회 종소리까지 땡그랑땡그랑 울려 퍼지면서 기묘한 합주를 만들어냈다.

드디어 왔어! 페터의 머리를 스치고 지나가는 생각이었다. 드디어 무슨 일이 일어난 것이다!

페터는 침대에서 벌떡 일어나 창가로 달려갔다. 창 밖으로 고개를 내밀고 불이 난 곳을 찾아보았다. 그러나 하늘에 태양만 불타고 있을 뿐, 연기나 불꽃은 보이지 않았다. 사람들이 거리로 몰려 나와 흥분한 얼굴로 이리저리 뛰어다니고 있었다.

페터는 창문을 닫고 침대로 돌아가 누웠다. 사이렌 소리가 갑자기 뚝 그쳤다. 교회 종소리도 차츰 잦아들면서 마을은 평소의 모습을 찾아가고 있었다. 마침내 종소리의 여운까지 완전히 수그러들자 날카로운 전기톱 소리가 다시 마을 위로 울려 퍼졌다.

페터는 온 마을을 삼켜 버리는 거대한 불꽃을 머릿속에 그려 보았다. 집들이 불에 타 힘없이 무너진다. 어마어마하게 큰 불꽃이 망루 앞에 마주 서서 싸움을 건다. 그러나 불꽃은 망루의 털끝 하나 건드리지 못한다. 망루는 무너지지 않는 철옹성이다.

남은 건 폐허가 된 마을뿐이다. 불꽃이 얻은 건 아무것도 없다. 그저 혼자서 무의미하게 미쳐 날뛰었을 뿐이다. 망루를 무너뜨리지도, 사람들을 변화시키지도 못한다. 질케는 여전히 힘이 넘치는 불리를 칭찬하지 못해 안달이고, 바히는 불리 뒤에 몸을 숨기고 있다. 친구들이 놀리는 소리도 변함없다.

'사이코! 개구리! 겁쟁이!'

엄마의 손길은 여전히 부드러우면서도 소심하고, 아빠는 단단한 바위 그대로다. 물론 처음으로 패배의 쓴맛을 보았지만, 그렇다고 기가 꺾이거나 누그러질 아빠는 아니다.

페터는 아주 느리게 몸을 빠져나가는 병마와 싸우느라 지칠 대로 지쳐 있었다. 잠을 청했다. 잠은 기적을 일으키는 친구였다. 어떤 소원이든 들어주지 않는 때가 없었다. 친구들 틈에 끼워 주기도 하고, 망루를 부너뜨리기도 하고, 보제의 손을 잡고 들판을 뛰어다니게 하기도 했다.

페터는 몸을 흔드는 친숙한 손길에 잠이 깼다. 엄마였다. 걱정스런 표정으로 페터의 이마에 손을 대고 있었다. 아빠가 문지방에 서 있는 것이 보였다. 구부러질 것 같지 않은 목과 넓은 어깨가 문을 가득 메우고 있었다. 페터는 여느 때처럼 아빠의 눈 속에 실망과 무뚝뚝함이 담겨 있는 것을 발견했다. 그런데 오늘 따라 얼핏 불안한 기색도 엿보였다. 무언가 묻는 듯한 눈빛이었다.

페터는 엄마의 손을 이마에서 치우며 엄마의 근심 어린 물음에 대답했다.

"괜찮아요."

그러고는 이렇게 물었다.

"아까 소방 훈련이 있었어요? 소방차가 오고 사이렌 소리랑 교회 종소리를 들었는데, 불이 난 건 못 봤거든요."

"너도 알고 있었구나……. 아까 소방차가……."

엄마가 말을 우물거렸다.

페터는 분명한 대답을 기대하는 얼굴로 아빠를 쳐다보았다. 그런데 왠지 아빠가 페터의 시선을 피하는 것 같았다. 처음 있는 일이었다. 아빠가 곧 평소처럼 페터를 똑바로 바라보았지만, 뭔가 숨기는 것 같은 불안한 기색은 여전히 남아 있었다. 마치 페터가 대답을 해 주길 기다리는 듯한 태도였다. 전에 없던 일이었다. 아빠는 언제나 스스로 대답을 찾는 사람이었기 때문이다.

"로제가…… 로제가 소방서에 전화를 해서……."

엄마가 도움을 구하는 눈길로 아빠를 보았다.

페터는 침대 위에 일어나 앉았다.

"로제가요? 로제한테 무슨 일이 있었어요?"

"걔가 속으로 무척 힘들었던가 봐……."

아빠의 눈빛이 흔들렸다. 불안한 기색이 더욱 도드라졌다. 무언가 묻는 눈으로 페터를 보며 말했다.

"걔가 소방서에 전화를 했어. 나로선 도저히 이해가 안 돼. 불도 나지 않았는데 소방서에 전화를 하다니! 그 때문에 온 마을이 발칵 뒤집혔지."

페터가 아빠의 눈을 꼿꼿이 쳐다보았다.

"저한테 물어 볼 게 있으면 물으세요. 왜 묻지 않으세요?"

엄마가 얼른 웃으면서 화제를 돌렸다.

"어머, 벌써 저녁 시간이 다 됐네. 오늘은 우리 집 남정네들이 뭘 드시고 싶으신가? 불가리아 식으로 해 드릴까, 아니면 독일 식으로 해 드릴까?"

엄마가 아빠를 방에서 끌고 나가려고 했다. 그러나 아빠는 꿈쩍도 안 하고 엄마까지 못 나가게 했다.

"그래, 좋다."

아빠가 말했다. 질문을 던지는 것이 무척 힘들어 보였다.

"넌 왜 아빠를 좋아하지 않지? 다른 집 아들들은 제 아빠를 믿고 따르는데."

페터가 기대하던 질문이 아니었다. 뭐라고 대답해야 할지 몰랐다. 아빠가 나한테 사랑을 받고 싶으신 걸까?

아빠가 두 주먹으로 이마를 문질렀다. 금세 울긋불긋한 자국이 생겼다.

"넌 내 아들이다."

"하지만 아빠와는 달라요."

"다르긴 뭐가 달라?"

"아니에요, 분명 달라요. 내가 어떻게 생겨먹은 인간인지는 나도 정확히 모르지만, 아빠는 전혀 이해해 주려고 하지 않았잖아요!"

"대체 뭘 이해해 달라는 거야?"

아빠가 가까스로 감정을 억누르며 말을 이어갔다.

"로제가 소방서에다 아무 이유 없이 전화질을 해 대는 걸 이해해 달라고? 아들 녀석이 작대기로 망루를 때려눕히려고 한 것을 이해해 달라고? 팔 년 동안 학교에서 일등 자리를 빼앗긴 적이 없던 아들 녀석이 하루아침에 중간 정도로 성적이 떨어진 것을 이해해 달라고? 대체 나한테 뭘 이해해 달라는 거야?"

페터는 침대에서 일어나 장롱에서 옷을 꺼내 입었다.

"어디 가려고?"

엄마가 말렸다.

"아빠는 바위 같은 사람이에요."

페터가 아빠를 보고 말했다. 이젠 모든 걸 말하고 싶었다.

오랫동안 짓눌려 온 마음의 짐을 벗고 싶었다.

"아빠는 대단한 역도 선수예요. 목재소에서는 가장 뛰어난 작업반장이고요. 여길 보세요! 집 안 곳곳에 그런 아빠의 능력을 증명하는 상장이 걸려 있어요. 팔씨름에서도 나뿐 아니라 아빠를 이기는 사람이 없어요. 하지만 난 그런 게 전혀 부럽지 않아요!"

"너 왜 그러니, 페터? 무슨 소릴 하는 거야! 그만 해!"

엄마가 하소연했다.

순간적으로 아빠의 관자놀이에 혈관이 불거졌다. 그러나 이내 흥분을 가라앉히고 말했다.

"애야, 난 단지 네가 사내대장부가 되었으면 하고 바랐을 뿐이야."

"난 대장부가 되고 싶지 않아요. 될 수도 없고요. 지금까지는 늘 아빠처럼 될 수 있다고 믿었어요. 하지만 이젠 그런 게 하찮게 여겨져요. 더는 아빠처럼 되고 싶은 마음도 없고요!"

"그럼 내가 물어 보마. 넌 뭐가 되고 싶다는 거야? 늘 시작만 해 놓고 아무것도 끝내지 못하는 인간? 아니면 초모룽마 등반처럼 아무짝에도 쓸모없는 꿈이나 꾸는 몽상가가 되겠다는 거야?"

"모르겠어요. 나도 뭔가를 하고 싶어요. 하지만 그게 뭔지는 모르겠어요."

페터의 목소리에 자신이 없었다.

"이거 원……. 참 나……."

아빠가 말을 잇지 못했다.

페터는 아빠의 침묵 속에서 아들에 대한 아버지의 실망을 분명히 느낄 수 있었다. 차라리 내가 할 수 있는 일을 아빠가 제시해 주신다면……. 아빠의 욕심이 아닌 나 페터 루프레히트가 할 수 있는 일을…….

학급비 절도 사건이 떠올랐다. 떨쳐 버리려고 하면 할수록 더욱더 진득진득 달라붙는 사건이었다. 그런데 지금은 왠지 꼭 남의 이야기처럼 느껴졌다. 이제 아빠에게 그 사건을 털어놓고 싶었다. 그러면 아빠는 나를 다시는 보지 않으려 하고, 말도 하지 않으려 할 것이다. 그래도 할 수 없다. 이젠 아빠에게 이야기해야 해!

"아빠도 나에 대해 모든 걸 아셔야 해요. 일년 전 내 생일날이었어요. 그 날 내가 아빠 오토바이를 망가뜨린 것 기억나세요? 난 그 때 수리비를 마련하려고 학급비에다 손을 댔어요."

"페터! 당장 그만 해! 아무래도 안 되겠다. 어서 침대에 누워!"

엄마가 소리쳤다.

아빠가 천천히 침대에 앉았다. 잔기침을 몇 번 하더니 페터에게 물었다.

"왜? 왜 아빠한테 아무 말도 하지 않았지?"

목소리가 푹 잠겨 있었다.

"여보, 애 말을 믿으면 안 돼요. 애는 지금 제정신이 아니에요. 페터, 어서 말씀 드려. 사실이 아니라고!"

엄마가 흥분한 목소리로 끼어들었다.

페터는 벙어리처럼 입을 다물었다. 아빠의 입에서 불호령이 떨어지기만을 기다렸다.

그러나 아빠는 가만히 앉아만 있었다. 아픈 사람처럼 두 손으로 머리를 받친 채.

이윽고 아빠가 다시 입을 열었다.

"그런 일이 있었군. 난 전혀 몰랐어. 아빠도 어렸을 때 그런 일이 있었지. 헝겊으로 만든 공으로 식료품 가게의 진열창을 깨뜨린 적이 있는데, 네 할아버지는 그 사실을 전혀 모르셨어. 툭하면 잘 때리는 분이라 그걸 아셨다가는 가만있지 않았을 거야. 너도 내가 무섭니?"

"무섭냐고요? 아뇨."

페터는 아빠의 반응이 너무 뜻밖이라 오히려 혼란스러웠다.

"그렇다면 왜, 왜……. 왜 그랬을까?"

아빠가 혼잣말로 중얼거렸다.

페터는 윗옷을 입고 밖으로 나갔다. 계단을 내려가면서 한순간 난간을 꽉 붙잡아야 했다. 눈앞에 우람한 망루가 흔들거리는 것이 보였다. 로제의 집에 도착할 때까지 뒤도 돌아보지 않고 달리고 또 달렸다.

19

브라우네르트 선생님이 학생들에게 수학 시험지를 돌려주었다.

"바히, 아주 잘했어. A⁺야!"

페터는 책상에 팔꿈치를 대고 두 손으로 눈을 가린 채 앉아 있었다. 절도 사건에 대한 아빠의 반응이 머릿속에서 떠나지 않았다. 페터가 예상한 것과는 너무 딴판이었다. 얼마 있다가는 마치 아빠가 도둑질을 한 사람처럼 굴었다. 페터와 대화를 할 때도 혹시 자신의 말로 상처를 주지 않을까 조심조심했다.

예전의 아빠 모습이 아니었다. 페터는 그런 아빠를 어떻게 대해야 할지 종잡을 수가 없었다. 아빠가 주말에 함께 낚시를 가지 않겠느냐고 물었다. 페터는 아직 분명한 대답을 하지 않았다.

"질케, 넌 B야. 좀더 열심히 해. 그리고 왼쪽 오른쪽으로 눈을 돌릴 때가 많던데, 반짝거린다고 다 황금이 아니라는 걸 명심해. 차라리 네 머리를 믿는 게 더 나아!"

질케가 당황한 표정으로 불리를 흘깃 보며 대답했다.

"네, 선생님."

페터는 눈을 좀더 세게 눌렀다. 이제 루처 차례였다. 그 다음이 자신이었다. 페터는 한 문제도 풀지 않았다.

"루처! A! 충분히 A를 받을 만한 실력이었어. 네가 푼 3번 문제의 연산 방식은 아주 훌륭했어. 선생님도 그걸 보고 한 수 배웠어."

이어 잠시 침묵이 흐르고, 헛기침 소리와 종이 넘기는 소리가 들렸다. 페터가 얼굴에서 손을 뗐다. 이제부터 일어나는 일을 두 눈을 감은 채 받아들이고 싶지 않았다. 보고 싶었다. 두 눈을 부릅뜨고 보고 싶었다.

선생님이 페터 앞에 서서 다시 한 번 손에 들고 있던 시험지에다 눈길을 주더니 페터를 내려다보며 말했다.

"루프레히트, F. 한 문제도 풀어 볼 생각조차 하지 않았어. 바인홀트 선생님이 계실 때는 그래도 수학 성적이 A와 B 사이였던 걸로 아는데, 어째서 이런 결과가 나왔지? 설명 좀 해 주겠니?"

페터가 천천히 일어섰다. 선생님이 자신을 내려다보는 것이 싫었다. 뚫어져라 바라보는 선생님의 시선을 피하지 않고 고스란히 받았다.
"대체 무슨 일이야? 도저히 이해할 수가 없어. 난 남의 생각을 읽어 내는 사람이 아냐. 할 말이 있으면 말을 해 봐, 응?"
"할 말 없습니다."
친구들이 좋게 나온 각자의 성적을 두고 토론을 벌이는 소리가 들렸다. 목소리에서 만족감과 안정감이 배어났다. 페터가 부러워하는 것들이었다. 문제를 풀지 않은 이유를 선생님에게 설명하고 싶었다. 그러나 자신도 답을 몰랐다. 선생님이 이렇게 서서 자신에게 무슨 일이냐고 묻는 것만 알 뿐이었다.
페터는 선생님에게서 빈 시험지를 받아들고 자리에 앉아 책상 밑으로 손을 넣어 시험지를 구겨 버렸다.
복도에서 쉬는 시간 종이 울렸다. 브라우네르트 선생님이 손뼉을 쳤다. 아이들이 의자에서 벌떡 일어났다.
"오늘 학교엔 우리 반뿐이다. 다른 반은 모두 소풍을 갔다. 오늘은 복도를 쿵쾅거리고 뛰어다녀도 뭐라 할 사람이 아무도 없다. 다음은 체육 시간이니까 모두 체육관으로 모인다. 누가 체육관까지 일등으로 가는지 보겠다! 시 — 작!"
선생님이 가방을 들고 재빨리 문 쪽으로 달려가다가 문 옆에서 불리와 부딪쳤다. 다른 아이들도 서로 먼저 교실을 빠져나가려고 아우성을 쳤다. 아이들이 복도를 뛰어가는 소리가 북소리처럼 요란하게 울려 퍼졌다.
페터 혼자 교실에 남았다. 손에는 아직 구겨진 시험지가 들려 있었다. 교실 문과 창문이 활짝 열려 있었다.

친구들과 어울릴 기회를 다시 놓쳐 버렸다. 혼자만 내버려 두고 떠난 친구들이 매정하게 느껴졌다.

페터는 벌떡 일어났다. 그리고 창틀로 기어 올라가 2층에서 운동장을 내려다보았다. 불리가 일등으로 달리고 있었다. 그 다음이 브라우네르트 선생님이었다. 이제 체육관까지는 30여 미터밖에 남지 않았다. 누가 승리를 거둘 것인가?

페터는 창틀에 서서 눈을 감고 있다가 곧 아래로 뛰어내렸다. 머리부터 발끝까지 바늘로 콕콕 찌르는 듯한 통증이 느껴졌다. 질케가 놀라 비명을 질렀다.

페터는 눈을 떴다. 반 친구들이 몸을 숙여 자신을 내려다보고 있었다. 호기심에 가득 찬 얼굴도 있고, 겁에 질린 얼굴도 있었다. 선생님의 얼굴이 바로 가까이에 있었다. 이마에 땀방울이 송골송골 맺혀 있었다.

선생님이 조심스럽게 부축해서 페터를 일으켜 앉히더니 갑자기 소리쳤다.

"이게 무슨 짓이야! 괜찮아?"

선생님이 페터의 몸을 이리저리 더듬었다.

"아픈 데는 없어? 이런 미련한 녀석! 거기서 뛰어내려 어쩌겠다는 거야!"

페터는 간신히 버티고 일어나 다리를 절뚝거리며 운동상을 지나 체육관으로 뛰어갔다. 체육관 앞에서 걸음을 멈추더니 힘없이 팔을 올리며 나직이 소리쳤다.
"일등이야……."
같은 말을 좀더 큰 소리로 되풀이했다.
"일등이야!"
페터는 운동장을 떠나 최대한 빠른 속도로 절뚝거리며 거리를 달렸다. 도착한 곳은 들판이었다.

20

누군가 뒤쫓아오는 것 같았다. 뒤를 돌아보았다. 루처가 손짓하며 쫓아오고 있었다.

페터는 계속 걸었다. 루처를 기다려 주고 싶은 마음이 없었다. 하지만 속으로는 루처가 얼른 자신을 따라잡기를 바랐다.

얼마 뒤 루처가 페터와 나란히 들판 위를 걸었다. 말은 한마디도 하지 않고 페터와 보조만 맞추고 걸었다. 페터의 걸음이 어떤 때는 빨라졌다가 어떤 때는 다시 느려졌다.

페터가 풀밭에 앉아 풀을 한 움큼 쥐어뜯어 손가락 사이로 흘려보냈다.

루처가 옆에 앉아 바지 주머니에서 찌그러진 담배 두 개비를 꺼내 입에 문 뒤 불을 붙여 하나를 페터에게 건넸다.

둘 다 억지로 담배를 피웠다. 연방 콜록콜록 기침을 해 대며

침을 뱉었다.

페터가 인상을 찡그리며 말했다.

"이런 게 뭐가 좋다고 피워 대는지 몰라. 니코틴까지 들어 있는데. 하지만 남자라면 안 좋은 습관이 하나 정도는 있어야지. 여자한테는 관심이 없어. 알코올도 목을 헹구는 데나 쓸까, 다른 덴 쓸모가 없어."

둘이 웃음을 터뜨리고는 담배를 땅에 눌러 껐다.

"난 바보인가 봐, 루처. 가끔 거센 파도 같은 게 마음을 사로잡고 뒤흔드는데, 그게 뭔지 모르겠어. 정말 구제 불능 천치 바보야!"

"정확하게 어떤 상태인지 차분하게 말해 봐, 페터."

페터가 대답을 못 하자 루처가 꽤나 나이 든 어른처럼 점잖게 설명했다.

"우리 나이 때는 인생이 아주 복잡하게 보일 때가 많아. 그래, 내가 늘 하는 말이 있는데, 들어 봐. 제아무리 난다 긴다 하는 학문이라도 사춘기에 대해서는 아는 게 눈곱만큼도 없다! 어때?"

페터가 여전히 입을 다물고 있자 루처가 하늘을 올려다보며 말했다.

"저기 구름 좀 봐, 애늙은이. 한판 어때?"

페터가 등을 대고 눕자 루처도 따라 누웠다. 하늘엔 커다란 구름들이 떼를 지어 떠가고 있었다.

페터가 쾌활한 목소리로 소리쳤다.

"저 오른쪽 뒤에서 돛을 달고 오는 게 내 구름이야. 네 건 저기 돛대 두 개 달린 구름!"

"알았어! 저기 왼쪽 쌍돛대 범선은 지금부터 이 최고사령관의 명령에 따른다! 일동 차렷! 전원 갑판으로! 포신은 잘 닦아 놓았나? 공격 준비!"

구름 범선 두 척이 엄청난 속도로 서로를 향해 돌진한다.

페터가 명령을 내린다.

"대포 사격 준비! 돌진!"

루처는 차분한 목소리로 명령을 내린다.

"위 돛대의 돛을 내려라! 포로는 필요 없다. 전원 사살이다! 대포 발사!"

"발사!"

대포 소리가 하늘에 진동하고 포연이 자욱하다. 범선 두 척이 최대 속력으로 돌진한다. 전장의 소음이 점점 커져 간다. 잇따라 대포가 발사되고, 갑판이 부서지고, 돛이 찢어진다.

"모든 포문을 열어라!"

"대포 발사!"

범선 두 척이 굉음과 함께 충돌한다. 전투의 소음이 하늘을 가득 메운다.

"적의 범선에 올라갈 채비를 하라! 한칼에 석을 도륙하라!"

"해적이여, 돌진 앞으로! 한 놈도 남겨 놓지 말고 머리를 베어 버려라! 공격!"

배 두 척이 부딪쳐 산산조각이 난다. 병사들이 비명을 지르며 바다로 뛰어든다.

"피할 수 있는 자는 피하라!"

루처는 용케 뱃전을 움켜잡는다. 집채만한 파도가 덮치는 것을 보고 페터가 다급하게 소리친다.

"어이 병사, 통나무를 넘겨 줘! 팔다리가 한 쪽씩 날아가 버렸어! 그 망할 놈의 칼에 베었어, 으으."

루처가 배시시 웃으며 소리친다.

"그래, 꽉 붙잡아라, 이 염병할 놈! 네놈이 쏜 총탄에 위를 맞아 소화가 안 된다! 여기서 육지까지는 남쪽으로 15킬로미터나 가야 한다. 이만 포기하고 기도나 하시지, 친구! 나는 비록 어리석지만 내 심장은 순결······."

"그만 좀 나불대라! 주둥이 닳겠구나! 머리통이나 H_2O 밑으로 빠지지 않도록 잘 간수하시지! 난 악마 할머니의 힘을 빌려서라도 육지까지 헤엄쳐 갈 거야! 반드시!"

전투는 끝났다. 양쪽 선장들은 다행히 육지에 도착하고, 상처 난 곳에 서로 붕대를 감아 주었다. 파도에 떠밀려온 시체를 헤어 보니 총 여든여덟 구다. 피비린내 나는 전투이자 가장 만족스러운 해전이었다.

페터와 루처는 마주 보고 웃으면서 악수를 하고 풀밭에서 일어났다. 천천히 들판을 지나 다시 마을 쪽으로 향했다. 페터는 이따금 걸음을 멈추고, 까마귀들이 빙빙 돌고 있는 낡은 망루를 도전적으로 쳐다보았다.

갑자기 페터가 루처에게 말했다.

"이제 정했어. 난 바다로 갈 거야. 그래, 원양어선을 탈 거야. 여길 떠나는 건 확실해. 어쩌면 비행기 조종사가 될지도 몰라. 세상으로 나가서 세상을 볼 거야!"

루처가 회의적으로 머리를 흔들었다.

"난 세상을 우표로 보는 것만으로도 충분하다고 생각해. 우표 한 장에 얼마나 넓은 세상과 많은 모험이 숨어 있는지 아니? 우표를 자세히 들여다보고 있으면 우표가 알아서 이야기 보따리를 슬슬 풀어 놔. 그러면 자연스레 그 이야기 속으로 빨려 들어가게 돼 있어."

"뭔가를 찾아야 해!"

페터가 희망에 부푼 표정으로 말했다. 걸음을 멈추고 루처의 손목을 꽉 움켜잡았다.

"세상은 넓어, 루처. 끝이 없다고. 그게 뭔지 아니? 가끔 난 그런 무한한 세상을 상상해 보곤 해. 그러면 저 밑 깊은 곳으로 떨어지는 것 같은 아득한 느낌이 들어. 하지만 가끔은 저 위로 날아가는 느낌이 들기도 해. 이 세상엔 우리가 미처 모르는 것들이 엄청나게 많아. 그래서 세상이 두려운 거고. 하지만 그만큼 신비롭기도 해. 너도 그렇게 생각하지 않아?"

페터와 루처는 나란히 말없이 걷기만 했다. 이윽고 루처가 입을 열었다.

"내가 특히 좋아하는 우표 중에 프랑스 우표가 한 장 있어. 가치는 별로 높지 않지만. 그 우표에는 길거리 풍경이 담겨 있는데, 배경은 아침이야. 햇빛이 비치는 선선한 아침이지. 연립주택 집들의 창문이 열려 있고, 사람들이 문을 열고 나와 직장으로 향하고 있어. 한 소녀가 엄마인 듯한 사람에게 잘 갔다 오라고 손짓을 해. 난 그 거리를 벌써 수도 없이 많이 다녔어. 그 사람들과 함께 걷기도 했지. 그래서 이젠 그 사람들 모두를 잘 알아. 열쇠점에서 일하는 피에르 할아버지는 개와 새를 무척 좋아해. 주말이면 낚시를 가기도 하고. 제라르 아저씨는 스포츠용품 가게에서 일해. 스키 장거리 종목을 연습하고 있는데, 언젠가 올림픽에 출전하는 게 꿈이야. 하지만 그러기엔 나이가 너무 많은 게 사실이지. 나는 여기 우리 집에 살고 있으면서도 늘 우표 속의 세계와 함께해."

둘의 걸음이 빨라졌다. 발걸음도 가벼웠다.

페터가 상기된 얼굴로 숨을 깊이 들이마시며 말했다.

"달려나가야 해! 그냥 달리는 거야, 계속해서. 그러면 어디가 나오는지 알아, 루처? 점점 높이 올라가다 보면 초모룽마에 닿게 될지도 몰라! 초모룽마에……."

21

 다시 날이 저물고 있었다. 불덩어리처럼 빨간 태양이 산꼭대기 너머로 뉘엿뉘엿 넘어가고 있었다.
 로제 집의 정원이었다. 나무와 덤불, 잔디밭이 다가오는 어둠에 색깔을 완전히 빼앗기기 전에 마지막으로 다채로운 색깔로 활활 타오르고 있었다.
 로제는 휠체어에, 페터는 그 옆 테라스 계단에 앉아 있었다. 페터의 무릎 위엔 세계지도가 펼쳐져 있었다.
 페터가 말했다.
 "하루가 얼마나 빨리 지나가는지 몰라. 일년도 마찬가지고. 시간이 그냥 후딱후딱 지나가 버려. 그런데도 난 그 시간을 제대로 보내지 못하고 있는 느낌이야. 마치 자농차에 타고는 있는데 운전은 할 수 없는 상태라고 할까."

"통증 같은 게 아닐까? 매일 점점 커지는 통증 말이야."

로제가 말을 받았다.

"그래, 무척 고통스럽지. 근데 그게 뭘까, 로제?"

"나도 몰라. 말로는 표현을 못 하겠어. 누군가에게 물어봐야 해. 그걸 아는 사람한테."

페터와 로제는 여러 가지 색연필로 세계지도 위에 선을 그었다. 유럽을 가로지르고, 대서양을 횡단하고, 밀림과 사막과 산맥을 넘었다.

페터가 물었다.

"누가 알고 있을까? 우리가 왜 이렇게 힘든지 가르쳐 줄 수 있는 사람이 있을까?"

둘은 말이 없었다. 개똥지빠귀 한 마리가 마지막 햇살의 황금 물결 속에서 자작나무 가지에 앉아 파드득파드득 날개를 치며 노래를 불렀다. 애타게 짝을 부르는 소리 같았다. 그러나 화답하며 달려오는 새가 없었다. 개똥지빠귀는 결국 입을 다물고 짙은 깃털 속에 머리를 파묻었다.

로제가 말했다.

"생각났어. 그분이라면 알고 있을 거야."

페터가 소리쳤다.

"나도 생각났어!"

"브라우네르트 선생님! 최근에 네가 그 선생님 이야길 많이 했잖아. 현명하고 강한 분인 것 같아. 아마 우리가 찾는 답을 알고 있을 거야."

로제의 말에 페터가 핏대를 올리며 소리쳐 대답했다.

"그 선생님은 아냐! 내가 그분 이야기를 많이 했다고? 아냐, 그런 적 없어!"

"정말이야. 네가 이야기했어! 난 그 선생님한테 가서 물어볼 거야."

"아냐, 바인홀트 선생님한테 물어봐야 해. 그 선생님이라면 알고 계실 거야. 정말 착한 천사 같은 분이야. 이해하지 못하는 게 없으셔. 눈빛을 보면 알 수 있다고!"

"지금은 아냐. 다 지난 이야기야. 요즘은 어떻게 변하셨는지 모르잖아. 지금은 브라우네르트 선생님이 우리 선생님이야."

로제가 휠체어를 타고 정원 밖으로 나가더니 길을 따라 마을로 내려갔다. 처음엔 가만히 앉아만 있던 페터도 얼른 뒤쫓아 나가 로제 옆에 따라붙으며 말했다.

"난 바인홀트 선생님한테 갈 거야."

"난 브라우네르트 선생님한테 갈 거야."

로제도 지지 않았다.

브라우네르트 선생님의 집은 학교에서 그리 멀지 않았다. 로제는 초인종에 손이 닿지 않았다. 페터는 옆에 떨어져 멀뚱멀뚱 서 있기만 했다.

"뭐 해? 어서 안 누르고!"

로제가 볼멘소리로 말했다.

페터는 초인종을 누르더니 얼른 커다란 마로니에나무 뒤에 숨었다.

창문과 대문이 모두 굳게 닫혀 있었다.

"어디 나가셨나 봐."

로제가 이렇게 말하더니 바로 움직였다. 페터도 서둘러 로제 옆에 따라붙었다. 로제는 마을 골목골목을 돌아다녔다. 그러나 브라우네르트 선생님은 어디에도 보이지 않았다. 마침내 바인홀트 선생님이 사는 골목에 이르렀다.

로제는 돌아가려고 했다. 하지만 페터는 모른 척하고 계속 걸었다. 그러다가 갑자기 걸음을 멈추더니 흥분한 얼굴로 로제에게 손짓을 했다. 브라우네르트 선생님이 바인홀트 선생님 집 맞은편의 나무 그루터기에 앉아 있었던 것이다. 신문을 보면서 연방 손목시계를 흘끔흘끔 내려다보았다.

"바인홀트 선생님을 만나러 오셨을까? 무슨 볼일이지? 이상하네. 바인홀트 선생님은 이제 학교에 안 나오신다면서."

로제가 고개를 갸웃거렸다.

페터가 브라우네르트 선생님에게 들키지 않도록 로제의 휠체어를 덤불 뒤로 밀고 갔다. 불현듯 속에서 질투심이 솟구쳐 올랐다. 마음 같아서는 당장 이렇게 소리치고 싶었다.

'여긴 어쩐 일이시죠? 바인홀트 선생님은 선생님과 할 얘기가 없다고요!'

페터와 로제는 기다렸다. 어떤 일이 벌어질지 궁금했던 것이다. 브라우네르트 선생님은 정말 바인홀트 선생님을 찾아온 것일까?

마침내 바인홀트 선생님이 나타났다. 집 앞까지 와 자전거에서 내렸다. 브라우네르트 선생님이 다가가자 깜짝 놀라 걸음을 멈추었다. 두 사람은 악수를 했다. 브라우네르트 선생님이 바인홀트 선생님의 바구니를 들어 대문 안까지 날라다 주었다.

바인홀트 선생님은 정원으로 들어가더니 모종삽으로 흙을 팠다. 그러고는 바구니에서 꽃을 꺼내 방금 판 구멍 속에 심었다. 브라우네르트 선생님이 울타리에 몸을 기댄 채 그 모습을 찬찬히 지켜보고 있었다.

"좀더 가까이 가야겠어. 여기선 한마디도 안 들려."

로제가 조바심을 냈다.

페터가 나무 덤불과 울타리 뒤에 숨을 만한 곳을 찾아 로제의 휠체어를 밀었다. 이윽고 버스 정류장의 승강장 뒤에 몸을 숨긴 채 두 선생님 옆에 바짝 접근했다.

"왜 아무 말도 없지? 무슨 말이라도 하셔야 되는데."

로제가 속삭였다.

페터는 브라우네르트 선생님을 자세히 관찰했다. 평소와는 달리 왠지 자신이 없고 약한 모습이었다. 바인홀트 선생님한테 도움을 청할 게 있어서 그럴까? 페터는 이런 생각을 했지만, 차마 입 밖으로 꺼내지는 못했다.

로제가 대신 입을 열었다.

"브라우네르트 선생님 좀 이상하지 않니? 꼭 무슨 부탁이 있어서 찾아온 사람 같아. 그럴 일이 없을 텐데……."

이윽고 브라우네르트 선생님이 입을 열었다.

"화초를 가꾸는 일이 재미있으신가 봐요, 선생님."

로제와 페터는 이 말에서 브라우네르트 선생님이 대화의 실마리를 찾으려고 애쓰는 모습을 읽을 수 있었다.

바인홀트 선생님이 꽃 주변의 흙을 고르며 고개를 들어 브라우네르트 선생님을 쳐다보았다.

"재미있죠. 근데 그런 이야기를 하러 오신 건 아닌 것 같은데……. 아니면 내가 장미 키우는 이야기나 해 드릴까?"

브라우네르트 선생님이 어색하게 웃었다.

바인홀트 선생님의 눈길에는 정이 듬뿍 묻어 있었다.

"선생님도 아시겠지만, 꽃은 충분한 빛과 온기와 습기만 있으면 저 혼자 잘 자라고 잘 피어납니다. 하지만 아이들을 키우는 건 이것과는 비교가 안 될 정도로 어렵죠. 육체적인 성장을 말하는 게 아니에요. 그건 특별히 걱정할 필요가 없어요. 자연이 알아서 해 주니까요."

"그럼요."

브라우네르트 선생님의 목소리가 한층 가벼워졌다. 자신이 하고 싶은 이야기를 바인홀트 선생님이 먼저 꺼내 주어서 홀가분한 모양이었다.

"요즘 애들은 도무지 알다가도 모르겠어요. 어떻게 교육을 해야 할지 종잡을 수가 없어요. 문법적으로 정확한 언어 표현을 가르치고, 물리학 법칙이나 수학 공식을 잘 가르치는 것만으로 충분한 걸까요? 요즘 아이들은 생물, 역사, 지리, 화학 할 것 없이 과거의 그 어느 시대보다 많은 지식을 배우고 있습니다. 그런데……."

정열적으로 이야기하던 브라우네르트 선생님의 얼굴에 잠시 주저하는 빛이 감돌더니, 들어올린 두 팔을 살며시 도로 내렸다.

"제가 왜 왔는지 아시겠습니까? 더는 어떻게 해야 할지 알 수가 없어서 찾아왔습니다."

페터와 로제는 마주 보았다. 둘 다 믿어지지 않는다는 눈빛이었다.

"선생님이요?"

바인홀트 선생님이 깜짝 놀라 되물었다. 그러고는 안도하는 듯한 미소를 지으며 브라우네르트 선생님이 서 있는 울타리 쪽으로 다가갔다.

"내 말을 어떻게 받아들일지 모르겠지만, 선생님의 그런 모습을 보니까 오히려 반갑네요. 내가 생각하는 가장 나쁜 교사가 어떤 사람인지 아세요? 학생들을 가르치는 일에 항상 자신만만하고 모든 걸 다 알고 있다고 믿는 선생님이에요."

"하지만…… 하지만 그게 모두가 바라는 교사상이 아닙니까? 저도 솔직히 그런 교사가 되려고 노력해 왔습니다. 교사에게 그런 확신과 자신감이 없으면 학생들이 불안해하니까요."

"그거야말로 착각 중의 착각이에요. 절대 그런 모범적인 교사가 돼서는 안 됩니다! 안 그래도 세상엔 그런 사람들이 충분해요. 그런 모범 교사는 석고나 시멘트로 깁스를 한 사람이나 마찬가지예요. 움직임이 얼마나 둔하겠어요?"

"왜 저러시지? 두 분이 싸우시나 봐!"

로제가 속삭였다.

"그럼 우리 문제는 어떡해?"

페터가 실망스럽게 말했다.

브라우네르트 선생님이 울타리를 꽉 움켜잡았다.

"저는 페터 루프레히트가 창문에서 뛰어내린 뒤로 갑자기 학생들을 가르치는 일에 확신이 없어졌습니다. 도무지 페터를 이해할 수가 없습니다. 예전에는 항상 최고 자리를 지키던 아이였어요. 그런 애가 전 과목에서 그렇게 추락하리라고는 아무도 예상하지 못했죠. 게다가 며칠 전에는 체육관에 일등으로 도착하려고 2층 창문에서 뛰어내리기까지 했습니다. 반 아이들은 개구리니, 사이코 몽상가니, 겁쟁이니 하면서 놀려 댑니다. 제가 보기에도 뭔가 심리적으로 두려워하는 게 있는 것 같아요. 그럴 때면 항상 초모룽마에 오르겠다는 이야기를 합니다. 어쨌든 다른 아이들과는 달라요."

"선생님, 우리는 모두 남들과 구별되는 자기만의 개성이 있는 존재잖아요. 페터가 그런 행동을 한 것도 다 자신의 정체성을 찾아가는 과정일 겁니다. 다만 아직 그걸 제대로 찾지 못한 것뿐이겠죠."

바인홀트 선생님이 웃으면서 대답했다.

"전 모르겠습니다……."

브라우네르트 선생님의 목소리에 자신감이 없었다.

"이런 말이 있죠. '네 자신을 깨달아라.' '네 원래 모습대로 돼라!' 우리는 아이들이 자신의 진정한 모습을 찾아갈 수 있도록 다리를 놓아 주는 역할을 해야 합니다. 선생님은 초모룽마에 올라가는 꿈을 꾼 적이 한 번도 없나요?"

바인홀트 선생님의 목소리에 자신감이 넘쳐났다.

브라우네르트 선생님이 무슨 말이냐는 듯 손사래를 쳤다.

"저는 최고의 운동선수가 되려고 했습니다. 물론 지나간 이야기죠. 지금은 아이들을 가르치는 교사로서 훌륭한 교사가 되는 것이 제 꿈입니다."

바인홀트 선생님이 웃으면서 브라우네르트 선생님의 어깨를 톡톡 두드려 주었다.

"초모룽마라는 건 다른 게 아니에요. 방금 말씀하신 게 바로 선생님의 초모룽마예요. 선생님이 정상에 오르길 진심으로 바랍니다. 한평생 학교에서 썩은 이 늙은 선배의 말을 믿어 보세요. 근데 요즘은 나도 어떻게 해야 할지 모를 때가 있어요."

"그럴 때는 어떻게 하십니까?"

바인홀트 선생님이 아까 하던 정원일을 다시 시작하면서 대답했다.
"선생님과 똑같죠. 대화를 나눌 만한 사람을 찾아 떠나는 거죠. 물론 그래 봤자 이웃집을 벗어나지 못할 때도 있어요. 하지만 어떤 때는 다른 도시로 가거나 더 멀리 떠나기도 합니다. 가끔은 아무도 만나지 못하고 돌아올 때도 있지만, 그래도 나중에 다시 떠나게 되죠."
"저 말 들었어? 우리가 현명한 선생님이라고 믿었던 사람들이 사실은 아무것도 모르는 사람들이었어! 그런데도 만날 아는 척만 했군! 그만 가, 페터. 내 말 안 들려? 빨리 휠체어 밀어!"
페터가 휠체어를 밀고 거리로 나갔다.
"더 빨리!"
로제가 소리쳤다.
페터는 휠체어를 앞세우고 거리 한가운데를 달렸다. 사람과 차들이 그들을 피해 갔다.
"좀더 빨리! 빨리 좀 밀 수 없어?"
페터는 온 힘을 다해 휠체어를 밀었다. 누가 쫓아오기라도 하는 것처럼 힐끔힐끔 뒤를 돌아보면서.
마침내 로제의 정원에 도착했다. 둘은 정적의 감옥에 갇힌 사람들처럼 얌전히 정원에 앉아 있었다. 낡은 망루가 시커멓게 하늘을 가리고 있었다. 둘은 지쳤다. 어디선가 개구리 우는 소리가 들렸다.

로제가 정원에 놓인 탁자에서 담요를 끌어당겨 몸을 감쌌다.

"다시는 밖으로 나가지 않을 거야. 절대로! 선생님들이 우리한테 세상 보는 법을 가르친다고 큰소리를 뻥뻥 치지만, 정작 자기들도 아는 게 없잖아!"

페터는 무슨 말을 해야 할지 몰랐다. 다만 로제에게는 휠체어라는 안전한 안식처가 있는 것이 부러웠다. 페터도 저렇게 담요에 푹 싸인 채 세상과 담을 쌓고 안전하게 앉아 있고 싶었다. 바인홀트 선생님의 말이 귓전에서 맴돌았다. 모든 걸 다 아는 사람은 없다. 사람은 모두 찾으러 나설 뿐이다. 선생님은 이런 말도 했다. 대화를 나눌 수 있는 사람을 찾아 떠나는 거라고. 페터는 한참 동안 침묵하며 망루를 노려보았다.

으하하하!

망루가 웃어 댔다.

"그래, 마음껏 웃어라! 그래 봤자 소용 없어. 나도 대화를 나눌 사람이 있으니까!"

페터가 말했다.

"무슨 소릴 하는 거야?"

로제가 어이없다는 눈으로 물었다.

"너한테 할 말이 있어, 로제. 지금 당장."

정원 한구석에서 다시 개구리 울음소리가 들렸다. 페디를 조롱하듯 몸을 숨기고 짧게 개굴개굴 울어 대고 있었다.

"때려 죽여 버려! 가서 개구리를 죽이라고!"

로제가 소리쳤다.

"싫어. 그래 봤자 우리한테 도움 되는 건 없어. 너한테 할 말이 있어."

페터가 차분하게 말했다.

"예전에 우리 아빠 오토바이를 망가뜨렸을 때 학급비를 훔쳤어."

하얀 달이 하늘에 떠 있고, 별들은 파란 우물 속 깊이 잠겨 있었다.

"너희 아빠한테 이야기했어?"

"응. 그 뒤로 아빠가 딴사람이 됐어. 나를 대하는 태도가 훨씬 조심스러워졌다니까. 낚시터에 나를 데리고 가기 전에 같이 갈 마음이 있느냐고 내 의사를 먼저 물어. 로제, 우리 부모님은 원래 어떤 사람들일까?"

"나도 모르겠어. 우리 엄마 아빠는 이혼을 하려고 해. 내 앞에서는 행복한 부부인 것처럼 연기를 하지만, 난 그런 엄마 아빠가 싫어……."

"그랬구나……. 난 전혀 몰랐어. 근데 왜 이혼하신대?"

그 때 자동차가 집 앞에 멈추는 소리가 들렸다. 자동차 문이 쾅 닫히더니 로제의 부모님이 득달같이 대문으로 뛰어 들어왔다. 로제 엄마는 가발을 쓰고, 짙은 안경 뒤로 눈을 감추고, 바닥까지 길게 내려오는 야회복으로 몸을 감싸고 있었다.

엄마가 로제를 보자마자 힐난조로 소리쳤다.

"대체 정신이 있는 애니, 없는 애니? 지금까지 어디 있었던 거야? 온 마을을 돌아다니며 찾았잖아! 아직 옷도 안 갈아입었어?"

"로제, 아빠 초연이 한 시간밖에 안 남았다."

아빠의 목소리에 질책과 조바심이 담겨 있었다.

정원은 어둠에 휩싸여 있었다.

"엄마 아빠야말로 어디 있었어요? 내가 얼마나 찾았다고요! 대체 어디 숨어 있었던 거죠?"

로제가 빈정거리듯 물었다.

"그게 무슨 말버릇이니? 너도 알고 있잖아……."

엄마가 당황해서 말했다.

"극장까지 가려면 30분은 족히 걸려. 아무 일 없는 거지, 로제?"

"그럼요. 너무 좋아요. 엄마 아빠 두 분만 가세요. 난 안 갈래요. 쓸데없는 짓 하고 돌아다닌 건 아니니까 걱정 마시고요. 죄송해요."

엄마 아빠가 로제에게 입을 맞추고 서둘러 정원을 빠져나갔다. 자동차 문이 닫히고 시동이 걸렸다. 자동차 소리가 차츰 멀어졌다.

22

로제가 집 안으로 들어가자 페터도 따라 들어갔다.
"불을 켜지 말고 그냥 앉아."
로제가 어둠 속에서 말했다.
커다란 거실 안에 정적이 흘렀다. 무거운 시계추만 일정한 박자로 바삐 움직였고, 시계바늘이 어둠 속에서 밝게 빛나고 있었다.
"말 좀 해!"
로제가 화가 나서 소리쳤다.
"무슨 말을 하라고?"
여전히 문 옆에 기대서 있던 페터가 물었다. 로제에게 위로가 된다면 아무 말이든 하고 싶었다. 하지만 어떤 말도 떠오르지 않았다.

"어떤 말이든 괜찮아. 시시한 시도 좋아. 제발 입 좀 열어, 응? 그리고 좀 앉아!"

페터가 어둠 속을 더듬거려 의자를 갖고 와 앉았다.

"난…… 속이 별로 안 좋아."

"이리 와."

로제가 명령했다.

페터가 쭈뼛쭈뼛 로제에게 다가갔다.

"내 손을 잡아."

페터가 조심스럽게 로제의 손을 잡았다. 자그마한 손이 차가웠다.

"네 손이 차가워."

로제가 실망스럽게 말했다.

얼마간 침묵이 흘렀다. 로제는 손이 서서히 따뜻해지는 것을 느끼며 기뻐했다. 얼마 뒤 페터의 손을 놓고 텔레비전 앞으로 가서 텔레비전을 켰다. 그러고는 다시 돌아와 페터의 손을 잡았다.

둘의 시선이 텔레비전 화면에 고정되었다. 화면에 연극 무대가 나타났다. 가구도 별로 없는 초라한 방에 한 남자가 서 있다. 로제의 아빠다. 파두아에 있는 갈릴레이의 서재다. 갈릴레이가 세숫대야에 물을 받아 몸을 씻고 있다. 안드레아가 옆에 서 있다. 갈릴레이가 안드레아에게 수건을 툭 넌시사 안드레아가 그걸 받아 갈릴레이의 등을 닦아 준다.

갈릴레이가 말한다.

"2천 년 동안 인류는 태양과 하늘의 모든 별이 지구 주위를 돈다고 생각해 왔어. 교황과 추기경은 말할 것도 없고 제후들과 학자, 선장, 장사치, 심지어 시장통의 생선 파는 아낙과 아이들까지 수정으로 만들어진 이 공 속에 꼼짝도 않고 앉아 있다고 믿었지. 하지만 안드레아, 이젠 저 멀리 나가야 해. 낡은 시대가 끝나고 새 시대가 열렸거든. 수백 년 전부터 인류가 이 순간을 기다려 온 듯한 느낌이 들 정도야."

"갈릴레이가 하는 말 들었지? 무슨 일이 일어나야 한다고 말하지는 않지?"

로제가 속삭였다. 그러고는 갈릴레이의 대사를 따라 했다.

"벌써 많은 것이 발견되었지만, 아직 발견해야 할 것이 더 많아. 그건 새로운 세대가 할 일이지."

페터가 로제의 손을 좀더 세게 감싸 쥐었다.

"너무 더워. 답답하기도 하고."

로제가 말했다.

페터는 창문이라는 창문은 모두 열었다. 서늘한 바람이 방 안으로 불어와 커튼과 책장을 날리고, 페터와 로제의 얼굴을 식혀 주었다.

"이젠 조용히 해! 중요한 대목이 나올 차례야!"

갈릴레이의 가정부 사르티가 무대로 나와 말한다.

"대체 우리 애랑 뭘 하시는 거죠, 갈릴레이 선생님?"

"애한테 보는 법을 가르치고 있었소, 사르티."

순간 로제가 의자와 탁자에 부딪혀 가면서까지 급히 텔레비전 쪽으로 달려가 텔레비전을 꺼 버렸다. 그러고는 휠체어를 탄 채로 마치 찾을 것이 있는 사람처럼 방 안을 서성거리고 돌아다니면서 이렇게 소리쳤다.

"뭐, 우리한테 보는 법을 가르친다고? 앞 못 보는 장님인 주제에."

"보는 법을 가르치는 건 쉬운 일이 아냐, 로제. 그걸 배우려면 자신도 끊임없이 어딘가로 길을 떠나야 해."

로제가 천천히 휠체어를 세우더니 페터를 바라보며 나직이 말했다.

"어쩌면 그럴지도 모르지. 이웃집이든, 아니면 다른 도시나 더 먼 곳까지 갈 수도 있겠지······."

갑자기 로제가 천천히 휠체어에서 일어났다. 그러고는 창가로 걸어가더니 창문을 닫고 커튼을 쳤다. 방 안이 컴컴해졌다. 로제의 가쁜 숨소리와 시계추 똑딱거리는 소리만 들렸다.

"너······ 너 걸을 수 있어?"

페터의 목소리에 놀라움과 기쁨이 뒤섞여 있었다. 페터가 다시 한 번 조심스럽게 물었다.

"정말 걸을 수 있어, 로제?"

로제가 더듬더듬 휠체어에 앉아 담요를 둘렀다.

"벌써 오래됐어. 너 말고는 아무도 몰라. 무슨 말인지 알지?

남들은 내가 영원히 못 걷는 걸로 알아야 해. 선생님들이나 엄마 아빠나 모두 눈 뜬 봉사야, 봉사!"

"울지 마, 로제. 일어나. 같이 가."

페터가 나직이 말했다.

"어딜 가자는 거야?"

로제가 경계심 어린 태도로 휠체어에 몸을 파묻으며 우는 소리를 했다.

"난 못 걸어. 다리도 아프고 허리도 아프고……."

"어서 일어나, 로제. 초모룽마에 올라가야지."

"또 초모룽마 타령이야? 꾸며 낸 이야기라는 거 다 알아. 모두 새빨간 거짓말이잖아!"

"아냐, 그렇지 않아. 이젠 알겠어."

페터가 로제의 팔을 끌어당겼다. 마침내 로제가 일어났다.

둘이 걸어나갔다. 어둠 속 풀밭에서 들려오던 개구리 울음소리가 뚝 그쳤다. 거리 한가운데로 걸었다. 마을이 조용했다. 애처로운 전기톱 소리까지 잠잠했다. 들판의 새 한 마리가 잠에서 깼는지 깜짝 놀라 하늘로 날아 올라갔다. 태양을 찾으러 날아간 걸까? 낡은 망루가 파란 불꽃처럼 활활 타오르고 있었다. 그러나 페터와 로제가 가까이 다가갈수록 불꽃은 점점 작아졌다.

키 큰 전나무들이 뿌리부터 꼭대기까지 미동도 없이 서 있고, 성의 안뜰엔 깊은 정적이 깔려 있었다.

페터와 로제는 망루 입구에서 잠깐 걸음을 멈추었다. 조롱하는 듯한 망루의 웃음소리는 들려오지 않았다. 마침내 둘은 손을 잡고 어둠 속으로 발을 들여놓았다.

망루의 옥상에 이르자 모든 것이 놀이가 되었다. 페터와 로제는 지금까지 자신들이 품었던 두려움에 대해 깔깔거렸고, 쫓고 쫓기는 붙잡기 놀이를 하고, 저 멀리 돌을 던져 보기도 했다. 밤이었다. 하늘이 구름으로 덮여 있어 멀리까지 보이지는 않았다.

로제가 말했다.

"저게 장터야. 저기가 우리 집이고. 저긴 학교, 저 너머가 도시일 거야. 초모룽마는 어디 있을까?"

"저기 저 산 너머 머나먼 곳 어딘가에 있을 거야."

페터가 자신에 찬 목소리로 대답했다.

둘은 내려갔다. 망루는 이제 힘을 잃어버렸다. 성도 고요한 폐허 더미에 불과했다.

로제가 페터의 손을 잡아끌며 달리기 시작했다.

둘은 동네 어귀에서 헤어졌다.

"내일 봐, 페터! 학교에 데려다 줄 거지?"

페터가 소리쳤다.

"그럼. 내일 갈게!"

옮긴이의 말

현실로 나아갈 용기

서양인들은 '사춘기'라는 말을 우리와는 약간 다르게 생각하는 모양이다. 영어(puberty)와 독일어(Pubertät), 프랑스어(puberté) 할 것 없이 사춘기라는 단어는 모두 '성적으로 성숙하다'라는 뜻의 라틴어 'pubertas'에서 나왔기 때문이다. 물론 이 시기가 되면 몸에 야릇한(?) 변화가 생기는 것은 사실이다. 하지만 사춘기를 이렇게 육체적인 면에서만 보는 것은 너무 단조롭고 밋밋하다.

그런 점에서는 우리말이 훨씬 멋스럽다. 사춘기(思春期), 봄을 생각하는 시기라! 얼마나 운치 있고 다양한 의미를 내포한 말인가! 살랑살랑 불어오는 봄바람처럼 풋풋한 첫사랑의 향내가 느껴진다. 이 시기에 한 번쯤 좋아하는 이성을 향해 가슴 설레는 감정을 느껴 보지 않은 사람이 어디 있을까. 그뿐인가?

봄은 뭇 생명이 움트고 약동하는 계절이다. 이런 자연의 변화와 함께 인간의 정신에도 피가 돌고 생동감이 넘친다. 자의식이 강하게 싹트고, 내면에 잠재된 자신의 본래 모습이 밖으로 뚫고 나오는 것이 이 시기이다.

그러나 사춘기가 이런 꽃다운 시기인 것만은 아니다. 세상과 관계를 맺는 기술이 미숙해서 갈등을 일으키고, 마음의 불안과 혼란이 최고조에 달하는 시기이기도 하다. 그도 그럴 것이, 그전까지는 어른들의 눈으로만 세상을 보고, 기성세대가 이끄는 대로 따라가기만 하면 됐지만, 이제는 그런 편안한 세계를 떠나 처음으로, 어설프지만 자신의 눈으로 세상을 보고 자신의 두 발로 세상을 디뎌 나가는 법을 배워야 하기 때문이다. 알을 깨고 나오는 병아리의 몸부림처럼 홀로서기의 아픔이 시작되는 시절이고, 혹독한 겨울을 넘어 활기 넘치는 봄을 기다리는 시기이며, 혼돈과 좌절 속에서 '나'를 찾아가는 과정인 것이다.

이 소설의 주인공 페터와 로제가 겪는 과정도 이와 다르지 않다. 그전까지 그렇게 확고하고 명확해 보이던 세상이 한순간에 혼란스럽게 꼬이기 시작한다. 학교 성적이 뚝 떨어지고, 부모와 빚은 갈등도 심화된다. 이런 혼란과 갈등의 정점에 폐허 속의 망루가 우뚝 서 있다. 페터는 그 곳에 올라갈 엄두를 내지 못한다. 페터에게 망루는 넘지 못할 현실적인 벽인 동시에 반드시 넘어야 할 장애물이기도 하다. 그러나 망루는 마음속의 두려움이 만들어낸 것일 뿐, 원래는 존재하지 않는다. 두려움을 버리고 믿음과 확신으로 발을 내딛는 순간 망루의 괴물은 거짓말같이 사라지고 만다.

독일의 철학자 임마누엘 칸트는 이런 말을 했다. 인간이 미성숙한 것은 사리를 분별할 '이성'이 없어서가 아니라 그 이성을 사용할 '용기'가 없어서라고. 이 말을 원용하자면, 우리가 현실 앞에서 쭈뼛거리는 것은 우리에게 현실을 헤쳐 나갈 힘이 없어서가 아니라 현실로 나아갈 용기가 없기 때문이다. 마음의 두려움을 딛고 용기를 내는 만큼 우리의 꿈도 더욱 커질 것이다.

2006년 11월

박종대

너의 용기만큼 큰 산

1993년 12월 26일 1판 1쇄
1997년 17월 10일 2판 1쇄
2006년 11월 15일 3판 1쇄
2010년 9월 10일 3판 4쇄

지은이 : 군터 프로이스
옮긴이 : 박종대

편집 : 김태희, 박찬석, 조소정
제작 : 박흥기
마케팅 : 이병규, 최영미, 양현범
출력 : 한국커뮤니케이션
인쇄 : 코리아피앤피
제책 : 경문제책

펴낸이 : 강맑실
펴낸곳 : (주)사계절출판사
등록 : 제 406-2003-034호
주소 : (우) 413-756 경기도 파주시 교하읍 문발리 파주출판도시 513-3
전화 : 031)955-8558, 8588
전송 : 마케팅부 031)955-8595 | 편집부 031)955-8596
홈페이지 : www.sakyejul.co.kr | 전자우편 : skj@sakyejul.co.kr
독자카페 : 사계절 책 향기가 나는 집 http://cafe.naver.com/sakyejul

값은 뒤표지에 적혀 있습니다.
잘못 만든 책은 구입하신 서점에서 바꾸어 드립니다.

사계절출판사는 성장의 의미를 생각합니다.
사계절출판사는 독자 여러분의 의견에 늘 귀기울이고 있습니다.

ISBN 978-89-5828-193-1 43850
ISBN 978-89-5828-473-4 (세트)

이 도서의 국립중앙도서관 출판시도서목록(CIP)은 e-CIP 홈페이지(http://www.nl.go.kr/ cip.php)에서 이용하실 수 있습니다.(CIP제어번호: CIP2006002353)